tea top

B.A. Paris è nata e cresciuta in Inghilterra, ma si è trasferita in Francia per lavorare in una importante banca d'investimento. A un certo punto della sua vita, però, ha deciso di cambiare e di dedicarsi all'insegnamento e alla narrativa. Così ha fondato una scuola di lingue e ha iniziato la stesura della *Coppia perfetta*, il suo primo romanzo, che diventerà un best seller mondiale pubblicato in 34 Paesi. E uguale fortuna hanno avuto i romanzi successivi, che l'hanno imposta come un punto di riferimento nel panorama del thriller. Dopo aver abitato per anni a Parigi, è tornata in Inghilterra e attualmente risiede nell'Hampshire.

Della stessa autrice in edizione TEA:

La coppia perfetta
La moglie imperfetta
Non dimenticare
Il dilemma
La psicologa

B.A. Paris

La moglie imperfetta

Romanzo

Traduzione di
Olivia Crosio

IL LIBRAIO.IT
il sito di chi ama leggere

Visita www.tealibri.it
per scoprire anteprime,
novità e promozioni

LA MOGLIE IMPERFETTA

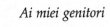

Ai miei genitori

Ci stiamo salutando prima di separarci per le vacanze estive, quando inizia a tuonare. Un boato fa tremare il suolo e Connie sussulta, mentre John ride. L'aria intorno a noi è calda e densa.

« È meglio se ti sbrighi! » grida lui.

Salutandoli con la mano, corro verso la mia auto. L'ho appena raggiunta quando sento lo squillo attutito del cellulare in borsa, e dalla suoneria capisco che è Matthew. « Arrivo », gli dico, cercando la maniglia al buio. « Sto entrando in macchina in questo momento. »

« Di già? Non dovevi finire la serata da Connie? »

« Sì, ma il pensiero di te che mi aspetti è troppo allettante », scherzo. Poi la mia mente registra il suo tono piatto. « Tutto bene? »

« Sì. Ho solo una terribile emicrania. È iniziata un'ora fa e continua a peggiorare. È per questo che ti ho telefonato. Ti secca se vado a letto? »

L'aria è opprimente e penso al temporale in arrivo: non piove ancora, ma l'istinto mi dice che comincerà tra poco. « No, figurati. Hai preso qualcosa? »

« Sì, ma non ha funzionato. Pensavo di mettermi

nella stanza degli ospiti, così se mi addormento non mi sveglierò quando arrivi. »

« Buona idea. »

« In realtà non mi piace andare a letto sapendo che tu sei ancora in giro. »

Sorrido. « Arriverò sana e salva. Ci metto solo una quarantina di minuti. A meno che non decida di tagliare per Blackwater Lane. »

« Non pensarci neanche! »

Riesco quasi a sentire la fitta di dolore che gli attraversa la testa quando alza la voce.

« Ahia, che male », dice, a un volume più tollerabile. « Cass, promettimi di non tornare per quella strada. Prima di tutto non mi va che attraversi il bosco di notte da sola, e poi c'è un temporale in arrivo. »

« D'accordo, faccio la strada lunga. » Mi metto al volante e lascio cadere la borsetta sul sedile del passeggero.

« Promesso? »

« Promesso. » Tenendo il telefono tra l'orecchio e la spalla, accendo il motore e ingrano la marcia.

« Vai piano. »

« Sta' tranquillo. Ti amo. »

« Io di più. »

Sorridendo della sua apprensione, metto il telefono in borsetta. Sto uscendo dal parcheggio quando sul parabrezza iniziano a spiaccicarsi dei goccioloni. *Ecco che arriva.*

Il tempo d'immettermi nella superstrada e sta già diluviando. Bloccata dietro un grosso camion, guardo i tergicristallo che faticano a tenere il vetro pulito dagli schizzi sollevati dalle ruote. Mentre mi sposto sull'altra corsia per superarlo, un lampo squarcia il cielo e io, per un'abitudine che risale all'infanzia, comincio a contare lentamente nella mia testa. Sono arrivata a quattro quando giunge in risposta il rombo del tuono. Forse sarebbe stato davvero meglio finire la serata da Connie con gli altri. Avrei potuto aspettare lì la fine del temporale, mentre John ci divertiva con le sue storielle. All'improvviso mi sento in colpa al ricordo del suo sguardo quando ho detto che preferivo mettermi in viaggio. Non è stato diplomatico da parte mia menzionare Matthew. Avrei dovuto dire che ero stanca, come ha fatto Mary, la preside.

La pioggia diventa torrenziale e le auto in corsia di sorpasso rallentano di conseguenza, convergendo intorno alla mia piccola Mini. Il senso di oppressione mi spinge a tornare nella corsia lenta, dove sono costretta a sporgermi verso il parabrezza per vedere qualcosa. Vorrei tanto che i miei tergicristallo andassero più veloci. Un camion mi supera con un fragore assordante, poi un altro e, quando quest'ultimo rientra senza mettere la freccia, costringendomi a inchiodare, sento che la superstrada sta diventando troppo pericolosa per i miei gusti. Un altro lampo solca il cielo e nel bagliore intravedo il cartello che indica l'uscita per Nook's Corner, il paesino dove abito. Illuminate dai fari, le lettere nere su fondo bianco brillano nel buio. Sono così invitanti che all'ultimo, quando ormai è quasi troppo tardi, sterzo bruscamente a sinistra, prendendo la scorciatoia che Matthew mi ha fatto promettere di evitare. Un clacson suona rabbioso dietro di me e il suono, che m'insegue lungo la strada nera che si perde nei boschi, è come un presagio.

Anche con gli abbaglianti accesi vedo a malapena dove vado, e rimpiango all'istante la strada bene illuminata che mi sono lasciata dietro. Questa qui, che attraversa una foresta disseminata di campanule, di giorno è bellissima, ma in una notte come questa gli avvallamenti e le curve improvvise la rendono molto pericolosa. L'idea di doverne percorrere ancora un bel tratto mi riempie d'ansia, ma casa mia è a meno di un quarto d'ora. Se tengo i nervi saldi e non faccio manovre azzardate, tra poco arriverò. Tuttavia accelero.

Un'improvvisa folata di vento attraversa il bosco, investendo la mia piccola auto. Mentre cerco di tenerla in carreggiata, arrivo in cima a un dosso e davanti a me c'è il nulla. Per qualche terribile istante le ruote si sollevano da terra e il cuore mi finisce in gola come se fossi sulle montagne russe, poi la Mini ricade con violenza sulla strada, sollevando due ali d'acqua e un'ondata che ricopre per un istante il parabrezza, oscurando del tutto la visuale.

«No!» grido, quando l'auto si ferma nell'avvallamento. Il terrore di rimanere bloccata nel bosco mi provoca una scarica di adrenalina, spronandomi all'azione. Inserisco la marcia facendo grattare il cambio e schiaccio l'acceleratore.

Il motore geme in segno di protesta, ma la Mini si

rimette in moto, solcando l'acqua della pozzanghera e risalendo dall'altra parte dell'avvallamento. Il cuore mi batte a tempo coi tergicristallo, che spazzano il parabrezza alla massima velocità, e mi ci vuole un istante per riprendere fiato. Ma non oso accostare, per timore che la macchina si rifiuti di ripartire, e così proseguo, anche se adesso sono più prudente.

Un paio di minuti dopo, un tuono improvviso mi fa sussultare con tale violenza che perdo la presa sul volante. L'auto sbanda pericolosamente a sinistra e, quando sterzo per raddrizzarla, le mani mi tremano a tal punto che temo di non riuscire ad arrivare intera a destinazione. Cerco di calmarmi, però mi sento assediata, non solo dagli elementi ma anche dagli alberi, che ondeggiano in una danza macabra, pronti a strappare da un momento all'altro la mia piccola auto dalla strada per lanciarla nel pieno della tempesta. Tra la pioggia che martella sul tetto, il vento che fa tremare i finestrini e l'oscillare frenetico dei tergicristallo, concentrarsi è difficile.

Siccome so di dovermi aspettare delle curve, mi sposto sul bordo del sedile e stringo forte il volante. La strada è deserta e, mentre affronto una curva e poi un'altra, prego di vedere prima o poi i fanalini di un'altra auto, in modo da poterli seguire per il resto del tragitto. Vorrei telefonare a Matthew, solo per sentire la sua voce e sapere che non sono l'unica persona rimasta al mondo – perché è così che mi sento adesso –, ma non lo voglio svegliare, soprattutto per via dell'emicrania. Senza contare che andrebbe su tutte le furie, se sapesse dove sono.

Sto pensando che questo viaggio non avrà mai fine quando, dopo una curva, vedo a un centinaio di metri i fanalini di coda di un'altra auto. Sospiro di sollievo e accelero un po', impaziente di raggiungerla. Ma quando le sono quasi addosso mi accorgo che non si muove: è parcheggiata alla bell'e meglio in una piazzola di sosta. Colta alla sprovvista, sterzo bruscamente, mancando di poco il bordo destro del paraurti, e quando l'affianco guardo rabbiosa il guidatore, pronta a insultarlo per non avere acceso le quattro frecce. Incrocio lo sguardo di una donna, i cui lineamenti sono confusi dalla pioggia battente.

Pensando che sia in panne, accosto un po' più avanti e mi fermo, lasciando acceso il motore. Mi dispiace che debba scendere sotto quest'acqua, anche se allo stesso tempo sono felice di non essere l'unica pazza ad avere scelto d'imboccare questa scorciatoia. Mentre guardo nello specchietto me la immagino frugare sotto i sedili in cerca di un ombrello. Dopo dieci secondi buoni mi rendo conto che non ha nessuna intenzione di uscire dall'auto e provo una certa irritazione: non si aspetterà che corra io da lei sotto la pioggia? A meno che non ci sia un motivo per cui non può smontare... ma in questo caso non lampeggerebbe? Non suonerebbe il clacson per dirmi che le serve aiuto?

Siccome non succede niente, comincio a sganciare la cintura di sicurezza, gli occhi sempre fissi nello specchietto retrovisore. Anche se non riesco a vederla bene, c'è qualcosa di strano nel modo in cui se ne sta lì seduta coi fari accesi, e ripenso alle storie che mi raccontava Rachel quand'eravamo piccole: storie di persone che si fermano per soccorrere automobilisti in panne solo per scoprire che c'è un complice appostato in attesa di rubare la loro auto, o che smontano per soccorrere un cervo ferito sulla strada ma vengono brutalmente aggredite perché il cervo era solo una messa in scena.

Mi rimetto in fretta e furia la cintura. Non ho visto nessun altro nell'auto, passandole accanto, ma questo non vuol dire che non ci possa essere qualcuno acquattato sul sedile posteriore, pronto a balzare fuori.

Un altro lampo squarcia il cielo e si dilegua tra gli alberi. Il vento sta rinforzando e i rami grattano contro il finestrino del passeggero, come le dita di qualcuno che cerchi di entrare. Rabbrividisco. Mi sento così vulnerabile che abbasso il freno a mano e avanzo di qualche metro, come se volessi ripartire, sperando che la donna si decida a fare qualcosa – qualunque cosa – per fermarmi. Ma, anche stavolta, nessun segno.

Mi fermo di nuovo, anche se controvoglia, perché non mi sembra giusto abbandonarla così. Ma non voglio nemmeno mettere in pericolo me stessa. Ora che ci penso, non sembrava agitata quando le sono passata vicino, non mi ha fatto cenni disperati né mi ha fatto capire di avere bisogno di aiuto, quindi forse sta già arrivando qualcuno, magari suo marito o il carro attrezzi. Se avessi un guasto chiederei aiuto a Matthew, non aspetterei certo di essere soccorsa da uno sconosciuto di passaggio.

Mentre sono lì indecisa, la pioggia aumenta d'intensità e il martellamento sul tetto si fa più incalzante. *Vai, vai, vai!* sembra dire, e io obbedisco. Parto il più lentamente possibile, dando alla donna l'ultima possibilità di mandarmi un segnale, ma non lo fa.

Un paio di minuti dopo sono fuori dal bosco e sempre più vicina a casa mia, un grazioso vecchio cottage con rose rampicanti intorno alla porta e un giardino lussureggiante sul retro. Il mio cellulare emette un *bip* per avvisarmi che è arrivato un messaggio. Dopo un altro miglio, svolto nel vialetto e parcheggio più vicino che posso alla casa, felice di essere arrivata sana e salva. Ma non ho smesso di pensare alla donna in auto e sto meditando di chiamare la polizia o il soccorso stradale per mandarli a soccorrerla. Ricordando il messaggio arrivato mentre uscivo dal bosco, pesco il telefono dalla borsetta e guardo il display. È un SMS di Rachel.

Ciao, spero che ti sia divertita stasera. Io vado a letto, perché sono dovuta andare al lavoro direttamente dall'aeroporto e il jet lag si fa sentire. Volevo solo sapere se hai preso il regalo per Susie. Ti chiamo domattina. Baci.

Sono perplessa. Perché Rachel vuole sapere se ho preso un regalo a Susie? Non l'ho ancora fatto, perché nel periodo che precede la fine della scuola sono sempre occupatissima. Comunque la festa è domani sera e pensavo di comprare qualcosa domattina. Rileggo il messaggio e questa volta mi soffermo sulle parole « *il regalo* », perché sembra che Rachel si aspetti che io compri qualcosa da parte di entrambe, altrimenti avrebbe scritto « *un* regalo ».

Ci siamo viste l'ultima volta un paio di settimane fa, il giorno prima della sua partenza per New York. Rachel lavora per la filiale inglese di un grosso studio di consulenza americano, Finchlakers, e va spesso negli Stati Uniti per lavoro. Quella sera siamo andate al cinema e poi a bere qualcosa. Forse è stato allora che mi ha chiesto di comprare il regalo per Susie. Mi sforzo di ricordare se ci eravamo accordate per qualcosa in particolare – un profumo, un gioiello, un libro – ma non mi viene in mente nulla. Me lo sono dimenticato? Ripenso alla mamma, ricordi sgradevoli che tento subito di allontanare. *Non è la stessa cosa*, mi dico con fermezza. *Non sono come lei. Entro domani me ne ricorderò.*

Ributto il telefono in borsetta. Matthew ha ragione, ho bisogno di una pausa. Se potessi rilassarmi in spiaggia per un paio di settimane, starei meglio. Anche lui ha bisogno di una pausa. Occupati com'eravamo a ristrutturare il cottage, abbiamo saltato il viaggio di nozze. L'ultima volta che mi sono goduta una vacanza vera e propria, di quelle dove non fai altro che stare sdraiata sulla sabbia al sole, è stato prima che morisse il papà, diciotto anni fa. Dopo, i soldi erano troppo pochi per consentirmi un lusso del genere, soprattutto quando sono stata costretta a rinunciare al mio posto d'insegnante per prendermi cura della mamma. Per questo sono rimasta sconvolta quando, poco dopo la sua morte, ho scoperto che non era affatto una vedova indigente. Non riuscivo a capire perché si fosse accontentata di vivere così all'osso quando si sarebbe potuta permettere un'esistenza agiata. Stupefatta, non avevo neppure dato ascolto al notaio, al punto che, quando finalmente avevo capito di quanti soldi si trattava, ero riuscita solo a fissarlo a bocca aperta. Credevo che il papà non ci avesse lasciato niente.

Un tuono, ora molto più lontano, mi riporta al presente. Sbircio attraverso il finestrino, sperando di riuscire a raggiungere il portico senza bagnarmi troppo. Stringendo la borsetta al petto, apro la portiera e mi metto a correre, con la chiave già pronta in mano.

Nell'ingresso, mi tolgo le scarpe e vado di sopra in punta di piedi. La porta della stanza degli ospiti è chiusa e sono tentata di aprirla, anche solo di un centimetro, per vedere se Matthew dorme, ma non voglio rischiare di svegliarlo. Così mi preparo in fretta per andare a letto e crollo addormentata quasi prima di toccare il cuscino con la testa.

Quando mi sveglio, la mattina, Matthew è seduto sulla sponda del letto con una tazza di tè.

« Che ore sono? » mormoro, sforzandomi di aprire gli occhi nonostante i raggi di sole che entrano dalla finestra.

« Le nove. Io sono in piedi dalle sette. »

« Come va l'emicrania? »

« Passata. »

Sotto questa luce, i suoi capelli biondo cenere sembrano dorati. Ci passo una mano attraverso. Sono foltissimi. « È per me? » domando, guardando speranzosa la tazza.

« Certo. »

Mi metto seduta, appoggiando la testa ai cuscini. Alla radio, al piano di sotto, stanno dando *Lovely Day*, una canzone che m'ispira sempre una gran voglia di vivere, e con la prospettiva di sei settimane di vacanza davanti a me la vita sembra davvero degna di essere vissuta. « Grazie », dico, prendendo la tazza. « Sei riuscito a dormire? »

« Come un sasso. Scusa se non ti ho aspettato. Com'è stato il ritorno? »

« Tranquillo. Tuoni e fulmini in abbondanza, però. E tanta pioggia. »

« Be', almeno stamattina c'è il sole. Fammi posto. » Matthew mi spinge da parte con delicatezza.

Attenta a non rovesciare il tè, mi sposto quanto basta per dargli modo di sedersi vicino a me. Mi annido sotto il suo braccio alzato, posando la testa sulla sua spalla.

« Poco lontano da qui è stato trovato il cadavere di una donna, l'hanno appena detto al notiziario », dice, così piano che quasi non lo sento.

« Che cosa terribile. » Poso la tazza sul comodino e lo guardo. « Cosa intendi con 'poco lontano da qui'? A Browbury? »

Lui mi scosta una ciocca di capelli dalla fronte. Le sue dita mi sfiorano la pelle. « No, molto più vicino, sulla strada che va da qui a Castle Wells. »

« Quale strada? »

« Blackwater Lane, la scorciatoia che passa per i boschi. » Si china per baciarmi, ma io lo respingo.

« Smettila, Matthew. » Lo guardo col cuore che mi sfarfalla nel petto come le ali di un uccello in gabbia. Perché non ride? Perché non confessa di sapere che ieri notte sono passata da quella strada e ammette che era solo uno scherzo?

Ma lui è serissimo. « Lo so, è orribile. »

Lo fisso. « Quindi è vero? »

Mi guarda stranito. « Certo. Ti pare che m'inventerei una cosa del genere? »

« Ma... » Mi sento mancare. « Com'è morta? Hanno dato qualche particolare? »

« No, hanno detto solo di averla ritrovata nella sua auto. »

Mi giro perché non possa vedermi in faccia. *Non può essere la stessa persona. È impossibile.* « Mi devo alzare », dico, quando cerca di nuovo di abbracciarmi. « Devo andare a fare acquisti. »

« Cosa devi comprare? »

« Il regalo di Susie. Non le ho ancora preso niente e stasera c'è la sua festa. » Butto giù le gambe dal letto e mi alzo.

« Che fretta c'è? » protesta Matthew, ma io me ne sono già andata, portandomi via il cellulare.

In bagno, chiudo a chiave la porta e apro l'acqua nella doccia. Sto cercando di annegare questa voce che mi gira in testa, dicendomi che la donna trovata morta è la stessa che ho superato in macchina ieri sera. Mi siedo tutta tremante sull'orlo della vasca e apro Internet. È la prima notizia sul sito della BBC, ma non ci sono dettagli. Dicono solo che vicino a Browbury, nel Sussex, una donna è stata ritrovata senza vita nella sua auto. *Ritrovata senza vita.* Significa che si è suicidata? Il solo pensiero è sconvolgente.

La mia mente corre, cercando di mettere al loro posto i vari pezzi. Se si tratta della stessa donna, forse non aveva affatto il motore in panne. Forse si era fermata apposta nella piazzola perché era isolata, e lì era sicura che nessuno l'avrebbe disturbata. Questo spiegherebbe come mai non ha lampeggiato per chiedermi aiuto e perché, quando mi ha guardato dal finestrino, non mi ha segnalato di fermarmi, come avrebbe fatto di certo se avesse avuto un guasto.

Ho lo stomaco in subbuglio. Adesso, col sole che dilaga entrando dalla finestra del bagno, mi sembra incredibile di non essere scesa a controllare. Se lo avessi fatto, forse sarebbe finita in modo diverso. Mi avrebbe detto che stava bene, avrebbe finto di essere in panne ma di avere già chiamato qualcuno in suo aiuto. In quel caso, però, mi sarei offerta di tenerle compagnia mentre aspettava. E se avesse insistito per mandarmi via mi sarei insospettita, avrei cercato di farla parlare, e adesso lei potrebbe essere ancora viva. Non avevo pensato di avvertire la polizia? Ma poi, distratta dall'SMS di Rachel e dal regalo che avrei dovuto comprare per Susie, mi ero scordata di lei.

«Pensi di restare lì dentro ancora per molto, amore?» mi chiede Matthew dal corridoio.

«Esco tra un minuto!» grido sopra lo scroscio dell'acqua sprecata che cade nello scarico.

«Allora comincio a preparare la colazione.»

Mi tolgo il pigiama ed entro nella doccia. L'acqua è calda, ma non abbastanza da sciacquare via il mio senso di colpa. Mi strofino con vigore, cercando di non pensare alla donna che stappa una boccetta di pillole, le raccoglie nel cavo della mano, se le porta alla bocca e le inghiotte con un po' d'acqua. Che cose orribili le sono successe per farle decidere di togliersi la vita? E, mentre moriva, c'è stato un momento in cui si è pentita di avere preso quelle pillole?

Non potendo più sopportare questi pensieri, chiudo l'acqua ed esco dalla doccia. Il silenzio improvviso però è spiazzante, così cerco la radio sul mio telefonino nella speranza di trovare una canzone piena di gioia e ottimismo, capace di distrarmi dall'idea di quella donna chiusa in auto.

«Alle prime ore del mattino, il cadavere di una donna è stato trovato nella sua auto lungo Blackwater Lane. La morte è stata classificata come sospetta. Per il momento non sono stati forniti ulteriori elementi, ma la polizia sta avvisando i residenti della zona di tenere gli occhi aperti.»

Trattengo il respiro. *La morte è stata classificata come sospetta.* Le parole riecheggiano nel bagno. Non è quello che dice la polizia quando una persona viene assassinata? Provo un improvviso terrore. Io ero lì, nello stesso punto. C'era anche l'assassino, acquattato tra i cespugli in attesa dell'occasione giusta per uccidere? L'idea che sarebbe potuto toccare a me mi dà il capogiro. Mi attacco al portasciugamani, cercando di fare qualche respiro profondo. Che follia, ieri sera, imboccare quella strada.

Tornata in camera, sfilo un abitino di cotone nero dalla pila dei vestiti piegati sulla sedia. Di sotto, l'odore delle salsicce grigliate mi dà il voltastomaco prima ancora di aprire la porta della cucina.

«Ho pensato di festeggiare l'inizio delle vacanze con una colazione sopraffina», dice Matthew, ed è così felice che mi costringo a sorridere per non guastargli la festa.

« Bello. » Vorrei dirgli di ieri sera, che ho rischiato di essere uccisa, e condividere con lui il mio orrore, troppo grande da sopportare sola. Ma se gli dico di essere tornata attraverso il bosco, soprattutto dopo che mi ha detto di non farlo, s'infurierà. Non gl'importerà che io sia qui, illesa e seduta in cucina invece che morta ammazzata nella mia Mini: sarebbe come se lo fossi, si sentirebbe spaventato da ciò che sarebbe potuto succedere, sconvolto dal pericolo che ho corso.

« A che ora vai a fare compere? »

Porta una maglietta grigia e dei pantaloncini di cotone leggero, e in qualunque altro momento mi considererei fortunata ad averlo sposato, ma adesso non oso neppure guardare nella sua direzione. Ho la sensazione di avere il mio segreto impresso a fuoco sulla pelle. « Subito dopo colazione. » Guardo fuori dalla finestra, cercando di concentrarmi su quant'è bello il nostro giardino, ma la mia mente continua a inciampare negli avvenimenti di ieri sera, a ricordare il momento in cui mi sono allontanata dalla piazzola.

Matthew interrompe i miei pensieri: « Viene anche Rachel? »

« No. » Però mi sembra un'ottima idea, perché potrei raccontarle di stanotte e confidarle quanto mi sento devastata. « Ma non è una cattiva idea. Ora la chiamo e glielo propongo. »

« Sbrigati. È quasi pronto. »

« Ci metto un attimo. »

Vado nell'ingresso, prendo il cordless – da noi il

cellulare prende solo al piano di sopra – e faccio il numero di Rachel.

Impiega un po' a rispondere e, quando lo fa, ha la voce impastata di sonno.

«Ti ho svegliata», dico, sentendomi malissimo. Mi ero scordata che è tornata solo ieri da New York.

«Mi sembrano le tre di notte», borbotta lei. «Che ore sono invece?»

«Le nove e mezzo.»

«Quindi sono davvero le tre del mattino. Hai ricevuto il mio SMS?»

La sua domanda è un pugno nello stomaco ed esito, un inizio di mal di testa dietro gli occhi. «Sì, ma non ho ancora comprato niente per Susie.»

«Ah.»

«Sono stata occupatissima», mi affretto a spiegare, ricordando che, per qualche motivo, Rachel pensa che faremo un regalo congiunto. «Ho aspettato fino a oggi per essere sicura che non cambiassi idea su cosa prenderle», aggiungo, sperando così d'indurla a rivelare cos'avevamo deciso.

«Perché dovrei? Eravamo tutti d'accordo che la tua idea era la migliore. E la festa è stasera, Cass!»

La parola «tutti» mi sgomenta. «Non si sa mai... Non è che mi accompagneresti?»

«Mi piacerebbe, ma sono ancora così rintronata...»

«Nemmeno se ti offro il pranzo?»

Pausa. «Da Costello's?»

«Affare fatto. Troviamoci al bar dei Fenton's alle undici, così ti offro anche un caffè.»

Sento uno sbadiglio, poi un fruscio. «Ci posso pensare un attimo?»

«No, non puoi! Su, forza, alzati. Ci vediamo là», le dico con fermezza. Quando riappendo mi sento un po' più leggera e smetto subito di pensare al regalo di Susie. Mi sembra una tale inezia in confronto alle notizie di questa mattina! Torno in cucina e mi siedo a tavola.

«Cosa te ne pare?» domanda Matthew, mettendomi davanti un piatto con salsicce, pancetta affumicata e uova.

Ho l'impressione che non riuscirò nemmeno a toccarlo, ma gli sorrido entusiasta. «Fantastico! Grazie.»

Lui si siede vicino a me e impugna forchetta e coltello. «Come sta Rachel?»

«Bene. Mi accompagna a prendere il regalo.» Guardo la mia colazione, domandandomi come farò a renderle giustizia. Mando giù un paio di bocconi, ma il mio stomaco si ribella e così, dopo avere spostato il resto in giro per il piatto, mi arrendo. «Mi dispiace tanto», dico, mettendo giù le posate. «Sono ancora sazia dalla cena di ieri sera.»

Lui allunga la forchetta e infilza una salsiccia. «È un peccato sprecarle», dice con un sorrisone.

«Serviti pure.»

I suoi occhi azzurri sondano i miei, impedendomi di guardare altrove. «Va tutto bene? Sei silenziosa.»

Sbatto un paio di volte le palpebre, ricacciando le lacrime. «Continuo a pensare a quella donna», dico, e parlarne è un tale sollievo che non riesco più a smettere. « Alla radio hanno detto che la polizia la considera una morte sospetta. »

Lui dà un morso alla salsiccia. « Allora è stata ammazzata. »

« Dici? » chiedo, ma so già che è così.

« È la frase fatta che propinano prima che siano pronti gli esami della scientifica. Tremendo, vero? Chissà cosa le è venuto in mente di prendere quella strada di notte. Sì, non poteva sapere che sarebbe finita ammazzata, ma lo stesso... »

« Forse era in panne », suggerisco, stringendo forte le mani sotto il tavolo.

« Per forza. Altrimenti perché fermarsi lungo una strada così poco frequentata? Chissà che paura ha avuto, poveretta. In mezzo al bosco non prende nemmeno il telefono, quindi deve avere pregato che passasse qualcuno. E guarda cos'è successo quando sono passati. »

Sono sconvolta: è come se mi avessero rovesciato addosso una secchiata di acqua gelida per svegliarmi e mettermi davanti all'enormità di ciò che ho fatto. Mi sono detta che doveva avere già telefonato per chiedere aiuto, eppure so bene che nei boschi non c'è segnale. Perché l'ho pensato, allora? Me n'ero dimenticata? O volevo avere la coscienza pulita? Bene, adesso la mia coscienza è tutt'altro che pulita. Ho abbandonato quella poveretta al suo destino, l'ho consegnata all'assassino. Allontano la sedia dal tavolo e raccolgo in fretta e furia le tazze vuote. Spero che non mi chieda di nuovo se va tutto bene. «È meglio che vada. Non voglio far aspettare Rachel.»

«A che ora avete appuntamento?»

«Alle undici. Ma lo sai che traffico c'è in città, il sabato.»

«Ho sentito bene, pranzate insieme?»

«Sì, a dopo.» Gli do un bacio veloce sulla guancia, impaziente di uscire. Prendo la borsa e le chiavi della macchina dal tavolino dell'ingresso.

Matthew mi segue fino alla porta con un pezzo di pane tostato. «Non è che passeresti a ritirarmi la giacca in lavanderia? Vorrei metterla stasera.»

«Certo. Hai lo scontrino?»

«Sì, aspetta un attimo.» Prende il portafogli e mi porge un biglietto rosa. «È già pagata.»

Butto il biglietto in borsa e apro la porta. Il sole invade subito l'ingresso.

«Vai piano», mi grida lui, quando salgo in auto.

«Tranquillo. Ti amo.»

«Io di più!»

La strada per Browbury è già molto trafficata e io tamburello le dita sul volante. Sono così nervosa che, nella fretta di uscire, non ho pensato a che effetto mi avrebbe fatto ritrovarmi di nuovo nella Mini, sul sedile dal quale ho visto quella donna. Nel tentativo di distrarmi, cerco di ricordare quale regalo ho proposto per Susie. Lavora nello stesso studio di Rachel, ma in amministrazione. Dicendo che erano tutti d'accordo sul mio suggerimento, immagino che si riferisse al gruppo dei colleghi. L'ultima volta che siamo uscite con loro è stato circa un mese fa e ricordo che Rachel, approfittando dell'assenza di Susie, aveva parlato della festa per il suo quarantesimo compleanno. È stato allora che ho avuto l'idea per il regalo?

Per miracolo trovo parcheggio poco lontano dai grandi magazzini Fenton's e vado al quinto piano, dove c'è il bar. C'è molta folla ma Rachel è già arrivata: la individuo subito grazie all'abito giallo che indossa. È china sul cellulare e i riccioli neri le cadono ai lati del volto. Sul tavolino ci sono due tazze di caffè che suscitano in me un'improvvisa gratitudine: si è sempre presa cura di me. Ha cinque anni più di me e la considero la sorella maggiore che non ho mai avuto. Le nostre madri erano amiche e, dato che la sua era stata abbandonata dal marito poco dopo la nascita di Rachel e quindi lavorava fino a tardi per mantenere se stessa e la bambina, Rachel ha passato buona parte della sua infanzia a casa nostra, al punto che i miei genitori la definivano con affetto la loro seconda figlia. Quando a sedici anni ha lasciato la scuola per mettersi a lavorare e aiutare economicamente la madre, si è fatta un punto d'onore di venire a cena da noi almeno una volta alla settimana. Era affezionata soprattutto a mio padre e quand'è morto, investito da un'auto proprio davanti a casa, ha sofferto quasi quanto me. Quando poi la mamma si è ammalata e non poteva più restare sola, le teneva compagnia ogni tanto per consentirmi di andare a fare la spesa.

«Hai sete?» dico per scherzo, accennando alle due tazze sul tavolino. Ma il mio tono è falso. Mi sento osservata, come se in qualche modo tutti sapessero che ieri sera ho visto la donna che poi è stata uccisa e non ho fatto nulla per salvarla.

Rachel si alza e mi abbraccia. «C'era così tanta coda che ho deciso di portarmi avanti e ordinare. Sapevo che saresti arrivata a momenti.»

«Scusa, c'era un traffico tremendo. E grazie per essere venuta. Apprezzo molto, davvero.»

I suoi occhi brillano. «Lo sai che per un pranzo da Costello's sono disposta a tutto.»

Mi siedo di fronte a lei e bevo un graditissimo sorso di caffè.

«Ti sei divertita come una pazza ieri sera?»

Sorrido e sento la tensione allentarsi un po'. «Non come una pazza, ma mi sono divertita.»

«C'era anche il bel John?»

«Certo che sì. C'erano tutti i professori.»

«Lo sapevo, dovevo fare un salto.»

Scoppio a ridere. «È troppo giovane per te. E comunque ha la ragazza.»

«E pensare che poteva essere tuo.» Rachel sospira e io alzo gli occhi al cielo, perché non si rassegnerà mai al fatto che ho preferito Matthew a John.

Nei mesi successivi alla morte della mamma, Rachel si era fatta in quattro per me. Decisa a farmi uscire di casa, aveva cominciato a portarmi fuori con lei. I suoi amici erano perlopiù colleghi di lavoro o compagni di yoga, e quando m'incontravano per la prima volta mi chiedevano tutti cosa facessi nella vita. Dopo che per un paio di mesi avevo risposto di avere lasciato il mio posto d'insegnante per accudire la mamma, qualcuno mi aveva chiesto perché non avessi ripreso a lavorare, ora che potevo. E all'improvviso me n'era tornata voglia, più che di qualunque altra cosa. Stare tutto il giorno a casa a godermi l'improvvisa e ritrovata libertà non mi bastava più. Volevo una vita, la vita di una donna di trentatré anni.

Ero stata fortunata. Nella nostra zona c'era carenza di professori e così, dopo avermi mandata a un corso di aggiornamento, una scuola di Castle Wells mi aveva proposto d'insegnare storia agli alunni del nono anno. Ero contenta di avere ripreso a lavorare e mi ero sentita lusingata quando John – il rubacuori della scuola, a detta d'insegnanti e studentesse – mi aveva invitato a uscire. Se non fosse stato un collega, avrei accettato. Invece avevo declinato, riuscendo solo a renderlo ancora più insistente. Così insistente che ero stata molto felice quando, alla fine, avevo conosciuto Matthew.

Bevo un altro sorso di caffè. « Com'era l'America? »

« Stancante. Troppe riunioni, troppo cibo. » Rachel prende un pacchetto piatto dalla borsa e lo spinge attraverso il tavolo.

« Il mio strofinaccio! » dico, scartandolo. Questa volta c'è stampata una mappa di New York. L'ultima volta era la Statua della Libertà. È un nostro gioco: quando Rachel parte, che sia per lavoro o per piacere, torna sempre con due strofinacci identici, uno per me e uno per lei. «Grazie. Ce l'hai uguale anche tu, vero?»

«Certo.» Si fa di colpo seria. «Hai sentito di quella donna che è stata trovata morta nella sua auto, su quella scorciatoia che passa attraverso i boschi?»

Deglutisco, piego lo strofinaccio in due, poi in quattro, e mi chino per metterlo in borsetta. «Sì, Matthew me ne ha parlato. Lo hanno detto anche al notiziario.»

Rachel aspetta che mi sia tirata su, poi rabbrividisce. «È orribile, vero? Secondo la polizia la sua macchina ha avuto un guasto.»

«Ah, sì?»

«Già. Che roba. Immagina di restare in panne durante un temporale, in mezzo a un bosco. Non ci voglio nemmeno pensare.»

Mi ci vuole tutto il mio autocontrollo per non confessare all'istante che io c'ero e ho visto la donna nell'auto. Ma qualcosa mi ferma. Questo bar è troppo affollato e Rachel si è già calata emotivamente nella vicenda. Ho paura che, se glielo dicessi, mi giudicherebbe molto male per non averle prestato aiuto. «Nemmeno io.»

«Tu a volte la prendi, quella strada. Ma ieri sera no, vero?»

«Non la prendo mai, se sono da sola.» Mi sento avvampare. Rachel dev'essersi accorta che ho mentito.

Ma lei continua, ignara: «Per fortuna. Avresti potuto essere tu».

«Solo che la mia Mini non si guasta mai.»

Lei ride, spezzando la tensione. «Non lo puoi sapere! E forse non era affatto in panne. È solo una supposizione. Qualcuno potrebbe averla fermata fingendo di avere bisogno di aiuto. Chiunque si fermerebbe vedendo una persona in difficoltà, no?»

«Tu dici? Al buio, durante un temporale e lungo una strada deserta?» Vorrei tanto vederla tentennare.

«Be', chiunque con una coscienza. Nessuno tirerebbe dritto.»

Le sue parole sono come una mazzata. Il senso di colpa è quasi insopportabile. Non volendo mostrare a Rachel quanto sono scombussolata, chino la testa e fisso il vaso di fiori arancioni in mezzo al tavolo. Con mio grande imbarazzo, i contorni dei petali cominciano a confondersi e mi affretto a prendere un fazzolettino in borsa.

«Tutto bene, Cass?»

«Benone.»

«Non si direbbe.»

È preoccupata, lo sento dalla voce, ma prendo tempo soffiandomi il naso. Il bisogno di confidarmi con qualcuno è travolgente. «Non so perché, ma non mi sono...» M'interrompo.

Rachel è incuriosita. «Non ti sei cosa?»

Apro la bocca per dirglielo, poi mi rendo conto che, se lo faccio, non solo sarà sconvolta dal fatto che ho tirato dritto senza controllare che la donna stesse bene, ma scoprirà che le ho mentito dicendole di non prendere mai quella scorciatoia quando sono sola. Scuoto la testa. «Non importa.»

«Sì, invece. Dimmi tutto, Cass.»

«Non posso.»

«Perché no?»

Appallottolo il fazzolettino. «Perché mi vergogno.»

«Ti *vergogni*?»

«Sì.»

«E di cosa?» Quando non rispondo, sospira esasperata. «E dai, Cass, dimmelo e basta. Non può essere così terribile!»

La sua impazienza mi rende ancora più nervosa, così mi metto a cercare una cosa qualunque da dirle, che sia credibile. «Mi sono scordata di Susie», butto lì, odiandomi per avere accampato una scusa così terra terra in un momento tanto tragico. «Mi sono scordata che dovevo comprare io il regalo.»

Lei s'incupisce. «In che senso 'scordata'?»

«Non mi ricordo più cos'avevamo deciso di prenderle.»

Mi guarda sbigottita. «Ma l'idea era stata tua. Hai detto che, visto che per il suo compleanno Stephen la porta a Venezia, potevamo regalarle una valigia superleggera. Quando ne abbiamo parlato eravamo nel bar vicino al mio ufficio, ricordi?»

Anche se non mi aiuta affatto, mi sforzo di mostrare un po' di sollievo. «Ma certo! Che stupida! Credevo che avessimo parlato di un profumo o qualche altra sciocchezza del genere.»

«Con tutti quei soldi? Ci abbiamo messo venti

sterline a testa, quindi dovresti averne da spendere centosessanta. Le hai con te? »

Centosessanta sterline? Come ho fatto a dimenticare di avere in custodia una cifra simile? Vorrei tanto ammettere la mia totale smemoratezza, invece continuo a fingere. « Pensavo di pagare con la carta di credito. »

Lei mi sorride rassicurante. « Bene. Adesso che abbiamo risolto, bevi il caffè prima che si raffreddi. »

« Mi sa che è già freddo. Vado a prenderne altri due? »

« Vado io. Tu stai seduta qui e rilassati. »

Mentre la guardo mettersi in coda al banco, cerco d'ignorare il senso di scoramento. Sono riuscita a non dirle di avere visto la donna nell'auto, ma in cambio ho dovuto ammettere di essermi scordata della valigia. Rachel non è stupida. Ha visto la mente della mamma deteriorarsi di settimana in settimana e non voglio che si preoccupi, o che cominci a pensare che sto scendendo anch'io per quella china. La cosa peggiore è che non ricordo né di avere proposto la valigia, né dove ho messo le centosessanta sterline, a meno che non siano nel cassetto del mio vecchio scrittoio. I soldi in sé non sono un problema e, anche se li avessi persi, non avrebbe importanza. Ma mi spaventa avere dimenticato tutte queste cose.

Rachel torna coi caffè. « Ti secca se ti chiedo una cosa? »

« Spara. »

« Non è da te agitarti tanto per una sciocchezza come questa del regalo. C'è qualcos'altro che ti preoccupa? Con Matthew va tutto bene?»

È un vero peccato, penso per l'ennesima volta, che Matthew e Rachel non si siano più simpatici. Cercano di nasconderlo, ma tra loro c'è sempre una corrente di diffidenza reciproca. In difesa di Matthew devo dire che, se Rachel non gli piace, è solo perché percepisce la sua disapprovazione. Con lei è più complicato. Non ha motivo per trovarlo antipatico, quindi a volte mi chiedo se non sia gelosa perché io adesso ho qualcuno. Ma mi rimprovero sempre di averlo pensato, perché lei è felice per me, lo so.

«Sì, benissimo», le assicuro, cercando di non pensare a ieri sera. «È solo per il regalo, davvero.» Persino queste semplici parole suonano come un tradimento nei confronti della donna nell'auto.

«Be', eri un po' sbronza quella sera», dice, sorridendo. «Non dovevi restare sobria per guidare perché sarebbe passato a prenderti Matthew, così ti sei scolata un bel po' di vino. Forse è per questo che ti sei dimenticata della valigia.»

«Sì, probabile.»

«Dai, finisci di bere e andiamo a comprare questo regalo.»

Finiamo i caffè e scendiamo al quarto piano. Non ci mettiamo molto a scegliere un set di due valigie azzurre, ma mentre usciamo dal negozio sento su di me lo sguardo di Rachel.

«Sei sicura di voler uscire a pranzo? Guarda che non importa se non ti va più.»

L'idea del pranzo, di dover parlare di chissà cosa pur di evitare l'argomento della donna morta, mi sembra improvvisamente troppo. « A dire il vero ho un mal di testa atroce. Forse ieri sera ho esagerato. Possiamo rimandare alla prossima settimana? Ora che sono in vacanza, posso venire in città quando fa comodo a te. »

« Va bene. Ma stasera da Susie ci vieni, vero? »

« Certo. Nel caso, però, forse è meglio se le valigie le prendi tu. »

« Nessun problema. Dove hai la macchina? »

« In fondo a High Street. »

« Io sono nel multipiano, quindi ti saluto qui. » Indico le due valigie. « Ce la fai? »

« Sono superleggere, ricordi? E, se non dovessi farcela, riuscirò di sicuro a trovare un bel fusto che mi aiuta. »

Le do un abbraccio veloce e mi avvio alla Mini. Appena accendo il motore, il quadro s'illumina e vedo che manca un minuto all'una. Una parte di me – una parte piuttosto grande – non vorrebbe ascoltare il notiziario, ma mi ritrovo lo stesso ad accendere la radio.

« Stanotte lungo Blackwater Lane, tra Browbury e Castle Wells, è stato ritrovato il cadavere di una donna brutalmente uccisa. Se avete percorso quella strada tra le undici e venti di ieri sera e l'una e quindici di questa mattina, per favore, contattateci al più presto. »

Spengo la radio, la mano che trema. *Brutalmente uccisa*. Le parole sono ancora sospese nell'aria e sto così male che mi sento quasi febbricitante, tanto che per riuscire anche solo a respirare devo abbassare il finestrino. Non bastava dire «uccisa»? Non sarebbe stato già abbastanza tragico?

Un'auto si accosta alla mia e il guidatore mi fa dei segni: vuole sapere se me ne sto andando. Scuoto la testa e lui si allontana, ma un minuto dopo si ferma un'altra auto, per lo stesso motivo, e poi una terza. Ma io non voglio andarmene, voglio soltanto restare dove sono finché l'assassinio non farà più notizia, finché la gente non si sarà dimenticata della donna brutalmente uccisa e sarà andata avanti con la propria vita.

So che è stupido, ma mi sento come se fosse morta per colpa mia. Ho le lacrime agli occhi. È una colpa che non passerà mai e il pensiero di portarmela dentro per il resto dei miei giorni mi sembra un prezzo troppo alto da pagare per un momento di egoismo. La verità però è che, se mi fossi presa la briga di scendere dalla macchina, lei forse ora sarebbe ancora viva.

Torno a casa guidando piano, per rimandare l'attimo in cui dovrò abbandonare la bolla protettiva della Mini. Una volta a casa l'omicidio sarà ovunque, in televisione, sui giornali, sulle labbra di chiunque, un costante promemoria che non ho avuto il coraggio di aiutare la donna ferma nel bosco.

Quando scendo dalla macchina, l'odore di un falò acceso in giardino mi trasporta all'istante nella mia infanzia. Chiudo gli occhi e, per pochi meravigliosi istanti, non è più una calda e soleggiata giornata di luglio, ma una fredda e pungente serata di novembre, e la mamma e io stiamo mangiando salsicce infilzate su lunghe forchette mentre il papà prepara i fuochi d'artificio in fondo al giardino.

Quando riapro gli occhi, il sole è sparito dietro una nuvola, rispecchiando il mio umore. In circostanze normali raggiungerei Matthew, invece mi dirigo subito verso casa, contenta di poter passare ancora un po' di tempo da sola.

«Mi sembrava di averti sentito arrivare», mi dice lui, entrando in cucina pochi minuti dopo. «Non ti aspettavo così presto. Non dovevate pranzare fuori?»

«Dovevamo, ma abbiamo deciso di rimandare.»

Lui mi dà un bacio sulla testa. «Bene, così pranzerai con me.»

«Puzzi di bruciato», gli dico, inspirando l'odore della sua T-shirt.

«Volevo liberarmi di tutti quei rami che ho tagliato la scorsa settimana. Per fortuna erano sotto la tela cerata, altrimenti stanotte si sarebbero inzuppati di pioggia. Se li avessimo usati nel caminetto avrebbero riempito la casa di fumo.» Mi abbraccia. «Lo sai che sei la donna della mia vita, vero?» sussurra, come faceva spesso quando ci eravamo appena messi insieme.

Avevo ripreso a insegnare da circa sei mesi quand'ero andata con un gruppetto di amici a festeggiare il mio compleanno in un'enoteca. Connie aveva subito notato Matthew: sedeva a un tavolo da solo, chiaramente in attesa di qualcuno, e Connie aveva detto che, se la sua ragazza non si fosse fatta vedere, lei l'avrebbe volentieri rimpiazzata. Quand'era stato ovvio che la tanto attesa ragazza non si sarebbe materializzata, era andata da Matthew e, già mezza ubriaca, gli aveva chiesto se gli andava di unirsi a noi.

«Speravo non si capisse che sono stato bidonato», aveva detto in tono triste mentre Connie lo faceva sedere tra lei e John, cioè di fronte a me.

Non avevo potuto evitare di notare come i capelli gli ricadevano sulla fronte e l'azzurro dei suoi occhi ogni volta che mi guardava, cioè spesso, per non dire in continuazione. Avevo cercato di non illudermi troppo, ed era stato meglio così perché, quando ci eravamo alzati diverse bottiglie dopo, lui aveva nel telefono il numero di Connie, non il mio.

Qualche giorno dopo lei era venuta da me in sala professori, un enorme sorriso sulle labbra, per dirmi che Matthew l'aveva chiamata... per chiederle il mio numero. Le avevo accordato il permesso di darglielo e, quando mi aveva chiamato, lui aveva ammesso con un certo nervosismo: «Appena ti ho vista, ho capito che eri la donna della mia vita».

Dopo qualche appuntamento, mi aveva confessato di non poter avere figli e che mi avrebbe capita, se avessi deciso di troncare, ma a quel punto ero già innamorata e, anche se era stato un duro colpo, non mi sembrava la fine del mondo. Quando mi aveva chiesto di sposarlo, avevamo già discusso di altri modi per avere dei bambini e deciso che ci saremmo concentrati sul problema dopo un anno di matrimonio. Che è più o meno adesso. Di solito per me è un pensiero costante, ma ora mi sembra lontano, quasi inafferrabile.

Lui mi sta ancora abbracciando. «Hai trovato quello che cercavi?»

«Sì, abbiamo preso a Susie un set di valigie.»

«Ti senti bene? Perché mi sembri un po' giù.»

Tutto d'un tratto ho un impellente bisogno di restare da sola. «Ho un mal di testa fortissimo», gli dico, allontanandomi dal suo abbraccio. «Vado a prendere un'aspirina.» Salgo le scale, prelevo due aspirine dall'armadietto del bagno e le mando giù con un sorso d'acqua del rubinetto. Mi vedo allo specchio e mi scruto il viso, cercando qualcosa che mi possa tradire: si capisce, guardandomi, che non è tutto a posto? Ma nulla rivela che sono una persona diversa da quella che ha sposato Matthew un anno fa. Ho gli stessi capelli castani, gli stessi occhi azzurri.

Volto le spalle al mio riflesso e vado in camera. La pila dei miei indumenti è stata spostata dalla sedia al letto, ora rifatto: un gentile invito a metterli via da parte di Matthew. Di solito mi fa sorridere, ma oggi m'irrita.

Quando mi cade l'occhio sullo scrittoio della bisnonna, ripenso ai soldi di cui ha parlato Rachel, le centosessanta sterline che mi hanno affidato perché comprassi il regalo di Susie. Se le ho prese sono di certo lì, perché è dove metto le cose che voglio tenere al sicuro. Trattenendo il fiato, giro la chiave del cassettino di sinistra e lo apro. Dentro c'è un mucchietto di banconote spiegazzate. Le conto: centosessanta sterline esatte.

Nella pace tiepida della mia stanza da letto, sento incombere su di me la dura verità. Scordare un nome o un viso è normale, ma non ricordare di avere proposto un regalo e di avere raccolto i soldi per comprarlo no.

«Hai preso l'aspirina?» domanda Matthew dalla porta, facendomi sussultare.

Chiudo di scatto il cassetto. «Sì, mi sento già meglio.»

Lui mi sorride. «Bene. Io mi faccio un panino. Ne vuoi uno anche tu? Pensavo di bermi anche una birra.»

L'idea di mangiare mi dà ancora il voltastomaco. «No, grazie, magari più tardi. Per adesso bevo solo un tè.»

Lo seguo di sotto e mi siedo al tavolo della cucina. Lui mi mette davanti una tazza fumante, poi prende il pane dall'armadietto e una fetta di formaggio dal frigo e si prepara un panino al volo, pressandolo con le dita e divorandolo senza nemmeno metterlo su un piatto. «Stamattina alla radio non hanno parlato che di quell'omicidio», dice, sbriciolando sul pavimento. «Hanno chiuso la strada e la polizia sta perlustrando la zona in cerca d'indizi. Non è pazzesco pensare che è successo a cinque minuti da qui?»

Reprimendo un brivido, guardo con aria assente le

piccole briciole bianche sul pavimento di terracotta. Sembrano sperdute in mezzo al mare senza nessuna nave in vista. «Si sa già chi era?»

«La polizia deve saperlo, perché hanno avvisato i parenti, ma non hanno ancora reso pubblico niente. Dev'essere tremendo ciò che sta passando in questo momento quella povera gente. Sai cosa non riesco a levarmi dalla testa? Che, se fossi stata tanto pazza da prendere quella strada ieri sera, avresti potuto essere tu.»

Prendo la tazza e mi alzo. «Vado a sdraiarmi un po'.»

Mi guarda preoccupato. «Sei sicura di stare bene? Non hai un bell'aspetto. Preferisci non andare alla festa, stasera?»

Gli sorrido comprensiva, perché lui non ama le feste. È più il tipo che invita gli amici per una cenetta improvvisata. «Non posso mancare. È il quarantesimo compleanno di Susie.»

«Nonostante il mal di testa?»

Sento la supplica nella sua voce e sospiro. «Sì», dico con fermezza. «Non ti preoccupare, non sarai costretto a conversare con Rachel.»

«Non è quello. È che mi lancia sempre certe occhiate di disapprovazione! Mi fa sentire come se avessi fatto qualcosa di orribile. A proposito, ti sei ricordata di ritirare la mia giacca in lavanderia?»

«Oh! Mi è passato di mente. Scusa.»

«Ah. Be', non importa, metterò qualcos'altro.»

«Scusa», ripeto, pensando al regalo e a tutte le al-

tre cose di cui mi sono dimenticata di recente. Qualche settimana fa, Matthew è dovuto venire a recuperare me e la spesa di una settimana al supermercato
perché avevo lasciato il portafogli in cucina. Da allora, ha trovato il latte al posto del detersivo e il detersivo in frigo, senza contare la telefonata infuriata del
dentista per una seduta che avevo del tutto dimenticato. Finora l'ha buttata sul ridere, dando la colpa al
sovraccarico di lavoro a fine anno scolastico, ma, come per il regalo di Susie – di cui non gli ho parlato –,
ho avuto altre amnesie: sono andata a scuola senza i
libri, mi sono scordata di un appuntamento dal parrucchiere e di un pranzo con Rachel, e il mese scorso
ho percorso ventisei miglia fino a Castle Wells prima
di accorgermi di avere lasciato a casa la borsa.

Il fatto è questo: Matthew sa che la mamma è mancata a cinquantacinque anni e che verso la fine era un
po' smemorata, ma ignora che per i suoi ultimi tre anni di vita ho dovuto lavarla, vestirla e imboccarla.
Non sa neppure che a quarantaquattro anni (cioè solo
dieci più di quelli che ho io adesso) le è stata diagnosticata una forma precoce di demenza. Temevo che
non mi avrebbe mai voluto sposare, sapendo che dopo una decina d'anni o poco più avrei potuto ricevere
la stessa diagnosi.

Ora so che farebbe qualunque cosa per me, ma è
passato troppo tempo. Come potrei ammettere di
avergli tenuto nascosta una cosa simile? Lui me lo
aveva detto subito, a suo tempo, di essere sterile, e
io ho ripagato così la sua sincerità, permettendo alle

mie paure egoistiche di frapporsi tra me e la verità. *E guarda come la sto pagando cara adesso*, mi dico, sdraiandomi sul letto.

Cerco di rilassarmi, ma nella mia mente ripassano le immagini di ieri sera, l'una dopo l'altra, come i fermo immagine di un film: l'auto davanti a me sulla strada, io che sterzo per evitarla, io che mi giro per guardare la persona al volante. E il viso indistinto di una donna che mi fissa attraverso il finestrino rigato di pioggia.

A metà pomeriggio, Matthew viene a vedere come sto. «Credo che andrò un paio d'ore in palestra. A meno che tu non abbia voglia di fare due passi.»

«No, vai pure», gli dico, ben contenta di poter stare un po' da sola. «Devo dare un'occhiata alle scartoffie della scuola. Se non lo faccio ora, non lo faccio più.»

«Quando torno ci beviamo un bicchiere di vino, d'accordo? Ce lo meritiamo.»

«Affare fatto», rispondo, accettando un bacio. «Divertiti.» Sento sbattere la porta di casa, ma, invece di andare a lavorare nello studio, mi siedo al tavolo di cucina e lascio che la mia mente elabori i pensieri che ho in testa.

Suona il telefono: è Rachel. «Non indovinerai mai», dice, tutta agitata. «Sai quella tipa che è morta? Lavorava per noi.»

«Oddio», sussurro.

«È terribile, vero? Susie è a pezzi, vuole annullare

la festa di stasera. Dice che non ce la fa a divertirsi sapendo che è morto qualcuno dei nostri.»

Sono sollevata di non dover uscire, ma anche più inquieta adesso che la donna uccisa assume connotati sempre più reali.

«Non la conoscevo di persona, perché lavorava in un'altra divisione.» Esita. «A dire il vero mi sento da schifo, perché ieri, quando sono arrivata in ufficio dall'aeroporto, ho litigato con una per il parcheggio e credo proprio che fosse lei. Ci sono andata giù pesante – sai, risentivo del jet lag – e adesso vorrei tanto aver lasciato perdere.»

«Non potevi sapere cosa stava per succederle», dico automaticamente.

«Secondo Susie, quelli che lavoravano con lei sono distrutti. Alcuni conoscono anche il marito e pare che sia devastato. Com'è ovvio, insomma. Adesso gli toccherà tirare su da solo le loro gemelle di due anni.»

«Gemelle?» La parola mi riecheggia nel cervello.

«Sì, due bambine. Che tragedia.»

Mi sento gelare. «Come si chiamava lei?»

«Jane Walters.»

Il nome mi colpisce con la forza di un maglio. «Hai detto 'Jane Walters'?»

«Sì.»

La mia mente gira a vuoto. «No, non può essere. È impossibile.»

«Susie ha detto così», insiste Rachel.

«Ma... ho pranzato con lei.» Sono così sconvolta

che quasi non riesco a parlare. «Ho pranzato con lei e stava benissimo. Dev'esserci un errore.»

«Avete pranzato insieme?» Rachel sembra confusa. «Ma quando? Voglio dire, com'è che la conoscevi?»

«L'ho incontrata a quella festa di addio dove mi avevi portata tu, per quel vostro collega... Colin. Sai, quella festa cui mi hai detto che potevo venire tranquillamente, perché ci sarebbe stata un sacco di gente e nessuno si sarebbe accorto che non lavoravo per la Finchlakers. Ci siamo messe a chiacchierare al bar, ci siamo scambiate i numeri di cellulare e qualche giorno dopo lei mi ha chiamato. Te l'ho detto, quando mi hai telefonato da New York, che il giorno dopo sarei uscita a pranzo con lei... O no?»

«No, non mi pare», risponde Rachel con gentilezza, consapevole del mio stato di stress. «E anche se me l'avessi detto, anche se mi avessi detto il nome, non avrei saputo chi era. Mi dispiace tanto, Cass. Ti devi sentire malissimo.»

«Ora che ci penso, questa settimana dovevo andare a casa sua. Voleva farmi conoscere le bambine.» Ho una gran voglia di piangere.

«È tremendo, vero? Anche pensare che il suo assassino se ne va liberamente in giro. Non è che voglio metterti ansia, Cass, ma casa tua è a un paio di miglia da dove l'hanno trovata e, insomma, è un tantino isolata, là tutta sola in fondo a quella strada.»

«Già», dico con un filo di voce. Perché nel caos e nella preoccupazione non avevo pensato che l'assassino è ancora in circolazione. E che noi possiamo chiamare col cellulare solo dal piano di sopra, vicino a una finestra.

«Non avete un allarme?»

«No.»

«Allora promettimi di chiuderti dentro a chiave, quando sei da sola.»

«Sì, certo, lo farò.» Sono impaziente di riattaccare, di smettere di parlare della donna assassinata. «Scusa, Rachel, ma devo proprio andare. Matthew mi sta chiamando.» Butto giù il telefono e scoppio in lacrime. Non posso credere a quello che mi ha appena detto Rachel, non posso credere che la donna uccisa nella sua auto fosse Jane, la mia nuova amica, che sarebbe diventata una grande amica, ne sono certa. Ci eravamo conosciute per caso a una festa dov'ero andata per caso, come se fosse destino incontrarsi. Tra i singhiozzi, la vedo farsi strada verso il bar da Bedales, come se fossimo ancora lì.

«Scusa, stai aspettando di essere servita?» mi chiede con un sorriso.

«No, non ti preoccupare, sto aspettando che passi a prendermi mio marito.» Mi sposto un po' per farle spazio. «Puoi metterti qui, se ci stai.»

«Grazie. Per fortuna non ho urgente bisogno di un drink», scherza, guardando la folla in attesa davanti al banco. «Non mi ero resa conto che Colin avesse invitato tutta questa gente.» Mi guarda con aria interrogativa e noto

quanto sono azzurri i suoi occhi. « Non ti ho mai visto in giro. Sei nuova? »

« In realtà non lavoro per la Finchlakers », ammetto, sentendomi un po' in colpa. « Sono venuta con un'amica. Lo so che è una festa privata, ma secondo lei in questa folla non se ne accorgerà nessuno, se c'è un'infiltrata. Mio marito è a vedere la partita con degli amici e a lei dispiaceva che fossi sola. »

« Dev'essere una buona amica. »

« Sì, Rachel è fantastica. »

« Rachel Baretto? »

« La conosci? »

« No, non proprio. » Mi fa un sorriso. « Anche mio marito stasera guarda la partita. E intanto sta con le nostre gemelle. Sai, hanno solo due anni. »

« Due gemelle? Che bello! Come si chiamano? »

« Charlotte e Louise, meglio note come Lottie e Loulou. » Prende di tasca il telefonino e passa in rassegna le foto. « Alex, mio marito, continua a ripetermi di non farlo con gli estranei, ma non riesco a trattenermi. » Mi mostra il display. « Eccole. »

« Bellissime », commento, sincera. « Sembrano due angioletti, con quei vestitini bianchi. Qual è l'una e quale l'altra? »

« Questa è Lottie e questa è Loulou. »

« Sembrano identiche. »

« Non proprio identiche, ma la gente fa fatica a distinguerle. »

« Immagino. » Vedo il barman in attesa di prendere il suo ordine. « Oh, mi sa che tocca a te. »

« Oh, ottimo. Un bicchiere di rosso sudafricano, per favore. » Si gira verso di me. « Posso offrirti qualcosa? »

« Matthew sarà qui a momenti... » Esito, ma per pochissimo. « Tanto non devo guidare, quindi perché no? Grazie. Prendo un bianco secco. »

« Mi chiamo Jane. »

« Cass, molto piacere. Ma, ti prego, non sentirti costretta a restare con me, adesso che hai il tuo vino. I tuoi amici ti staranno aspettando. »

« Non credo che sentiranno la mia mancanza se sto con te ancora cinque minuti. » Alza il bicchiere. « Agli incontri fortuiti. Per me poter bere stasera è una festa. Non esco molto, da quando sono nate le gemelle, e quando succede non bevo, perché poi devo guidare. Ma stasera mi accompagna a casa un'amica. »

« Dove abiti? »

« A Heston, dopo Browbury. Hai presente? »

« Ci sono stata un paio di volte, al pub. C'è un parchetto molto grazioso proprio davanti. »

« Con una meravigliosa area giochi dove ormai passo buona parte del mio tempo », fa lei con un sorriso. « Tu abiti a Castle Wells? »

« No, vivo in un paesino vicino a Browbury. Si chiama Nook's Corner. »

« Ci passo ogni tanto tornando da Castle Wells, sai, quando prendo quella scorciatoia nei boschi. Sei fortunata a vivere lì. È bellissimo. »

« Lo è, ma casa nostra è un po' troppo isolata per i miei gusti. Comunque mi fa comodo essere a pochi minuti dalla superstrada. Insegno in una scuola superiore a Castle Wells. »

Sorride. « Conoscerai John Logan, allora. »

Rido per la sorpresa. « John? Certo che lo conosco. È un tuo amico? »

« Fino a qualche mese fa giocavamo a tennis insieme. Racconta sempre barzellette? »

« In continuazione. » Il telefono vibra nella mia mano. È un SMS. « È Matthew. Il parcheggio è pieno, per cui si è dovuto mettere in seconda fila. »

« Ti conviene andare, allora. »

Vuoto velocemente il bicchiere. « Mi ha fatto piacere parlare con te. E grazie per il vino. »

« Figurati. » Jane ha una breve esitazione, poi tutto d'un fiato dice: « Non è che ti andrebbe di bere un caffè, o magari di pranzare insieme uno di questi giorni? »

« Volentieri! » rispondo, contenta che me lo abbia chiesto. « Ci scambiamo il numero? »

Così ci diamo i numeri di cellulare. Le do anche quello di casa, spiegandole che da me prende malissimo, e lei promette di chiamarmi presto.

Meno di una settimana dopo lo fa davvero, proponendo di pranzare insieme il sabato successivo, visto che suo marito sarà a casa e potrà occuparsi lui delle gemelle. Sono sorpresa che mi abbia chiamato così presto, ma anche contenta, e mi chiedo se forse non abbia bisogno di qualcuno con cui parlare.

C'incontriamo in un ristorante di Browbury e, mentre chiacchieriamo del più e del meno, mi sento come se fossimo già vecchie amiche. Mi racconta come ha incontrato Alex, io le dico come ho conosciuto Matthew e che speriamo anche noi di mettere presto su famiglia.

Quando vedo mio marito fuori dal ristorante – eravamo d'accordo che sarebbe venuto a prendermi – non mi sembra vero che siano già le tre. «Ecco Matthew! È in anticipo.» Guardo l'orologio e rido, meravigliata. «Ma no, è puntualissimo! Siamo davvero sedute qui da due ore?»

«A quanto pare, sì.» Sembra distratta e, quando alzo la testa, vedo che sta scrutando Matthew attraverso i vetri e provo un piccolo moto d'orgoglio. Gli hanno detto in più di un'occasione che assomiglia a Robert Redford da giovane e molti, soprattutto le donne, quando lo incrociano per strada si voltano a guardarlo.

«Vado a chiamarlo?» le chiedo, alzandomi. «Mi piacerebbe presentartelo.»

«No, non ti preoccupare, sembra occupato.»

Mi volto. Matthew ha tirato fuori il telefono e sta digitando furiosamente, tutto preso a scrivere un messaggio.

«La prossima volta, magari. Tra l'altro, anch'io devo telefonare ad Alex.»

Così me ne vado e, mentre mi allontano mano nella mano con Matthew, mi giro e la saluto attraverso la vetrina.

Il ricordo sbiadisce, ma le lacrime aumentano. Non ho pianto così nemmeno per la morte di mia madre, ma forse perché me l'aspettavo. La notizia di Jane invece è una batosta così forte che ci vuole un po' prima che il mio cervello riordini le idee.

Ora so che era Jane la donna seduta in quell'auto

ieri sera. È terribile. Era Jane che mi ha guardato attraverso il finestrino mentre passavo oltre. Era Jane che ho abbandonato nelle grinfie del suo assassino. L'orrore m'invade, il senso di colpa mi schiaccia. Mi sento soffocare. Nel tentativo di calmarmi mi dico che, se non fosse piovuto così forte, se fossi riuscita a distinguere i suoi lineamenti, se l'avessi riconosciuta, sarei scesa dalla Mini senza la minima esitazione, anche sotto l'acqua. Ma... e se lei invece aveva capito che ero io e aveva aspettato che tornassi indietro ad aiutarla? È un pensiero orrendo, ma in questo caso non avrebbe lampeggiato? Non sarebbe smontata lei dall'auto per venire da me? Poi sono investita da un altro pensiero, ancora più orrendo del precedente: e se il killer fosse stato già lì, e lei mi avesse lasciato andare via per proteggermi?

«È successo qualcosa, Cass?» domanda Matthew quando, di ritorno dalla palestra, mi trova pallida come un lenzuolo.

Non riesco a fermare le lacrime, che sgorgano copiose dai miei occhi. «Sai la donna che è stata uccisa? Era Jane.»

«Jane?»

«Sì, quella con cui sono uscita a pranzo un paio di settimane fa a Browbury, quella che avevo conosciuto alla festa dove mi sono imbucata grazie a Rachel.»

«*Cosa?*» Matthew sembra sconvolto. «Sei sicura?»

«Sì. Rachel mi ha telefonato per dirmi che era una

dipendente del suo studio. Quando le ho chiesto come si chiamava, mi ha detto Jane Walters. Susie ha deciso di annullare la festa, perché lavoravano insieme.»

«Mi dispiace tanto, Cass», dice lui, abbracciandomi stretta. «Non oso immaginare come ti senti.»

«È pazzesco che si tratti proprio di lei. Mi sembra impossibile. Forse c'è stato un errore, forse è un'altra Jane Walters.»

Lo sento esitare. «Hanno pubblicato la sua foto. L'ho vista sul telefonino. Non so se...» Non termina la frase.

Scuoto la testa: non la voglio vedere. Se quella nella foto è Jane, non voglio dover affrontare la verità. Però almeno avrò la certezza. «Fammela vedere», dico, con voce tremante.

Matthew scioglie l'abbraccio e saliamo di sopra, per connettere il telefonino a Internet. Mentre lui cerca l'ultimo notiziario aggiornato, io chiudo gli occhi e prego: *Ti supplico, Dio, fa' che non sia lei.*

«Eccola», dice a bassa voce.

Il mio cuore è pieno di paura, ma apro gli occhi e guardo la foto della donna uccisa. I capelli biondi sono più corti di quando ci siamo viste a pranzo e gli occhi sembrano meno azzurri, ma è decisamente Jane. «È lei», sussurro. «È lei. Chi può essere stato? Chi può avere fatto una cosa tanto orribile?»

«Un pazzo», risponde cupo Matthew.

Mi volto e premo il viso contro il suo petto, cercando di non scoppiare di nuovo a piangere: si domanderebbe il perché di tanto turbamento, visto che ai suoi occhi Jane era una mia semplice conoscente. « È ancora là fuori, da qualche parte », dico, improvvisamente terrorizzata. « Dobbiamo installare un allarme. »

« Perché lunedì non chiami un paio di ditte per chiedere un preventivo? Ma non impegnarti con nessuno prima che verifichiamo bene. Sai come sono quelli, ti fanno comprare cose di cui non hai nessun bisogno. »

« D'accordo. » Ma arrivo a sera che sono affranta. Riesco a pensare solo a Jane, seduta nella sua auto ad aspettare che io la soccorra. « Mi dispiace, Jane. Mi dispiace tanto », bisbiglio.

Jane è diventata un'ossessione. È trascorsa una settimana da quand'è morta, ma non è passato giorno in cui non sia stata in cima ai miei pensieri. Il tempo non ha attenuato il senso di colpa, anzi, l'ha aumentato. Non aiuta il fatto che dell'omicidio si parli in tutti i notiziari, coi media che si domandano senza sosta come mai la donna assassinata abbia scelto di fermarsi in un luogo così isolato nel bel mezzo di una tempesta. Sembra che l'auto non fosse guasta, ma, poiché era un vecchio modello con tergicristallo inadeguati a quelle condizioni meteorologiche, qualcuno ha avanzato la teoria che Jane avesse deciso di aspettare che la pioggia diminuisse per riuscire a vedere oltre il parabrezza e proseguire.

A poco a poco comincia a emergere un quadro. Poco prima delle undici Jane ha lasciato un messaggio vocale sul cellulare del marito, dicendo che partiva in quel momento da un locale di Castle Wells dove aveva partecipato a un addio al nubilato e sarebbe arrivata a casa al più presto. Secondo lo staff del locale è uscita con le sue amiche, ma, essendosi resa conto di avere lasciato il cellulare a casa, è rientrata cinque minuti dopo per fare una telefonata. Il marito, che si era addormentato sul divano, non ha sentito squillare il telefono, quindi ha saputo che la moglie non era rincasata solo quando la polizia ha bussato per dargli la tremenda notizia. Finora si sono fatte avanti tre persone che venerdì notte hanno percorso Blackwater Lane, ma nessuna di loro ha visto la macchina di Jane, né parcheggiata, né in movimento. Questo ha permesso alla polizia di stabilire che l'omicidio dev'essere avvenuto tra le undici e venti – per raggiungere la scorciatoia da Castle Wells ci vuole almeno un quarto d'ora – e l'una meno cinque, quando Jane è stata trovata da un automobilista di passaggio.

Una voce dentro di me mi esorta a contattare la polizia per dire loro che era ancora viva quando le sono passata accanto alle undici e mezzo, ma l'altra voce, quella secondo cui mi tratterebbero con disprezzo per non avere cercato di aiutarla, è più forte. E di sicuro restringere di così poco il lasso di tempo in cui può essere avvenuto l'omicidio non può fare differenza dal punto di vista dell'inchiesta. Almeno così mi dico.

Nel pomeriggio arriva un incaricato della Superior Security Systems per il preventivo sull'allarme di casa. Si presenta con venti minuti di anticipo e come prima cosa mi chiede se mio marito è in casa, facendomi subito irritare.

«No, mio marito non c'è», gli dico, cercando di non farmi distrarre dalla forfora sulle spalle del suo abito nero. «Ma, se mi vuole spiegare di che tipo di sistema ha bisogno questa casa per poter diventare sicura, credo di poter capire anch'io. Purché parli lentamente. »

Non coglie il sarcasmo ed entra nell'ingresso senza aspettare di essere invitato. « Rimane spesso a casa da sola? »

La sua domanda mi mette a disagio. « A dire il vero, no. Anzi, mio marito potrebbe rientrare da un momento all'altro. »

« Be', vista da fuori, la casa sembra un bersaglio perfetto per i ladri, isolata com'è in fondo alla strada. Le occorrono dei sensori alle finestre, alle porte, in garage e in giardino. » Si guarda intorno. « Anche sulle scale. Non vuole che qualcuno salga nel bel mezzo della notte, giusto? Posso dare un'occhiata al resto della casa? » Gira sui tacchi e sale due gradini alla volta.

Lo seguo e vedo che dà una controllata alla finestra sul pianerottolo. Poi sparisce nella nostra stanza da letto mentre io indugio fuori dalla porta. Saperlo lì dentro da solo m'innervosisce. D'un tratto mi rendo conto che non gli ho chiesto una prova della sua identità e mi stupisco di non essere stata più prudente, alla luce dell'assassinio di Jane. Ora che ci penso non ha nemmeno detto di essere della ditta di allarmi: sono stata io a presumerlo, nonostante i venti minuti di anticipo. Potrebbe essere chiunque.

L'idea mette radici così forti nella mia mente che il nervosismo si trasforma in qualcosa di molto simile al panico. Il mio cuore perde un battito, poi accelera. Tenendo d'occhio la porta della camera da letto, svicolo in quella degli ospiti e chiamo Matthew dal cellulare. Per fortuna lì c'è sempre segnale. Lui non risponde, ma un attimo dopo mi manda un messaggio:

Scusa, sono in riunione. Tutto bene?

Gli rispondo subito, le dita impacciate sulla tastiera.

Il tipo degli allarmi non mi piace.

Allora mandalo via.

Uscendo dalla stanza, mi scontro con lui. Faccio un balzo indietro soffocando un grido, poi apro la bocca per dirgli che ho cambiato idea e non voglio più nessun allarme, ma lui mi precede.

« Devo controllare ancora questa stanza e il bagno, poi vado a dare un'occhiata di sotto », dice, scansandomi.

Invece di aspettarlo, scendo a precipizio le scale e mi piazzo davanti alla porta, dicendomi che mi sto comportando da stupida e che il mio terrore è ingiustificato. Ma quando lui scende rimango dove sono, lasciandogli finire il giro della casa da solo.

Passano dieci minuti buoni prima che ricompaia nell'ingresso. « Bene. Ci sediamo un momento? »

« Non credo che sia necessario. Non sono poi così sicura che mi serva un allarme. »

« Mi dispiace doverglielo ricordare, ma dopo l'omicidio di quella donna poco lontano da qui secondo me sarebbe un grosso sbaglio. Non si dimentichi che l'assassino è ancora in circolazione.»

Sentire un estraneo parlare della morte di Jane m'infastidisce. Adesso voglio disperatamente che se ne vada. «Può lasciarmi i contatti della sua ditta?»

«Certo.» Infila una mano in tasca e io arretro di un passo, quasi aspettandomi che sfoderi un coltello. Ma tutto ciò che brandisce è un biglietto da visita.

Lo prendo e lo studio per un momento. C'è scritto che il suo nome è Edward Garvey. Ha una faccia da Edward? I miei sospetti si autoalimentano. «Grazie, ma forse è meglio se torna quando c'è anche mio marito.»

«Certo. Non so quando, però. Non dovrei dirlo, ma gli omicidi sono manna per il nostro lavoro, non so se mi spiego. Quindi, se mi concede altri dieci minuti del suo tempo, le spiego tutto in modo che possa riferire a suo marito quando tornerà a casa.»

Va verso la cucina e si ferma sulla porta, invitandomi a precederlo. Vorrei ricordargli che è casa mia, ma mi ritrovo lo stesso a obbedirgli. È così che funziona? È così che le persone si lasciano attrarre in situazioni potenzialmente pericolose, come agnelli al macello? La mia ansia aumenta quando, invece di sedersi di fronte a me al tavolo, mi si mette vicino, chiudendomi ogni via di fuga. Quando apre una brochure, sono così agitata che non riesco a concentrarmi su quello che dice. Annuisco al momento giusto, cercando di mostrarmi interessata alle cifre che mi sciorina, ma sento il sudore colarmi lungo la schiena e l'unica cosa che mi trattiene dall'alzarmi e sbatterlo fuori di casa è la mia educazione borghese. Sono state le buone maniere a impedire a Jane di alzare il finestrino e ripartire a tutto gas quando si è resa conto di non voler dare un passaggio al suo assassino?

«Ecco, le ho detto tutto», conclude lui, e io lo fisso trasognata mentre rimette il materiale nella sua valigetta e mi spinge davanti la brochure. «La faccia vedere a suo marito, stasera. Sarà colpito, vedrà.»

Mi rilasso solo quando gli chiudo la porta alle spalle, ma poi mi torna in mente che non gli ho chiesto una prova della sua identità prima di farlo entrare, quando poco lontano da qui è stata uccisa una donna, e questa stupidaggine mi fa dubitare della mia capacità di giudizio. Corro di sopra a prendermi un maglione, perché mi è venuto freddo, ed entrando in camera da letto trovo la finestra aperta. La fisso per un momento, chiedendomi cosa significa, *se* significa qualcosa. *Ti comporti da nevrotica*, mi rimprovero, infilando il cardigan che avevo lasciato sullo schienale della sedia. *Anche se fosse stato il tipo della Superior Security Systems ad aprirla – forse per vedere dove sistemare i sensori – non vuol dire che l'abbia lasciata aperta per poter tornare indietro ad assassinarti.* Chiudo la finestra. Sto tornando giù quando suona il telefono. Immagino che sia Matthew, invece è Rachel.

«Non è che avresti voglia di bere qualcosa insieme?»

«Sì!» rispondo, contenta di avere una scusa per

uscire di casa. «Tutto bene?» aggiungo, essendomi accorta che non è la solita Rachel effervescente.

«Certo. È solo che ho voglia di un bicchiere di vino. Alle sei può andare? Posso venire io a Browbury.»

«Fantastico. Al Sour Grapes?»

«Ottimo. Ci vediamo lì.»

Sul tavolo della cucina c'è ancora la brochure della Superior Security Systems, che metto da parte per mostrarla a Matthew dopo cena. Sono già le cinque e mezzo – la faccenda dell'allarme dev'essere durata più di quanto mi sia sembrato – per cui prendo le chiavi della macchina e mi metto subito per strada.

In città c'è un gran movimento. Mi sto dirigendo all'enoteca dopo avere parcheggiato, quando mi sento chiamare per nome. Mi volto e vedo la mia amica Hannah venirmi incontro nella folla. È la moglie carinissima di Andy, il compagno di tennis di Matthew. La conosco da poco, ma è così simpatica che avrei voluto incontrarla prima.

«Sono secoli che non ci vediamo.»

«Lo so, davvero troppo tempo. Ho appuntamento con Rachel, altrimenti ti proporrei di bere qualcosa insieme, ma questa estate dovete assolutamente venire da noi per un barbecue.»

Hannah sorride. «Sarebbe carino. L'altro giorno Andy mi stava proprio dicendo che è da un po' che non vede più Matthew al club.» Fa una breve pausa. «Non è terribile la storia di quella povera donna che è stata uccisa la settimana scorsa?»

Su di me scende quella nuvola nera che è il pensiero di Jane. « Sì, spaventosa. »

Hannah è percorsa da un brivido. « Non hanno ancora trovato il responsabile. Secondo te lo conosceva? Dicono che la maggior parte dei delitti viene commessa da un conoscente della vittima. »

« Davvero? » Dovrei dirle che Jane e io avevamo pranzato insieme un paio di settimane prima, ma comincerebbe a bombardarmi di domande su di lei, a chiedermi che tipo era. E non riuscire a parlarne mi sembra l'ennesimo tradimento.

« Potrebbe averla uccisa dopo essere passato di lì per caso, ma secondo Andy è stato qualcuno del posto, qualcuno che conosce bene la zona e adesso se ne sta rintanato nei dintorni. Dice che presto ci saranno altri omicidi qui in zona. È preoccupante, non trovi? »

L'idea di un assassino nascosto nei paraggi mi fa gelare il sangue. Le parole di Hannah mi echeggiano nella testa, impedendomi di ascoltare quello che sta dicendo. La lascio andare avanti ancora per un po', mormorando monosillabi nei momenti appropriati. « Mi dispiace, Hannah », dico a un certo punto, guardando l'orologio, « ma ora devo proprio scappare. »

« Oh, certo. Di' a Matthew che Andy ha tanta voglia di vederlo. »

« Non mancherò. Promesso! »

Il Sour Grapes è affollato e Rachel è già lì, davanti a una bottiglia di vino.

«Sei arrivata in anticipo», le dico, abbracciandola.

«Veramente sei tu in ritardo, ma non importa.» Mi riempie il bicchiere e me lo porge.

«Scusa, ma ho incontrato la mia amica Hannah e ci siamo messe a chiacchierare. Forse non mi conviene berlo tutto, sai. Devo guidare.» Accenno alla bottiglia. «Tu no, a quanto pare.»

«Più tardi arrivano due colleghe per mangiare un boccone insieme. Mi daranno una mano a finirlo.»

Bevo un sorso di vino, assaporandone l'asprezza. «Come ti va?»

«Così così. In questi giorni abbiamo la polizia in ufficio. Stanno interrogando tutti per via di Jane e oggi è toccato a me.»

«Capisco che tu abbia voglia di un drink. Cosa ti hanno chiesto?»

«Solo se la conoscevo. Ho risposto di no, perché è la verità.» Giocherella con lo stelo del bicchiere. «Il fatto è che non gli ho raccontato della lite per il parcheggio, ma forse avrei dovuto.»

«Perché non gliel'hai raccontato?»

«Non lo so. Anzi, sì. Temevo che lo ritenessero un movente.»

«Un movente? Per ammazzarla? Ma dai, nessuno uccide per un parcheggio!»

Rachel fa spallucce. «Hanno ucciso per molto meno. Ma adesso ho paura che qualcuno ne parli alla polizia, per esempio una delle sue amiche in ufficio, perché è facile che Jane l'abbia raccontato.»

« Dubito che lo faranno. Ma, se sei così preoccupata, perché non chiami la polizia e ti togli il peso? »

« Si domanderebbero come mai non gliel'ho detto subito. Mi farebbe apparire colpevole. »

Scuoto la testa e mi sforzo di sorriderle. « Ti stai arrovellando troppo. Quell'omicidio lo sta facendo un po' a tutti, questo effetto. Oggi pomeriggio è venuto a casa nostra un tipo per il preventivo di un allarme e io avevo paura a stare in casa da sola con lui. »

« Posso immaginare. Vorrei tanto che si sbrigassero a trovare il colpevole. Dev'essere terribile per il marito di Jane sapere che l'assassino è ancora in giro. Pare che abbia chiesto l'aspettativa per badare alle bambine. » Rachel prende la bottiglia e si versa altro vino. « E tu? Come va? »

« Oh, sai com'è. » Per nulla desiderosa di pensare alle bambine di Jane rimaste senza mamma, mi stringo nelle spalle. « È un po' difficile, con Jane sempre in testa. Vorrei quasi non avere pranzato con lei quel giorno », aggiungo, con una risatina nervosa.

« È comprensibile. Hai fissato l'appuntamento per farti installare l'allarme? »

M'irrigidisco. « Io vorrei, ma non sono sicura che Matthew ci tenga più di tanto. Ha sempre detto che è come essere prigionieri in casa propria. »

« Meglio che essere *ammazzati* in casa propria », commenta lei, in tono cupo.

« Non dire così. »

« Be', è vero. »

«Cambiamo argomento. Hai qualche viaggio di lavoro in vista?»

«Dopo le vacanze. Ancora due settimane e andrò a Siena. Non vedo l'ora!»

«Come si fa a preferire Siena all'Île de Ré?» la prendo in giro, perché ha sempre detto che è l'unico posto in cui le piace andare in vacanza.

«Vado a Siena solo perché la mia amica Angela mi ha invitato nella sua villa, ricordatelo. Anche se in realtà mi vuole sistemare con suo cognato Alfie», aggiunge Rachel, alzando gli occhi al cielo e bevendo un altro sorso di vino. «A proposito dell'Île de Ré, stavo pensando di andarci per il mio quarantesimo compleanno, solo donne. Tu verrai, vero?»

«Mi piacerebbe!» La sola idea di andarmene mi fa sentire molto meglio, e poi sarebbe il posto ideale per darle il regalo che le ho comprato. Per un momento mi scordo di Jane.

Rachel inizia a elencarmi i posti che vuole visitare a Siena. Nell'ora successiva riusciamo a conversare di argomenti lontani anni luce dagli omicidi e dagli allarmi, ma quando arrivo a casa mi sento mentalmente prosciugata.

«Ti sei divertita con Rachel?» mi chiede Matthew, sporgendosi dalla sua sedia in cucina per darmi un bacio.

«Sì», rispondo, sfilandomi le scarpe. Il freddo delle piastrelle è piacevole. «E mentre la stavo raggiungendo ho incontrato Hannah, pensa un po'.»

«È da un pezzo che non li vediamo. Come stanno? »

« Bene. Le ho detto che li inviteremo per un barbecue. »

« Ottima idea. Com'è andata con l'incaricato dell'allarme? Sei riuscita a liberartene? »

Prendo due tazze dal pensile e accendo il bollitore. « Alla fine, sì. Ha lasciato una brochure che dovresti guardare. E tu? Hai avuto una buona giornata? »

Matthew spinge indietro la sedia e si alza, stiracchiandosi e sgranchendo i muscoli delle spalle. « Molto piena. Farei volentieri a meno di partire, la settimana prossima. » Mi si avvicina e mi sfiora il collo con le labbra. « Mi mancherai. »

Mi scosto e mi giro di scatto, spiazzata. « Aspetta un attimo. Come sarebbe che devi partire? »

« Devo andare alla piattaforma petrolifera, lo sapevi. »

« No, non lo sapevo. Non mi hai mai detto che dovevi andarci. »

Mi guarda sorpreso. « Sì che te l'ho detto! »

« Quando? »

« Non so, un paio di settimane fa, immagino. Appena l'ho saputo. »

Scuoto la testa. « Non me l'hai detto. Me ne ricorderei, ti pare? »

« Hai persino risposto che ne avresti approfittato per portarti avanti col programma delle lezioni di settembre, in modo da poterci prendere un po' di tempo libero quando tornavo. »

Nella mia mente s'insinua il dubbio. «Impossibile. »

« Be', hai risposto così. »

« No, sono sicura », ribatto, con voce tesa. «Smettila d'insistere. Non me l'hai detto e basta. » Sentendomi addosso i suoi occhi, mi fingo indaffarata col tè in modo che non si accorga di quanto sono turbata. E non solo perché lui sta per partire.

Il mio orologio biologico non si è ancora adattato al fatto di essere in vacanza e così, anche se è sabato, esco in giardino di buon'ora a strappare le erbacce e ripulire le aiuole, fermandomi solo quando Matthew torna dal negozio col pane fresco e col formaggio per pranzo. Improvvisiamo un picnic sul prato, poi, appena finito, io taglio l'erba, spazzo la terrazza, passo lo straccio sul tavolo e sulle sedie e tolgo i fiori morti dalle piante nei cesti appesi. Di solito non sono così pignola col giardino, ma provo un bisogno urgente di perfezione.

Verso la fine del pomeriggio, Matthew mi viene a cercare. « Ti secca se vado un'oretta in palestra? Se lo faccio adesso, domattina potrò dormire fino a tardi. »

Sorrido. « E fare colazione a letto. »

« Esatto », dice, baciandomi. « Torno per le sette. »

Dopo che se n'è andato mi metto a preparare il pollo al curry, lasciando aperta la porta del giardino per arieggiare la cucina. Affetto le cipolle e taglio il pollo a dadini, cantando con la radio. Scopro in frigo una bottiglia di vino che avevamo iniziato un paio di sere fa e ne approfitto. Verso quello che rimane in un bicchiere e lo sorseggio mentre cucino. Quand'ho finito sono quasi le sei, per cui decido di fare un bel bagno con tanta schiuma. Sono così rilassata che non ricordo nemmeno più l'ansia che mi ha oppresso per tutta la settimana. È il primo giorno in cui non ho pensato affatto a Jane. Non è che non voglia pensare a lei, ma non reggo più il senso di colpa costante. Ormai non posso tornare indietro, nemmeno volendolo con tutta me stessa, ma non è giusto che smetta di vivere solo perché quella sera non mi sono resa conto che la donna in auto era lei.

Quando comincia il notiziario, mi affretto a spegnere la radio. Senza la musica scende un silenzio inquietante e, forse proprio perché mi è appena venuta in mente Jane, mi rendo conto di essere in casa da sola. Vado in salotto a chiudere la finestra che ho lasciato aperta tutto il giorno, poi chiudo quella dello studio e giro la chiave nella serratura della porta principale e di quella sul retro. M'immobilizzo, in ascolto. Ma l'unico suono è il richiamo di un piccione in giardino.

Salgo per far scendere l'acqua, ma prima di entrare nella vasca esito: devo chiudermi in bagno o no? Mi sono fatta influenzare troppo dalla visita del tizio degli allarmi. Irritata, decido di sfidare me stessa lasciando la porta spalancata come al solito, ma mentre mi spoglio la tengo d'occhio. Finalmente entro nella vasca e m'immergo. Le bollicine mi arrivano fin sotto il mento. Appoggio la nuca al cuscino di schiuma, a occhi chiusi, godendomi il silenzio del pomeriggio.

È raro che i rumori dei vicini arrivino fino a noi – l'estate scorsa i ragazzini che ci abitano sono venuti a scusarsi in anticipo per una festa che avrebbero dato quella sera, ma non abbiamo sentito nulla – ed è per questo che Matthew e io abbiamo scelto proprio questo cottage invece di una villa molto più grande e lussuosa – e anche più cara – che avevamo visto in alternativa. È stata comunque una spesa importante per Matthew: avevamo deciso di acquistarla insieme e lui mi aveva categoricamente impedito di metterci una quota maggiore della sua. Me lo sarei potuta permettere con tranquillità, benché sei mesi prima avessi comprato una casetta all'Île de Ré. Una casetta di cui nessuno sa niente, nemmeno Matthew. Per non parlare di Rachel. Non ancora, almeno.

Lascio salire a galla le braccia e penso al compleanno di Rachel, quando le consegnerò le chiavi della casa dei suoi sogni. Tenere il segreto è stato difficilissimo, ma la sua decisione di festeggiare sull'isola cade proprio a fagiolo. Mi ci aveva portato un paio di mesi dopo che era morta la mamma e due giorni prima di ripartire ci eravamo imbattute in questa casetta di pescatori con appeso a una finestra del primo piano il cartello À VENDRE.

« Che bella! » aveva sussurrato Rachel. « Voglio vedere l'interno. » E senza nemmeno consultare l'agenzia immobiliare aveva percorso il breve vialetto e bussato alla porta.

Mentre il proprietario ci accompagnava per le stanze, avevo capito che Rachel si era innamorata di quella casa che non si poteva permettere. Per lei era solo un sogno irraggiungibile, ma io sapevo di poterlo avverare e mi ero impegnata in segreto per farlo. Chiudo gli occhi e immagino la sua faccia quando si renderà conto che la casetta è sua. Mamma e papà approverebbero. Se fosse vissuto abbastanza a lungo da fare testamento, mio padre avrebbe di certo lasciato qualcosa alla sua « seconda figlia », e lo stesso avrebbe fatto la mamma se fosse rimasta sana di mente.

Un suono, un *crac*, interrompe i miei pensieri. Spalanco gli occhi e m'irrigidisco. So d'istinto che qualcosa non va. Tendo le orecchie, aspettando immobile di udire ancora quel suono da cui ho capito di non essere sola in casa. Ripenso a quanto ha detto Hannah a proposito dell'assassino di Jane, che dev'essere rintanato da qualche parte nei dintorni. Trattengo il fiato e i polmoni, privati di aria, cominciano a bruciare. Aspetto ancora, ma non sento niente.

Con un movimento lento, in modo da non spostare più acqua del necessario, faccio emergere un braccio dalle bolle di sapone e lo allungo verso il telefonino appoggiato in modo precario sul bordo della vasca, vicino ai rubinetti. Ma non ci arrivo e, mentre mi sposto, l'acqua che lambisce i bordi della vasca sembra produrre lo stesso rumore di una mareggiata. Col terrore di avere attirato su di me l'attenzione e consapevole di essere nuda, esco con un balzo dalla vasca, portandomi dietro metà dell'acqua, e mi lancio verso la porta, chiudendola. Il rumore echeggia per tutta la casa. Mentre tiro con dita tremanti il chiavistello, sento un altro scricchiolio di cui non capisco la provenienza e la mia paura s'intensifica.

Senza mai distogliere lo sguardo dalla porta, arretro di qualche passo e cerco a tastoni il cellulare. Quando lo trovo, mi sfugge dalle dita insaponate cadendo sul pavimento. Mi paralizzo, il braccio teso, ma anche stavolta non sento niente. Mi chino piano e lo raccolgo. Sul display compare l'ora (le sei e mezzo) e il fiato che ho trattenuto finora esce con un sospiro di sollievo, perché tra poco tornerà Matthew.

Faccio il suo numero, sperando che ci sia segnale: il bagno è sul retro della casa e non c'è mai la certezza. Quando comincia a squillare, quasi svengo per la gratitudine.

«Sto arrivando», dice lui, pensando che voglia solo sapere per quanto ancora ne avrà. «Vuoi che mi fermi a prendere qualcosa?»

«Credo che ci sia qualcuno in casa», bisbiglio.

«Cosa?» fa lui, spaventato. «Dove sei?»

«In bagno. Mi sono chiusa dentro.»

«Bene. Resta lì. Chiamo la polizia.»

Ma tutto d'un tratto esito. «Aspetta! Non sono così sicura. E sei poi non c'è nessuno? Ho sentito solo un paio di rumori.»

«Che rumore era? Qualcuno che entrava? Voci?»

«No, niente del genere. Un *crac* e poi una specie di scricchiolio.»

«Resta dove sei. Tra due minuti sono lì.»

«D'accordo. Ma sbrigati!»

Matthew sta per arrivare. Un po' meno in ansia, mi siedo sul bordo della vasca. L'aria fredda sulla pelle mi ricorda che sono ancora nuda, così prendo l'accappatoio appeso dietro la porta e me lo infilo. Forse avrei dovuto lasciare che Matthew chiamasse la polizia. Se davvero c'è qualcuno in casa, anche lui sarà in pericolo, quando arriverà.

Squilla il cellulare.

«Sono qui», dice Matthew. «Tutto a posto?»

«Sì.»

«Ho parcheggiato sulla strada. Ora do un'occhiata in giro.»

«Stai attento. Restiamo al telefono.»

«D'accordo.»

Ascolto nervosamente i suoi passi scricchiolare sulla ghiaia e poi girare intorno alla casa. «Vedi niente?»

«Sembra tutto a posto. Controllo in giardino.»

Passa un minuto abbondante.

«Tutto in ordine. Entro.»

«Fa' attenzione!» gli ripeto, per paura che cada il segnale.

«Tranquilla, ho preso un badile in giardino.»

Cade la linea, ma dal bagno lo sento girare per le stanze del pian terreno. Quando i suoi passi arrivano sulle scale, comincio ad aprire il chiavistello.

«Lasciami prima controllare nelle camere da letto!» grida. Poco dopo è di nuovo davanti alla porta. «Adesso puoi uscire.»

Apro la porta e, quando lo vedo lì col badile, tutto d'un tratto mi sento una cretina. «Scusa», gli dico, imbarazzatissima. « Ero davvero convinta che ci fosse qualcuno. »

Lui appoggia il badile e mi abbraccia. « Meglio un eccesso di prudenza che finire nei guai. »

« Non è che mi prepareresti uno dei tuoi gin tonic? Ho bisogno di un drink. M'infilo qualcosa e scendo. »

Matthew scioglie l'abbraccio e va verso le scale. « Ti aspetto in giardino. »

Mi metto dei jeans e una maglietta, poi lo raggiungo in cucina, dove sta affettando un limone.

« Hai fatto presto! » commenta, ma io sono troppo occupata a guardare la finestra.

« L'hai aperta tu? » domando, indicandola.

« Cosa? » Si volta a guardare. « No. Quando sono entrato era già così. »

« Io l'avevo chiusa. Prima di salire a fare il bagno le ho chiuse tutte. »

« Sei sicura? »

« Sì. » Mi sforzo di ricordare. Ricordo di avere chiuso la finestra del salotto e quella dello studio, ma di questa non sono così sicura. « Almeno credo. »

« Forse non l'hai chiusa bene e si è aperta. Dev'essere stato quello il rumore che hai sentito. »

« Forse hai ragione », dico, sollevata. « Dai, beviamoci questo gin tonic. »

Dopo cena, portiamo ciò che resta della bottiglia di vino in salotto per bercela davanti a un film. È difficile trovarne uno che non abbiamo già visto.

«Che ne dici di *Juno*?» fa Matthew, mentre scorriamo la lista. «Sai di cosa parla?»

«Di una ragazzina che si ritrova incinta e cerca la coppia giusta per dare in adozione il suo bambino. Non credo che sia roba per te.»

«Boh, perché no.» Mi toglie il telecomando e lo mette da parte per abbracciarmi. «È da un po' che non parliamo di avere un bambino. Sei ancora dell'idea?»

Gli poso la testa sulla spalla. Adoro come mi fa sentire al sicuro. «Sì, certo.»

«Allora forse dobbiamo cominciare a mettere in moto qualche ingranaggio. Pare che ci possa volere molto tempo.»

«Avevamo deciso di aspettare di essere sposati da un anno», gli ricordo e, benché sia felice, mi accorgo di essere anche incerta, perché come posso pensare di avere un bambino quando ancora prima che sia adolescente potrebbero diagnosticarmi la stessa forma di demenza di mia madre? Mi rendo conto che forse mi sto preoccupando per nulla, ma sarebbe stupido ignorare i vuoti di memoria di quest'ultimo periodo.

«Per fortuna ormai ci siamo quasi», sussurra lui. «Perché invece non ci guardiamo un bel film d'azione?»

«D'accordo. Vediamo cosa c'è.»

Guardiamo il film fino all'ora del telegiornale. Come sempre, la prima notizia è l'omicidio di Jane. Tengo duro solo perché voglio sapere se sono vicini a catturare l'assassino, ma non hanno fatto molti progressi.

Inquadrano un poliziotto. «Se tra venerdì sera e le prime ore di sabato della settimana scorsa eravate in prossimità di Blackwater Lane, e avete visto la Clio rosso scuro di Jane Walters, per favore chiamate il seguente numero.» Mentre parla sembra guardare proprio me, e quando dice che la telefonata può essere anonima mi rendo conto che è la soluzione al mio dilemma.

Alla fine del telegiornale Matthew, pronto per andare a letto, tenta di farmi alzare.

«Va' avanti tu», gli dico, impossessandomi del telecomando. «Voglio guardare una cosa su un altro canale.»

«D'accordo», risponde, tutto allegro. «A tra poco.»

Aspetto che sia di sopra, poi riguardo il notiziario finché il poliziotto non dice il numero e lo annoto su un foglietto. Siccome non voglio che la polizia possa risalire a me, dovrò usare un telefono pubblico. Non potrò chiamare fino a lunedì, quando Matthew sarà tornato al lavoro. E quando l'avrò fatto, forse, il mio senso di colpa sarà più leggero.

Il telefono di casa squilla mentre Matthew è in cucina a preparare la colazione da portare a letto.

«Puoi rispondere tu?» gli grido, infilandomi ancor più sotto le coperte. «Se è per me, di' che richiamo più tardi!»

Un attimo dopo lo sento chiedere a Andy come sta. Immagino che sia stato il mio incontro con Hannah a spingere suo marito a telefonarci. Al pensiero di come l'ho piantata in asso per raggiungere Rachel, mi sento una grande maleducata.

«Fammi indovinare», dico, quando Matthew mi raggiunge di sopra. «Andrew vuole che tu vada a giocare a tennis con lui stamattina.»

«No, voleva sapere a che ora devono venire.» Mi guarda con aria interrogativa. «Non avevo capito che li avessi invitati per oggi.»

«Cosa vorresti dire?»

«Solo che non mi avevi detto di avere organizzato il barbecue per oggi.»

«Non è per oggi.» Mi metto seduta, prendo uno dei cuscini dalla sua parte del letto e me lo metto dietro la schiena. «Ho detto a Hannah che li avremmo invitati, ma non quando.»

«Be', Andrew è convinto che sia per oggi.»

Sorrido. «Ti stava prendendo in giro.»

«No, era serissimo. Ma... sei sicura che non eravate d'accordo così?»

«Certo che sono sicura!»

«Però ieri hai sistemato il giardino.»

«Cosa c'entra, scusa?»

«Andrew mi ha chiesto se avevi fatto in tempo a tagliare l'erba. A quanto pare hai detto a Hannah che, se fossero venuti per il barbecue, sarebbe stata un'ottima scusa per fare un po' di giardinaggio.»

«Allora come mai non sapevano l'ora? Se mi fossi accordata con Hannah, le avrei detto anche un orario. È lei che ha capito male, non io.»

Matthew scuote leggermente la testa. È un movimento così piccolo che per poco non mi sfugge. «Sono riuscito a non fargli capire che non ne sapevo niente e gli ho detto di venire per le dodici e mezzo.»

Lo guardo frastornata. «Cosa? Allora vengono? Coi bambini?»

«Temo di sì.»

«Ma io non li ho invitati! Potresti richiamare Andy e dirgli che c'è stato un malinteso?»

«Sì, potrei.» Una pausa. «Se sei davvero sicura di non averli invitati per oggi.»

Lo fisso, cercando di non fargli capire che d'un tratto non sono più così sicura. Non ricordo proprio di averli invitati, ma prima di separarci Hannah ha detto che Andy aveva tanta voglia di rivedere Matthew. Questo lo ricordo bene. Mi sento quasi mancare.

«Non ti preoccupare», dice Matthew, scrutandomi. «Non è un grosso problema. Posso sempre uscire a comprare qualche bistecca da buttare sul barbecue. E delle salsicce per i bambini.»

«Dovremo preparare anche un paio d'insalate.» Mi sento vicina alle lacrime. Non me la sento proprio di averli per casa, con Jane sempre presente nei miei pensieri. «E il dolce?»

«Prenderò del gelato al negozio della fattoria quando vado a comprare la carne. Hannah porta una torta, perché domani a quanto pare è il compleanno di Andy, quindi di dolci ne avremo in abbondanza.»

«Che ore sono adesso?»

«Le dieci e qualcosa. Tu fai la doccia, io intanto finisco la colazione. Purtroppo non la potremo mangiare a letto.»

«Non importa», rispondo, cercando di non lasciar trapelare lo sconforto.

«E, mentre tu prepari l'insalata, io vado a fare la spesa.»

«Grazie», mormoro, riconoscente. «Mi dispiace tanto.»

Lui mi abbraccia. «Ehi, non hai niente di cui scusarti. So che sei tanto stanca in questo periodo.»

Sono contenta di potermi nascondere dietro questa scusa, ma quanto tempo passerà prima che s'insospettisca? Perché, dopo essermi del tutto scordata che lunedì parte, questa storia del barbecue è davvero la goccia che fa traboccare il vaso. Mentre vado in bagno, cerco d'ignorare la voce nella mia testa: *Stai diventando matta, stai diventando matta, stai diventando matta*. Sarebbe molto più facile credere che Hannah, avendo voglia di barbecue, abbia deciso di approfittarne per autoinvitarsi, ma non si permetterebbe mai e sarei *davvero* matta a pensarlo. Però come mai ieri ho sentito questo gran bisogno di sistemare il giardino? Ero sicura che fosse solo un modo per distrarmi e tenermi occupata, ma forse, da qualche parte nel mio cervello, sapevo di averli invitati.

A ripensarci, ora so cosa potrebbe essere successo. Tutta presa a ripensare a quanto ci eravamo dette su Jane, alla fine della nostra conversazione ho smesso di ascoltare Hannah. Forse è stato allora, in quei pochi istanti andati perduti, che li ho invitati a venire da noi oggi.

Alla mamma succedeva di continuo. Annuiva quando le parlavo, esprimeva la sua opinione e mi dava addirittura dei consigli, ma pochi minuti dopo non sapeva nemmeno più di cosa stavamo parlando. «Avevo la testa fra le nuvole», diceva. L'infermiera che veniva a occuparsi di lei la chiamava «amnesia periodica». Ero stata anch'io con la testa fra le nuvole? Per la prima volta nella mia vita, le nuvole mi sembrano spaventose.

Hannah ed Andy arrivano poco dopo mezzogiorno e mezzo, e non passa molto prima che finiscano a parlare di Jane.

«Avete sentito che la polizia chiede ancora alla gente di farsi avanti per l'omicidio di quella donna?» dice Hannah, passando un piatto a Matthew. «Non trovate strano che finora non l'abbia fatto nessuno?»

«Non sono in molti a percorrere quella scorciatoia di notte», commenta Matthew. «Soprattutto durante un temporale come quello.»

«Io per tornare da Castle Wells la prendo sempre», dice allegramente Andy. «Di giorno, di notte, col sole e col temporale.»

«Bene, allora dicci: dov'eri lo scorso venerdì sera?» gli chiede Matthew, e quando tutti scoppiano a ridere vorrei urlargli di smettere.

Matthew si accorge della mia espressione. «Scusa», dice a bassa voce. Poi si rivolge a Hannah ed Andy. «Cass vi ha detto che la conosceva?»

Mi fissano.

«Non benissimo», mi affretto a spiegare, maledicendo Matthew per avere parlato. «Una volta abbiamo pranzato insieme, tutto qui.» Caccio l'immagine di Jane che mi guarda piena di rimprovero per come ho liquidato la nostra nascente amicizia.

«Mi dispiace tanto, Cass», dice Hannah. «Chissà come ti senti.»

«Malissimo.» Scende un breve silenzio, durante il quale nessuno sa cosa dire.

«Be', sono sicuro che tra poco lo prenderanno,

quell'assassino», dice Andy. «Qualcuno deve pur sapere qualcosa.»

Arrivo in qualche modo alla fine del pomeriggio, ma non appena se ne vanno vorrei che tornassero. Il loro flusso incessante di chiacchiere mi ha stravolta, ma era sempre meglio di questo silenzio che mi lascia troppo tempo per riflettere.

Sparecchio la tavola per portare i piatti in cucina, ma appena varco la soglia mi fermo, gli occhi fissi sulla finestra che non ricordavo se avessi chiuso ieri prima di salire a fare il bagno. Perché, adesso che ci penso, mentre cucinavo il pollo al curry avevo aperto la porta, non la finestra.

Nonostante il senso di abbandono che provo dopo che Matthew è partito, finalmente posso fare la telefonata che tanto temevo. Trovo il foglietto dove avevo annotato il numero ma, mentre cerco la borsa, squilla il telefono fisso. «Pronto?»

Nessuna risposta. Pensando che non ci sia campo dall'altra parte, aspetto una decina di secondi prima di riappendere. Se è Matthew, richiamerà.

Corro di sopra a recuperare il portafogli, infilo un paio di scarpe ed esco. Pensavo di usare una delle cabine telefoniche di Browbury o Castle Wells, ma mi sembra un po' esagerato visto che ce n'è una a pochi minuti da qui, vicino alla fermata dell'autobus.

Mentre mi avvicino alla cabina, però, mi sento osservata. Guardo a destra e a sinistra, poi mi lancio un'occhiata furtiva alle spalle. Ma non c'è nessuno, solo un gatto che si scalda al sole su un muretto. Passa un'auto. Persa nei suoi pensieri, la donna al volante non mi guarda nemmeno.

Davanti al telefono pubblico, leggo come prima cosa le istruzioni – non ne uso uno da anni –, cerco una moneta in borsetta e la infilo con dita tremanti nella fessura. Poi estraggo il foglietto e compongo il numero. Il cuore mi batte all'impazzata e mi chiedo se sto facendo la cosa giusta. Ma prima che possa cambiare idea qualcuno ha già risposto. «Chiamo per Jane Walters», dico, senza quasi respirare. «Alle undici e mezzo ho superato la sua auto in Blackwater Lane e lei era ancora viva.»

«Grazie per avere chiamato», dice una voce di donna. «Posso avere...»

Ma io ho già riappeso.

Mi allontano a passo svelto verso casa, sempre con l'inquietante sensazione di essere spiata. Una volta dentro, cerco di calmarmi. Non c'era nessuno: era la mia coscienza sporca a farmelo credere. E, siccome finalmente ho fatto quello che avrei dovuto fare sin dal primo momento, mi sento subito meglio su tutti i fronti.

Dopo la sgobbata di sabato il giardino è ancora perfetto, ma ci sono un sacco di faccende da sbrigare in casa. Con la radio accesa a tenermi compagnia, porto l'aspirapolvere di sopra dove, armata di detersivo e stracci, comincio a pulire le stanze da letto. Lavoro con metodo, molto concentrata, allontanando ogni pensiero di Jane.

E funziona, finché a mezzogiorno non sento il notiziario.

«La polizia chiede alla persona che si è messa in contatto con la centrale questa mattina dando informazioni sull'omicidio di Jane Walters di richiamare al più presto. Jane Walters è stata trovata uccisa nella sua auto alle prime ore del mattino del 18 luglio e...»

Il cuore mi martella così forte che non sento altro. I battiti mi riecheggiano nelle orecchie, assordandomi. Mi siedo sul letto e provo a fare qualche respiro profondo. Perché vogliono parlare ancora con me? Gli ho detto tutto quello che so. Cerco di non andare nel panico, ma non ci riesco. D'accordo, non lo sa nessuno che sono io ad avere telefonato, ma il fatto che l'abbiano reso pubblico mi fa sentire subito molto meno anonima. Mi sento esposta, adesso. Hanno detto che la persona al telefono aveva informazioni sull'omicidio. Sembra quasi che abbia detto loro qualcosa d'importante, di vitale. Se il killer sta ascoltando il notiziario, ora si sentirà minacciato dalla mia esistenza. Potrebbe addirittura pensare che l'ho visto aggirarsi intorno all'auto di Jane quella notte.

Terribilmente agitata, mi alzo e comincio a camminare su e giù per la stanza domandandomi cosa fare. Guardando fuori, vedo qualcosa che mi paralizza: davanti a casa nostra sta passando qualcuno, un uomo che non ho mai visto. Niente di preoccupante, se non che dev'essere sbucato da Blackwater Lane. Anche qui niente di preoccupante, ma è molto raro che qualcuno la percorra a piedi. In auto no, non è raro, però a piedi sì. A meno che non voglia finire investito, nessuno sceglierebbe quella strada per farci una passeggiata: per quello, c'è un comodo sentiero che parte dal campo di fronte a casa nostra ed è molto ben segnalato. Guardo l'uomo finché non scompare alla mia vista. Non sembra avere fretta e non si volta indietro, ma questo non basta a tranquillizzarmi.

«Rachel viene a dormire da te, stasera?» domanda Matthew, quando mi chiama dalla piattaforma. Non gli ho detto dell'uomo che ho visto passare a piedi, perché in realtà non c'è niente da dire. Inoltre Matthew potrebbe decidere di chiamare la polizia, ma cosa racconterei agli agenti?

«Ho visto un uomo che passava davanti a casa nostra.»

«Che aspetto aveva?»

«Statura media, corporatura media. L'ho visto solo da dietro.»

«Dove si trovava lei?»

«In camera da letto.»

«Che cos'ha fatto l'uomo, passando davanti a casa sua?»

«Niente.»

«Quindi non gli ha visto fare nulla di sospetto?»

«No. Ma potrebbe avere esaminato la casa da fuori.»

«Potrebbe?»

«Sì.»

«Quindi non gliel'ha visto fare.»

«No.»

«No», dico a Matthew. «Ho deciso di non disturbarla.»

«È un peccato.»

«Perché?»

«Non mi piace saperti lì da sola.»

La sua ansia moltiplica la mia. «Potevi dirmelo prima.»

«Andrà tutto bene. Solo, prima di andare a letto, assicurati di chiudere bene porte e finestre.»

«Sono già chiuse. Adesso vorrei avere un allarme.»

«Quando torno darò un'occhiata a quella brochure.»

Riappendo e chiamo Rachel. «Cosa fai di bello stasera?»

«Dormo», mi risponde. «Sono già a letto.»

«Alle nove?»

«Se avessi avuto il weekend che ho avuto io, saresti a letto anche tu. Quindi, se mi chiami per chiedermi di uscire, scusa ma no.»

«Veramente volevo chiederti di venire a bere una bottiglia di vino da me.»

La sento sbadigliare. «Come mai? Sei da sola?»

«Sì. Matthew è via per un'ispezione su una delle piattaforme. Starà via tutta la settimana.»

«Che ne dici se vengo a tenerti compagnia mercoledì?»

Mercoledì è molto lontano. «Non domani?»

«Domani non posso, ho già un impegno. Mi spiace.»

«Allora vada per mercoledì.» Ma non riesco a nascondere la delusione.

«Tutto bene?» domanda infatti Rachel.

«Sì, benissimo. Dai, rimettiti a dormire.»

«Ci vediamo mercoledì.»

Vado in salotto. Se le avessi confessato di avere paura a restare sola, sarebbe venuta subito. Accendo la televisione e guardo un episodio di una serie che non ho mai visto prima. Poi, quando mi sento stanca, salgo in camera e m'infilo a letto, sperando di riuscire a dormire senza interruzioni fino a domattina.

Ma non riesco a rilassarmi. La casa è troppo buia, la notte troppo silenziosa. Accendo la luce sul comodino, ma non riesco a addormentarmi. A un certo punto mi metto gli auricolari per ascoltare un po' di musica, ma li tolgo quando mi rendo conto che coprirebbero il rumore nel caso qualcuno sgattaiolasse su per le scale. Continuo a pensare alle due finestre che ho trovato aperte, quella in camera da letto venerdì e quella in cucina sabato, e anche all'uomo che ho visto fuori di casa stamattina.

Quando il sole comincia a sorgere e finalmente mi appisolo, non cerco di combattere il sonno, anzi, mi dico che è meno probabile finire uccisa di giorno che di notte.

Mi sveglia il telefono fisso giù nell'ingresso. Apro gli occhi e guardo il soffitto aspettando che smetta di suonare. Ieri mattina alle otto e mezzo ha squillato con una certa insistenza, ma quando ho risposto non c'era nessuno. Guardo la sveglia: sono quasi le nove, quindi dev'essere Matthew che chiama prima d'iniziare a lavorare. Salto giù dal letto e corro di sotto, sollevando la cornetta un attimo prima che parta la segreteria. «Pronto?» dico, col fiatone. Ma non sento nessuna voce, per cui aspetto. Spesso dalla piattaforma petrolifera la connessione è difficoltosa. «Matthew?» butto lì. Ancora niente, così metto giù e compongo il suo numero. «Sei tu che hai appena chiamato?» gli chiedo appena risponde.

«Buongiorno, amore mio», dice, con un allegro tono di rimprovero. «Come va oggi?»

«Scusa, ricomincio daccapo. Ciao, tesoro, come stai?»

«Così va meglio. Sto bene, grazie. Ma fa un gran freddo, qui.»

«Sei tu che mi hai appena chiamato?»

«No.»

Ci resto male. « Ah. »

« Perché? »

« Perché ha squillato il telefono, ma non ho sentito nessuno e così ho pensato che fosse un tuo tentativo andato a vuoto. »

« No. Pensavo di sentirti con calma all'ora di pranzo. Adesso devo andare. A dopo. »

Metto giù, seccata per essere stata tirata giù dal letto. Dovrebbero esserci delle sanzioni per chi telefona a vuoto la mattina presto. Ho tutta la giornata davanti, ma non voglio passare un'altra notte da sola. A un certo punto, quando mi sono alzata per andare in bagno, ho guardato dalla finestra e per un attimo mi è sembrato di vedere qualcuno, là fuori. Ovviamente non c'era nessuno, ma dopo non sono più riuscita a chiudere occhio fino all'alba.

« Allora vai via per un paio di giorni », mi suggerisce Matthew, quando mi richiama e io gli dico che da due notti non chiudo occhio.

« Perché no? Potrei andare in quell'albergo dov'ero stata un paio di anni fa dopo che è morta la mamma. Hanno la piscina e la spa. Chissà se hanno posto. »

« Chiama e chiediglielo. Se hanno una stanza, puoi partire oggi stesso. Io ti raggiungo venerdì. »

Mi sento subito risollevata. « Che bella idea! Sei il miglior marito del mondo », gli dico con gratitudine. Chiamo l'hotel e, mentre aspetto che rispondano, stacco il calendario dal muro per controllare le date. Sto calcolando che, se ci fermiamo fino a domenica, dovrò prenotare per quattro notti, quando dal riquadro di lunedì mi balzano agli occhi accusatrici le parole *Matthew parte*. Chiudo gli occhi, sperando quando li riapro che non ci siano più. Ma ci sono ancora, come pure la scritta *Matthew torna* nel riquadro di venerdì 31, seguita da uno smile. Mi sento venir meno e l'ansia riprende a torturarmi, per cui, quando finalmente mi rispondono dicendo di avere libera soltanto una suite, non chiedo nemmeno quanto costa: la prenoto e basta.

Riappendo il calendario sulla pagina di agosto, cioè su quando torneremo dalla nostra breve vacanza, perché Matthew non veda che aveva ragione quando mi ha detto di avermi avvisato in anticipo della sua partenza.

È solo quando sono in albergo e sto facendo il check-in che comincio a sentirmi meglio. La suite è favolosa, col letto più grande che abbia mai visto. Disfatti i bagagli, scrivo a Matthew per dirgli dove sono, poi mi metto un costume e scendo in piscina. Sto chiudendo le mie cose in un armadietto quando mi arriva un messaggio, ma è di Rachel.

Ciao, volevo solo dirti che stasera esco un po' prima per essere da te alle 6. Cucini tu o usciamo?

Oddio, Rachel! Come ho fatto a dimenticarmi che doveva venire a dormire da me stanotte? Ci siamo messe d'accordo soltanto lunedì! Penso alla mamma e ripiombo subito nel terrore. Non riesco a credere di essermelo scordata. L'assassinio di Jane e i miei sensi di colpa mi hanno distratta da ogni altro pensiero, certo, ma dimenticarmi così di Rachel? La chiamo subito, ansiosa di confidare a qualcuno i miei timori sempre più incalzanti.

Anche se mi ha appena inviato il messaggio, Rachel non risponde. Lo spogliatoio è vuoto e io mi siedo su una panchina di legno umidiccia. Adesso che ho preso la decisione di comunicare a Rachel che sono preoccupata per la mia memoria a breve termine, voglio farlo subito per paura di cambiare idea. Richiamo la mia amica, che questa volta mi risponde. « Non è che preferiresti passare la notte in un hotel di lusso invece che a casa? »

C'è una pausa. « Dipende da dov'è. »

« Westbrook Park. »

« Quello con la spa da mille e una notte? » sussurra. Deduco che è in riunione o che comunque non è da sola.

« Esatto. A dire il vero io sono già qui. Avevo bisogno di una piccola vacanza. »

« Beata te che puoi », dice sospirando.

« Allora? Mi raggiungi? »

« È un po' lontano per una sola notte, e io domani lavoro! Se ti raggiungessi venerdì? »

« Certo. Matthew viene qui direttamente dalla piattaforma. Saremmo noi tre. »

Lei fa una risatina. « Che imbarazzo. »

«Scusa per il bidone di stasera.»

«Non ti preoccupare. Ci vediamo la settimana prossima.»

«Aspetta, Rachel, c'è dell'altro...»

Ma ha già riappeso.

All'inizio del pomeriggio ho già una voglia disperata di vedere Matthew. Dato che il tempo non è bellissimo, rimango a gironzolare nella suite in attesa che lui mi chiami per dirmi a che ora arriva. Guardo un po' di televisione, sollevata perché al telegiornale non parlano dell'omicidio di Jane, ma anche stranamente infastidita dal fatto che, a due sole settimane dal suo violento assassinio, sia già una storia dimenticata.

Quando suona il telefono, rispondo al primo squillo.

«Sono a casa», dice Matthew.

«Ottimo! Arriverai in tempo per cena.»

«Il fatto è che, quando sono arrivato, ho trovato un tipo della ditta di allarmi che aspettava seduto sui gradini.» Pausa. «Non avevo capito che avessi deciso di procedere.»

«Procedere con cosa?»

«Be', con l'allarme.»

«Non capisco.»

«Il tipo ha detto di essersi messo d'accordo con te per montare l'impianto stamattina, ma il tecnico non ha trovato nessuno. Sembra che abbiano provato a telefonare ogni mezz'ora.»

« Io non mi sono messa d'accordo con nessuno », replico, piuttosto seccata. « Gli ho detto solo che mi sarei fatta sentire. »

« Ma hai firmato un contratto », dice Matthew, confuso.

« Niente affatto! Fa' attenzione, Matthew, perché sta cercando di affibbiarti un impianto fingendo che glielo'abbia ordinato io, quando non è per niente vero. È una truffa, tutto qui. »

« È quello che ho pensato anch'io, ma quando gli ho detto che non avevamo deciso ancora niente lui mi ha messo sotto il naso la copia del contratto, e c'era la tua firma. »

« Deve averla fatta lui. » Silenzio. « Pensi che l'abbia ordinato senza dirtelo, vero? »

« No, certo che no! Ma la firma assomigliava parecchio alla tua. » Lo sento esitare. « Quando sono riuscito a mandarlo via ho guardato la brochure che avevi lasciato in cucina e dentro c'era la nostra copia del contratto. Vuoi che te la porti in albergo, così la vedi? E, se la firma non è tua, li possiamo denunciare. »

« Li lasciamo in mutande, sta' tranquillo », replico, cercando di darmi un tono leggero. Non voglio che il dubbio mi offuschi di nuovo la mente. « A che ora arrivi? »

« Faccio una doccia e mi cambio. Alle sei e mezzo? »

« Ti aspetto al bar. »

Riappendo. Come può pensare che abbia ordinato l'allarme senza dirglielo? Ma una vocetta mi provoca: *Sei sicura, Cass? Sei proprio sicura?* Sì, rispondo con fermezza. Sono sicurissima. Inoltre il tipo venuto per il sopralluogo sembrava di quelli capaci di tutto pur di estorcere un contratto, anche di mentire e imbrogliare. Sono così sicura di avere ragione che, una volta al bar, ordino una bottiglia di champagne.

Quando arriva Matthew, la bottiglia è lì nel secchiello che aspetta.

«Una settimana difficile?» gli chiedo, perché sembra stanchissimo.

«Puoi dirlo forte», risponde, dandomi un bacio. Poi vede lo champagne. «Mmm... Niente male.»

Il cameriere viene a stappare la bottiglia e a riempirci i bicchieri.

«A noi due», dice Matthew, alzando il suo e sorridendomi.

«A noi due. E alla nostra suite.»

«Hai preso una suite?»

«Non era rimasto altro.»

«Che peccato!» commenta lui, sorridendo.

«C'è un letto immenso», continuo io.

«Spero non così grande da perdertici dentro!»

«Non c'è pericolo.» Appoggio il bicchiere. «Hai con te la copia di quel contratto che secondo voi avrei firmato?» gli chiedo, ansiosa di chiudere la faccenda. Non voglio che questo malinteso ci rovini il weekend.

Lui ci mette un po' a levarselo di tasca, dal che capisco che preferirebbe evitare di mostrarmelo. «Devi ammettere che sembra proprio la tua firma», dice in tono contrito, passandomi il contratto, e io mi ritrovo a fissare non la firma in fondo al foglio, ma il contratto stesso. La calligrafia con cui è compilato è la mia, e questo fatto inequivocabile mi condanna senza appello, almeno dal mio punto di vista. Chiunque avrebbe potuto contraffare la firma, ma non gli spazi ordinatamente compilati, con le maiuscole tracciate proprio come le avrei tracciate io. Scorro tutta la pagina in cerca della prova che è stato un altro a vergare quelle parole, ma più guardo più mi convinco di essere stata proprio io, al punto che mi vedo quasi mentre lo faccio, sento quasi la mano che regge la penna e l'altra posata sul foglio per ancorarlo al tavolo. Apro la bocca preparandomi a mentire, a dire a Matthew che non è certo la mia calligrafia, quella, ma con mio orrore scoppio in lacrime.

Lui mi è subito accanto, mi abbraccia. «Deve avertelo fatto firmare senza dirti cos'era.»

Non riesco a capire se ci creda davvero o mi stia solo offrendo una scappatoia, come l'altro giorno quando ha detto che forse era stato lui a dimenticarsi di dirmi che doveva andare sulla piattaforma petrolifera. In ogni caso, gli sono grata.

«Domattina come prima cosa contatterò la ditta e gli dirò che non se ne parla.»

«Ma è la parola del loro venditore contro la mia. Lasciamo perdere, Matthew. Lui negherebbe di sicuro e servirebbe solo a ritardare le cose. Il fatto è che noi abbiamo bisogno di un allarme.»

«Secondo me dobbiamo lo stesso cercare di far annullare il contratto. Cosa ti ha detto, che era solo un preventivo?»

« Non lo so più, cosa mi ha detto, ma di sicuro se ho firmato era perché credevo che fosse un preventivo », rispondo, aggrappandomi a questa scusa. « Non mi sarei mai impegnata per tutto l'impianto. Mi sento così stupida. »

« Non è colpa tua. Non è giusto, però, che si permettano di usare queste tattiche e poi la passino liscia. » Matthew esita. « A essere sincero, non so bene come comportarmi. »

« Non possiamo lasciare che lo installino, visto che è anche colpa mia? »

« Vorrei lo stesso chiarire la faccenda con lui. Anche se sarà difficile che lo rivedrò, perché la prossima volta manderanno un tecnico. Quello era solo un venditore. »

« Mi dispiace davvero tanto. »

« Immagino che, in fin dei conti, non sia poi un gran disastro. » Vuota il bicchiere e guarda con desiderio la bottiglia. « Peccato che non ne possa bere un altro. »

« Perché no? Non devi guidare, stasera. »

« Sì, invece, perché, siccome credevo che fosse tutto regolare, gli ho detto di venire pure a installare l'impianto domattina. Quindi, se non vogliamo annullare tutto, dovrò essere lì per quando arrivano. »

« Non puoi dormire qui e ripartire domani mattina presto? »

« Alle sei e mezzo? »

« Non serve andare *così* presto. »

« Invece sì, visto che arriveranno per le otto. »

Non posso evitare di chiedermi se il suo rifiuto di passare la notte qui sia un modo per punirmi, un'alternativa alla sfuriata che mi farebbe volentieri per avere ordinato quell'allarme senza discuterne prima con lui. «Ma domani sera tornerai? Quando avranno finito?»

«Sì, certo», risponde, prendendomi la mano.

Quando riparte, salgo in camera a guardare un film finché non mi si chiudono gli occhi per la stanchezza. Ma non riesco a prendere sonno. Sapere di avere compilato un intero contratto senza ricordare di averlo fatto è troppo sconvolgente. Cerco di convincermi che non sono ancora al livello della mamma quando mi ero accorta che c'era un problema serio: era la primavera del 2002 e lei, dopo essere andata a fare la spesa in paese, si era persa sulla via del ritorno, rientrando tre ore dopo. Prima dell'allarme, si era trattato solo di piccolezze: dimenticare cosa dovevo comprare a Susie, che Matthew aveva in programma un viaggio di lavoro, di avere invitato Hannah ed Andy per il barbecue, che Rachel doveva passare la notte a casa mia... Tutto ciò è già abbastanza sintomatico. Ma avere ordinato un impianto di allarme senza rendermi conto di cosa stessi facendo è terribile. Vorrei tanto poter credere di essere stata manipolata da quel venditore, ma quando ripenso a noi due in cucina mi accorgo di non ricordare granché, tranne che alla fine mi ha dato quella brochure assicurandomi che mio marito sarebbe stato colpito.

Facciamo il check-out quasi senza parlare. Ho proposto di pranzare fuori, però Matthew preferisce tornare a casa. Siamo tutti e due delusi perché il weekend non è stato all'altezza delle aspettative. Anche se Matthew aveva un ottimo motivo per non passare venerdì notte con me in albergo, ho paura che fosse scocciato per il disturbo che ho creato con tutte le mie dimenticanze. E così ieri, mentre lui era a casa ad aspettare che finissero di montare l'allarme, mi sono fatta coraggio e ho cercato su Internet *amnesia periodica*, che mi ha rimandato ad *amnesia globale transitoria*. Anche se il termine mi era familiare per via della mamma, riga dopo riga mi sentivo sempre più depressa, finché non ho chiuso la pagina e ho cercato solo di arginare il panico. Non so se è questa la mia malattia, e soprattutto non lo voglio sapere. Per adesso preferisco la beata ignoranza.

Ieri sera alle sette, quando Matthew è arrivato appena in tempo per un aperitivo prima di cena, mi sono accorta che mi osservava con più attenzione del solito. Mi aspettavo che si dichiarasse preoccupato per me, invece non ha detto niente, facendomi sentire ancora peggio. Ho pensato che forse stava aspettando di essere nella privacy della nostra suite, ma, quando alla fine siamo saliti, invece di parlarmi ha acceso il televisore. Una vera sfortuna, perché c'era uno speciale sull'omicidio di Jane, di cui ieri hanno celebrato il funerale. Hanno mostrato la bara coperta di fiori che veniva portata nella chiesetta di Heston, seguita dai parenti distrutti dal dolore, e ho iniziato a singhiozzare a più non posso.

Poi sullo schermo è comparsa una foto di Jane diversa da quella che avevano usato finora.

«Era così carina», ha detto Matthew. «Che peccato.»

«Quindi sarebbe meno grave se fosse stata brutta?» l'ho aggredito, improvvisamente furiosa.

Lui mi ha guardato meravigliato. «Non è quello che intendevo, e lo sai. È sempre tremendo quando qualcuno viene ucciso, ma nel suo caso di più, perché aveva due bambine che prima o poi verranno a sapere com'è morta la loro mamma.» Si è girato di nuovo verso il televisore, dove stavano mostrando una pattuglia che fermava e perquisiva le auto in Blackwater Lane, da poco riaperta al traffico. «È improbabile che trovino l'arma del delitto in un bagagliaio. Gli conviene cercare l'assassino. Qualcuno deve pur sapere chi è stato. Doveva essere coperto di sangue, quella notte.»

«Puoi smettere di parlarne?» ho borbottato.

«Sei stata tu a cominciare.»

«Non sono stata io ad accendere il televisore.»

Mi sono sentita addosso il suo sguardo. « È perché l'assassino è ancora libero che sei così nervosa? In questo caso puoi tranquillizzarti, sai. Abbiamo un allarme, adesso. E comunque il responsabile ormai sarà chissà dove, a miglia e miglia da qui. »

« Lo so. »

« Smettila di preoccuparti, allora. »

Era l'apertura che stavo aspettando, il momento ideale per confidarmi con lui e dirgli che non avevo paura dell'assassino a piede libero, ma di quello che stava accadendo a me, alla mia mente, e spiegargli della mamma e della sua malattia. Ma ho lasciato che l'attimo passasse.

Speravo che un bagno caldo mi avrebbe calmata, ma continuavo a pensare al marito di Jane. Avrei tanto voluto poter alleviare il suo dolore, dirgli quant'era stato bello conoscere Jane, che bella persona era. Il bisogno di fare qualcosa era così insopprimibile che ho deciso di chiedere a Rachel se conosceva il loro indirizzo, in modo da potergli scrivere. Sono rimasta immersa a pensare a cosa scrivere nella lettera, perfettamente consapevole di volerla scrivere anche per me, oltre che per lui. Quando l'acqua è diventata fredda sono uscita dalla vasca e dopo, mentre ero sdraiata a letto di fianco a Matthew senza toccarci, la distanza tra noi non mi è mai sembrata così incolmabile.

Lo guardo mentre mi sta accanto al banco della reception. Vorrei tanto che si decidesse a parlare dei miei vuoti di memoria, invece di fingere che sia tutto normale. «Sicuro di non voler andare da qualche parte a pranzo?»

Lui scuote la testa e sorride. «No, davvero.»

Partiamo, ciascuno con la propria auto, e quando arriviamo a casa lo guardo disattivare il nuovo allarme. «Mi fai vedere come funziona?»

Insiste per far scegliere a me il codice segreto e io decido per i nostri compleanni, digitati al contrario. Così sono sicura di ricordarmelo.

Mi fa provare un paio di volte, mostrandomi come isolare determinate stanze quando sono da sola in casa, e d'un tratto ricordo di avere detto al venditore che mi sarebbe piaciuto poterlo fare, il che significa che devo avere avuto con lui uno scambio più approfondito di quanto credessi. «Bene, ho capito.»

«Ottimo. Vediamo cosa c'è in TV?»

Andiamo in salotto, ma è già ora del notiziario e io fuggo in cucina.

«Pugnalare qualcuno è una cosa, ma sgozzarlo con un coltello da cucina è da malati.» Matthew è sulla soglia, stravolto. «È così che è morta, pare. Le hanno tagliato la gola.»

Qualcosa dentro di me si spezza. «*Finiscila!*» urlo, sbattendo il bollitore sul piano di lavoro. «Sta' zitto e basta!»

Mi guarda esterrefatto. «Per l'amor del cielo, Cass, calmati!»

«Come faccio a calmarmi con te che parli in continuazione di quel maledetto assassinio? Non ne posso più!»

« Credevo che t'interessasse, tutto qui. »

« Be', non m'interessa affatto, d'accordo? Nemmeno un po'! » Faccio per uscire dalla stanza, con gli occhi pieni di lacrime di rabbia.

« Aspetta! » Matthew mi prende per un braccio, attirandomi a sé. « Non scappare. Mi dispiace, sono un cretino. Continuo a dimenticarmi che la conoscevi. »

La voglia di litigare mi passa e mi lascio andare contro di lui. « No, è colpa mia. Non dovevo alzare la voce. »

Mi bacia sulla testa. « Vieni, andiamo a guardare un film. »

« Purché non ci siano morti. »

« Ti trovo una commedia », promette lui.

Così guardiamo un film, o almeno Matthew lo guarda e io rido quando ride lui, perché non capisca quanto sono disperata. È difficile credere che la mia improvvisa decisione di tagliare per i boschi quel fatidico venerdì stia avendo un impatto così devastante sulla mia vita. Jane si trovava nel posto sbagliato al momento sbagliato, ma anch'io. Anch'io.

La chiamata arriva mentre sto caricando la lavastoviglie e immagino che sia Rachel, ansiosa di sapere come sia andata la mia vacanza in albergo. Ma quando rispondo non c'è nessuno, o meglio nessuno parla, perché sono sicura che qualcuno c'è. Ricordo all'improvviso la telefonata che ho ricevuto ieri e quelle della settimana scorsa, prima di partire per l'hotel. Il silenzio.

Trattengo il fiato, aspettando che un rumore, anche minimo, confermi la presenza di una persona dall'altra parte del filo, ma non sento niente, né lo scricchiolio dell'elettricità statica, né un respiro. Niente, come se anche lui, al pari di me, stesse trattenendo il fiato. *Lui.* Percorsa da uno sgradevole senso di disagio, butto giù la cornetta. Controllo la segreteria telefonica, per sapere se mentre ero via ho ricevuto delle chiamate, ma c'è solo quella della ditta di allarmi giovedì scorso, in cui confermano che sarebbero venuti a installare l'impianto il giorno dopo, e tre il venerdì, due sempre della ditta di allarmi, che chiede di essere ricontattata con urgenza, e una terza di Connie.

Volevo iniziare a stendere il programma delle lezioni di settembre, ma non riesco a concentrarmi.

Quando squilla di nuovo il telefono, il mio cuore si mette a battere all'impazzata. *Va tutto bene*, mi dico. *Sarà Matthew, o Rachel, o un'altra amica che chiama per fare due chiacchiere*. Ma, quando guardo il numero per vedere se lo riconosco, vedo che è oscurato.

Non so perché rispondo. Forse perché ho capito cosa ci si aspetta da me. Voglio dire qualcosa, chiedergli chi accidenti è, ma il silenzio agghiacciante mi blocca le parole in gola e riesco solo ad ascoltare. Butto giù il cordless con la mano che trema. D'un tratto casa mia mi sembra una prigione. Corro in camera da letto, agguanto il cellulare e la borsa, salto in macchina e vado a Castle Wells.

Prima di entrare in un bar mi fermo a comprare un biglietto da mandare al marito di Jane, ma ignorare i quotidiani impilati vicino alla cassa è impossibile, come pure i titoloni che annunciano nuovi sviluppi nelle indagini sull'omicidio. Non è che sia impaziente d'informarmi ma, pensando che la polizia sia prossima a identificare il colpevole, compro comunque una copia, che vado a leggere seduta a un tavolino d'angolo nel bar accanto.

Finora la polizia era convinta che Jane fosse stata la vittima casuale di un pazzo omicida, ma ora si è fatto avanti qualcuno dicendo di avere visto, il venerdì prima dell'assassinio, un'auto – probabilmente quella di Jane – parcheggiata più o meno nello stesso punto di Blackwater Lane intorno alle undici e mezzo di sera. Questo cambia la direzione delle indagini, in quanto fa presumere che Jane conoscesse il suo assassino e che la notte in cui è morta si sia fermata in quella piazzola per incontrarlo, come pure la settimana precedente. La stampa si scatena in illazioni sulla sua vita privata, ipotizzando che avesse un amante, che il suo matrimonio fosse in crisi, e il mio pensiero vola al marito, anche se tra le ipotesi c'è che sia lui l'autore dell'omicidio. Come fa notare l'articolo, il suo alibi sono le due gemelle, che stava guardando mentre la moglie era fuori. Ma niente gli avrebbe impedito di lasciarle da sole il tempo necessario per ucciderla.

Di fianco all'articolo c'è la foto di un coltello simile a quello usato dal killer secondo la polizia, e mentre guardo il manico nero del coltellaccio da cucina con la lama dentellata vengo colta da un terrore profondo.

Come un'auto da corsa che si stacca dalla linea di partenza, il mio cuore accelera così in fretta che mi gira la testa. Chiudo gli occhi, ma quando li riapro la paura è ancora lì, sempre più forte. Forse quando mi sono fermata davanti all'auto di Jane l'assassino era già acquattato nel bosco in attesa di colpire. E, se mi ha vista, forse ha pensato che anch'io abbia visto lui e potrebbe avere memorizzato la targa della Mini, temendo che sarei potuta diventare una minaccia. E ai suoi occhi forse lo sono già. Sa che qualcuno ha chiamato la polizia, perché hanno reso pubblica la mia telefonata, e potrebbe avere capito che si tratta di me. Non sa che non ho detto loro niente d'importante, perché non avevo nulla da dire. Però sa che esisto, ed è abbastanza. Ha scoperto chi sono? È lui che mi chiama e poi non parla, per farmi sentire minacciata?

Mi guardo intorno disperata, in cerca di qualcosa che mi riporti alla realtà. Mi cade l'occhio sul menu del bar e comincio a contare le lettere della prima parola in cima alla lista: una, due, tre, quattro, cinque. Funziona: il ritmo regolare dei numeri placa i battiti del cuore e il respiro si calma. Ma mi sento ancora scossa, e terribilmente sola.

Prendo il cellulare e chiamo Rachel, contenta che il suo ufficio non sia molto lontano dal centro. «Sono a Castle Wells. Non è che puoi fare una pausa pranzo un po' più lunga?»

«Aspetta, guardo l'agenda.» Dal suo tono spiccio capisco che ha colto la mia disperazione. «Vediamo... Ho una riunione alle tre, quindi dovrò essere in ufficio per quell'ora, ma se riesco a destreggiarmi un po' sarò da te per l'una. Ti può andare?»

«Sarebbe fantastico.»

«Ci vediamo allo Spotted Cow?»

«Perfetto.»

«C'è molto traffico in centro? Dove hai parcheggiato?»

«Ho trovato posto in quel piccolo parcheggio di Grainger Street, ma a te toccherà il multipiano.»

«D'accordo, ci vediamo all'una.»

«Cosa succede, Cass?» domanda Rachel, preoccupata.

Bevo un sorso di vino, incerta su cosa dirle. «Non mi sento più al sicuro in casa.»

«Come mai?»

«È da quando c'è stato quell'omicidio. Il giornale dice che probabilmente Jane è stata uccisa da qualcuno che conosceva, il che vuol dire che è stato uno del posto.»

Lei mi prende una mano e la stringe. «La sua morte ti ha colpito, vero?»

Annuisco, tristissima. «Lo so, abbiamo solo pranzato insieme una volta, ma sento che saremmo potute diventare grandi amiche. E mi dà molto fastidio che le abbiano affibbiato un amante. Non ci crederei nemmeno se lo vedessi. Non parlava che di suo marito, di quant'era meraviglioso e di com'era fortunata ad averlo. Ho comprato un biglietto per mandargli due righe. Non è che riesci a procurarmi il suo indirizzo?»

«Sì, certo, chiedo in ufficio.» Accenna al giornale, che ho posato sul tavolo. «Hai visto la foto del coltello? È spaventosa.»

«Non me ne parlare. Non riesco nemmeno a pensarci.»

«Vedrai che quando avrai installato l'allarme ti sentirai meglio», mi dice, togliendosi il cardigan rosso e appendendolo allo schienale della sedia.

«Ce l'abbiamo già. Lo hanno installato sabato.»

Allunga la mano verso il bicchiere e i suoi bracciali d'argento tintinnano, non più costretti dentro la manica. «Puoi attivarlo anche mentre sei in casa?»

«Sì. Posso controllare le finestre e le stanze che voglio.»

«E nonostante questo non ti senti sicura?»

« No. »

« Ma perché no? »

« Perché ricevo strane telefonate. »

Lei mi guarda perplessa. « In che senso 'strane'? »

« Mute. Da un numero nascosto. »

« Vuoi dire che dall'altra parte non c'è nessuno? »

« No, qualcuno c'è, ma non dice niente. Mi fa davvero venire la pelle d'oca, sai. »

Lei riflette per qualche secondo. « Queste chiamate... quante ne hai ricevute? »

« Non saprei... Cinque o sei. Due solo stamattina. »

Rachel ha una sorta di reazione ritardata. « E questo ti sconvolge? Delle telefonate da un numero nascosto? Io ne ricevo a bizzeffe, Cass. Di solito è qualcuno che vuole vendermi qualcosa o vuole un feedback su qualcosa che ho comprato. » Ci pensa un momento. « Arrivano sul telefono fisso, giusto? »

« Sì. » Giocherello con lo stelo del bicchiere. « Non vorrei che ce l'avessero con me. »

« Con te? » domanda Rachel, senza capire.

« Sì. »

« Ma dai, Cass, sono solo telefonate! Non capisco perché ti spaventino tanto. »

Mi stringo nelle spalle, come per sminuire l'importanza di quanto sto per dire. « Sarà l'omicidio di Jane. È successo così vicino a casa... »

« Matthew cosa ne dice? »

« Non gliene ho parlato. »

« Perché no? »

Il suo sguardo preoccupato mi convince a confidarmi. « Perché ultimamente ho fatto un paio di stupidaggini e non voglio che mi prenda per matta. »

Rachel beve un sorso di vino, ma senza staccare gli occhi dai miei. « Che genere di stupidaggini? »

« Be', per cominciare ho dimenticato di avere invitato Hannah ed Andy per un barbecue. Ho incontrato Hannah a Browbury il giorno in cui tu e io ci siamo viste al Sour Grapes per un aperitivo... »

« Lo so », m'interrompe. « Sei arrivata in ritardo perché ti eri fermata a chiacchierare con lei. »

« Te l'ho già detto? »

« Sì. Hai detto che li avevi invitati a un barbecue perché era da un po' che non vi vedevate. »

« Ti ho detto anche quando? »

« Sì. Quella domenica. »

Chiudo gli occhi e prendo un bel respiro. « Be', me ne sono dimenticata. » La guardo.

« Dimenticata? »

« Sì. Di averli invitati. O non mi sono resa conto di averlo fatto. Una delle due, non so quale. La domenica mattina Andy ha chiamato a casa per sapere a che ora dovevano venire, per cui siamo riusciti almeno a evitare l'imbarazzo di vederceli piombare a casa senza avere niente da dargli da mangiare. Ma non è tutto. Sono riuscita anche a ordinare l'impianto di allarme senza ricordare di averlo fatto. Ho compilato un modulo, l'ho firmato e tutto, senza rendermene conto. » Decido di omettere che mi sono scordata anche dell'ispezione di Matthew sulla piattaforma, e la fisso.

«Sono spaventata, Rachel. Molto. Non so cosa mi stia succedendo. E siccome la mamma...»

«Non ho capito la faccenda dell'allarme», m'interrompe lei. «Che cos'è successo esattamente?»

«Ti ricordi che al Sour Grapes ti ho raccontato di quel tipo della ditta di allarmi che era venuto a casa per un preventivo?»

«Sì. Hai detto che ti aveva turbata o qualcosa del genere.»

«Esatto. Venerdì scorso, tornando dalla piattaforma, Matthew l'ha trovato che ci aspettava davanti a casa. Gli ha detto che non avevamo deciso d'installare l'allarme, ma quello ha tirato fuori un modulo con la mia firma.»

«Non significa niente. Potrebbe avere falsificato la firma. Il mondo è pieno di gente col pelo sullo stomaco.»

«È quello che ho pensato io. Ma non era solo la firma, Rachel, era tutto il resto. Il modulo era compilato da cima a fondo ed era senza dubbio la mia calligrafia. Secondo Matthew me lo ha fatto firmare con qualche stratagemma, e io l'ho accontentato pur di levarmelo dai piedi. Ma lo sappiamo tutti e due che non è affatto andata così.»

Lei ci rimugina un po' su. «Sai cosa penso? Che ci sei stata in qualche modo costretta. Hai detto che quell'uomo non ti piaceva, che ti metteva a disagio, quindi forse hai firmato per sbarazzarti di lui e poi, siccome ti vergognavi per avere lasciato che approfit-

tasse di te, hai rimosso l'intero episodio dal tuo subconscio. »

« Io non ho mai pensato niente del genere. »

« Sono sicura che è andata proprio così », dice con
fermezza Rachel. « Quindi smettila di angosciarti. »

« Ma questo non spiega il resto. Il regalo di Susie?
E il barbecue con Hannah ed Andy? » Non le dico di
essermi scordata che doveva venire a dormire da me
quando invece avevo prenotato l'albergo.

« Da quanto tempo è morta tua madre, Cass? »

« Poco più di due anni. »

« Nel frattempo sei tornata al lavoro, ti sei sposata
e hai traslocato. Ti sei reinventata, insomma. Per essere una che aveva passato i tre anni precedenti a occuparsi giorno e notte di un brutto caso di demenza precoce, direi che hai fatto troppe cose troppo in fretta e
adesso sei esaurita. »

Annuisco lentamente, considerando questa possibilità. E, più ci penso, più mi convinco che Rachel abbia ragione. « Sono stata presa in un vortice. »

« Vedi? Lo dici anche tu. »

« Ma se ci fosse anche dell'altro? »

« In che senso? »

Non è facile dare voce alla mia paura più grande.
« Se stessi diventando come la mamma? Se avessi cominciato a scordare le piccole cose, com'era successo
a lei? »

« È questo che ti preoccupa? »

« Sii sincera, Rachel: hai notato niente di strano in
me? »

«No, niente. A volte sei un po' distratta...»

«Distratta?»

«Sì. Smetti di ascoltare quello che ti sto dicendo e ti metti a pensare a qualcos'altro.»

«Faccio così?»

«Non mi guardare in quel modo! Succede a tutti!»

«Quindi secondo te non sto andando in quella direzione?»

Rachel scuote con vigore la testa. «No. Direi proprio di no.»

«E le telefonate?»

«Sono solo telefonate a vuoto. Non ci trovo niente di sinistro», mi dice, sincera. «Hai bisogno di riposare, però. Devi dire a Matthew di portarti in qualche posto dove puoi rilassarti.»

«Sono appena stata via cinque giorni. E per lui è difficile avere ferie in agosto. Tu invece sei in partenza, giusto?»

«Sabato! Non vedo l'ora. Oh, finalmente ci portano da mangiare.»

Quando Rachel se ne va, con un quarto d'ora di ritardo rispetto al dovuto, mi sento molto meglio. Ha ragione: da quando la mamma è mancata sono successe tante, troppe cose, e io sono passata da un'esistenza piatta e monotona a un'esplosione di esperienze nuove. È normale che sia andata in tilt. È solo un piccolo disturbo, non un immane disastro. Non devo fare altro che togliermi dalla testa l'omicidio di Jane, smettere di pensare che ci sia qualcosa di personale nelle telefonate mute che ricevo e concentrarmi sulle cose importanti per me, cioè Matthew. Mi viene un'idea e, invece di proseguire verso il parcheggio, faccio dietro front e torno sui miei passi.

Rimango per un po' ad ammirare gli splendidi abitini nella vetrina della Baby Boutique, poi spingo la porta ed entro. C'è una giovane coppia – lei ha un pancione enorme – intenta a scegliere la carrozzina per il neonato in arrivo, e l'idea che un giorno ci saremo Matthew e io qui, a scegliere la carrozzina per nostro figlio, mi riempie di euforia. Comincio a esaminare le tutine appese, soffermandomi su una decorata con dei palloncini color pastello. La commessa, una brunetta coi capelli più lunghi che abbia mai visto, viene a chiedermi se mi serve aiuto.

«Sì. Vorrei questa», le dico, consegnandole la tutina.

«Non è carinissima? Desidera una confezione regalo?»

«No, la ringrazio. È per me.»

«Che meraviglia! Quando nasce?»

La sua domanda mi mette in difficoltà. Mi vergogno ad ammettere di voler comprare una tutina per un bambino che non esiste. «Oh, sono incinta da pochissimo», mi sento dire.

Ridendo tutta felice, lei si porta una mano sul ventre. «Anch'io!»

«Congratulazioni!» Mi giro e vedo che sta venendo verso di noi la coppia in cerca di una carrozzina.

«Sa già se è maschio o femmina?» mi domanda la ragazza col pancione.

Scuoto la testa. «È troppo presto.»

«Il mio è un maschio. Deve nascere il mese prossimo.»

«Che bello.»

«Non riusciamo a decidere quale carrozzina prendere.»

«Forse possiamo darvi una mano», propone la commessa e, prima che me ne renda conto, stiamo passando in rassegna la fila di carrozzine e passeggini, discutendo i pro e i contro di ciascuno.

«Io prenderei questa», dico, indicando un'elegante carrozzina bianca e blu.

«Perché non la provate?» suggerisce la commessa, e i due futuri genitori e io spingiamo a turno la carrozzina su e giù per il negozio. La troviamo all'unanimità la scelta ideale perché, oltre a essere elegante, è anche facile da manovrare.

Andiamo alla cassa, dove la commessa insiste per mettere la tutina in una bella scatola anche se le ho detto che è per me, e mentre parliamo dei nomi da dare ai nostri bambini mi sento più positiva che mai nei confronti della maternità. La convinzione di Rachel che il mio sia solo un esaurimento mi ha dato fiducia in me stessa e non vedo l'ora che arrivi sera per dire a Matthew che possiamo iniziare la fecondazione artificiale. E magari prima, per introdurre il discorso, gli regalerò la tutina.

«Se le può interessare abbiamo un programma fedeltà.» La commessa mi porge un modulo. «Deve scrivere solo nome e indirizzo. Quando avrà accumulato un certo numero di punti, godrà di sconti sugli acquisti successivi.»

Prendo il modulo e comincio a compilarlo. «Fantastico.»

«Può usarlo anche per comprare dei vestiti premaman», continua lei. «Abbiamo dei bellissimi jeans con l'elastico in vita, per poterli mettere fino al nono mese. Io ne ho già adocchiato un paio.»

Torno bruscamente alla realtà, perché non sono incinta. Le restituisco il modulo e la saluto in fretta e furia, ma sono quasi alla porta quando lei mi chiama.

«Non ha pagato!» mi dice, ridendo.

Imbarazzatissima, torno alla cassa e le porgo la carta di credito. Quando finalmente mi ritrovo sul marciapiede, sono così sconvolta dalle bugie che le ho detto che la mia nuova sicurezza mi abbandona del tutto. Non mi va di tornare a casa, ma non voglio nemmeno restare in città, perché potrei imbattermi nella giovane coppia e non vorrei che si mettessero a parlare della mia gravidanza in mezzo alla strada. Così mi avvio di malavoglia verso il parcheggio.

Non ho fatto molta strada quando sento chiamare il mio nome. Mi giro e vedo corrermi incontro John, il mio collega professore.

«Ti ho vista uscire da quel negozio ed è da allora che cerco di raggiungerti», annuncia, sfoderando uno dei suoi splendidi sorrisi. Mi abbraccia, come se fosse la cosa più naturale del mondo, e un ciuffo di capelli neri gli ricade sulla fronte. «Come va, Cass?»

«Bene», mento.

Lui guarda in giù, verso il sacchetto con la tutina, facendomi arrossire. «Non è che voglia ficcare il naso, ma devo comprare un regalo per il bambino appena nato di un amico e non ho idea di cosa prendere. Stavo entrando nel negozio quando ti ho vista uscire. Magari mi puoi consigliare.»

«Io ho comprato una tutina per il neonato di un'amica. Potresti prendere anche tu qualcosa del genere.»

«Ottimo, farò così. Ti stai godendo le vacanze?»

«Sì e no», ammetto, contenta di poter cambiare argomento. «È bello avere del tempo libero, ma da quando c'è stato quell'omicidio faccio molta fatica a rilassarmi.»

«Io con lei giocavo sempre a tennis. Eravamo nello stesso club. Quando ho sentito la notizia, non ci volevo credere. Sono stato malissimo. Sto male ancora adesso.»

«Mi ero scordata che la conoscevi anche tu.»

John mi guarda sorpreso. «Perché? Era anche amica tua?»

«Solo da poco. L'ho vista la prima volta a una festa dov'ero andata con Rachel. Ci siamo messe a chiacchierare e, quando le ho detto che insegnavo al liceo, è saltato fuori che vi conoscevate. Poi, un mesetto fa, abbiamo pranzato insieme.» Cerco disperatamente qualcos'altro di cui parlare. « Tu sei in partenza per la Grecia, giusto? »

« No, non più. »

Lo guardo con aria interrogativa.

« Diciamo che la mia ragazza è uscita di scena. »

« Ah. »

John si stringe nelle spalle. « Cose che capitano. » Guarda l'orologio. « Chissà sei hai tempo per bere qualcosa? »

« Un caffè lo prendo volentieri », rispondo, ben felice di poter riempire ancora un po' di tempo.

Davanti al caffè parliamo della scuola e dei giorni di formazione obbligatori a fine mese, in previsione del nuovo anno scolastico che inizia a settembre. Mezz'ora dopo usciamo dal bar e, dopo esserci salutati, guardo John attraversare la strada diretto alla Baby Boutique. Il mio livello di stress aumenta all'istante: e se dice alla commessa di voler comprare una tutina da neonato uguale a quella che ha preso una sua amica un'ora fa? Lei capirebbe subito che si tratta di me e a quel punto potrebbe accennare al fatto che sono incinta, e John potrebbe congratularsi con me a scuola, davanti a tutti. Come farei a uscirne? Simulando un falso allarme? Sempre che lui non mi chiami oggi stesso, nel qual caso sarei costretta a dirgli che ho mentito alla commessa, o che la ragazza ha capito male. Sento pulsare le tempie. Vorrei non averlo incontrato.

Torno a casa, ma nell'ingresso la lucina rossa lampeggiante sul tastierino mi ricorda che devo disattivare l'allarme. Chiudo la porta e digito il codice ma, invece di accendersi la luce verde, si mette a lampeggiare furiosamente quella rossa. Pensando di avere sbagliato, digito di nuovo il codice premendo a fondo ogni tasto – 9-0-9-1 – ma la lucetta lampeggia ancora più veloce. Ben consapevole del conto alla rovescia, perché ho solo trenta secondi prima che scatti l'allarme, cerco di capire dove ho sbagliato. Sono così sicura di avere digitato i numeri giusti che riprovo una terza volta. Disastro.

Dopo pochi secondi si scatena l'inferno. Una sirena perfora l'aria, poi se ne aggiunge un'altra, intermittente. Mentre esito davanti al tastierino, cercando di capire se esiste un altro modo per zittirla, alle mie spalle trilla il telefono e il mio cuore, già al galoppo per lo stress di avere confuso il codice, batte ancora più forte, perché il mio primo pensiero è che l'autore delle inquietanti telefonate mute sa che sono appena arrivata a casa. Lascio perdere l'allarme, esco e corro fino al cancello, dove guardo su e giù per la strada sperando che qualcuno mi possa aiutare. Ma, nonostante la sirena, non arriva nessuno a vedere cosa succede. L'ironia della situazione mi rende quasi isterica.

In quel momento appare l'auto di Matthew e mi sento subito più tranquilla. Rendendomi conto di avere ancora in mano il sacchetto della Baby Boutique, apro la portiera dell'auto e lo ficco sotto il sedile prima che lui possa vederlo. Dalla sua espressione

confusa mentre entra nel vialetto capisco che il frastuono lo ha già raggiunto.

Si ferma di botto e scende dalla macchina. «Cass,
cos'è successo? Tutto bene?»

«Non riesco a spegnere l'allarme!» grido. «Il codice non funziona!»

Il suo sollievo nel venire a sapere che non ci hanno
svaligiato la casa è subito rimpiazzato dalla sorpresa.
«Come sarebbe, 'non funziona'? Ieri andava benissimo.»

«Lo so, ma oggi non va più.»

«Fammi dare un'occhiata.»

Lo seguo in casa. Quando digita il codice sul tastierino, la sirena si zittisce all'istante.

«Non ci credo», dico, stupefatta. «Perché con me
non ha funzionato?»

«Sei sicura di avere inserito il codice giusto?»

«Sì. Nove zero nove uno, lo stesso di ieri, lo stesso
che hai messo tu adesso. Ci ho provato tre volte, ma
non funzionava.»

«Aspetta un attimo. Che numero hai detto?»

«Nove zero nove uno, i nostri compleanni al contrario.»

Lui scuote scoraggiato la testa. «È nove uno nove
zero, Cass, non nove zero nove uno. Il tuo compleanno, poi il mio. Li hai invertiti, tutto qui. Hai messo
prima il mio invece del tuo.»

«Oddio», gemo. «Che stupida.»

«Be', può capitare, immagino. Ma non ti è venuto
in mente di provare a invertire i numeri?»

«No», rispondo, sentendomi ancora più stupida. Poi vedo alle sue spalle un'auto della polizia fermarsi davanti a casa. «Cosa ci fanno qui?»

Matthew si gira a guardare. «Non so. Forse li ha chiamati la ditta di allarmi... sai, per via dell'omicidio così vicino a casa nostra.»

Dall'auto esce una poliziotta. «Tutto a posto?» urla da dietro la recinzione.

«Sì, va tutto bene», le risponde Matthew.

Lei viene lo stesso verso la casa. «Non c'è stata nessuna effrazione, quindi? Ci hanno notificato che è scattato l'allarme e non avete risposto alla telefonata di controllo, così siamo passati a dare un'occhiata.»

«Mi dispiace, avete fatto la strada per niente», dice Matthew. «L'allarme è nuovo e abbiamo fatto un po' di confusione col codice.»

«Volete che faccia un giro in casa, giusto per sicurezza? Non stava già suonando quando siete arrivati?»

«No», rispondo io. «Mi scuso davvero tantissimo, è stata colpa mia. Ho immesso il codice sbagliato.»

La poliziotta mi rassicura con un sorriso. «Nessun problema.»

Trovo la sua presenza stranamente confortante, e so perché: ho paura di restare da sola con Matthew. Può anche avere deciso di lasciar perdere, o di giustificare con delle scuse le altre mie sbadataggini di questi ultimi giorni, ma non potrà ignorare quello che è appena successo.

La poliziotta risale in macchina e io seguo Matthew in cucina.

Mentre lui prepara il tè, il silenzio tra noi è così imbarazzante che vorrei tanto sentirgli dire qualcosa, anche se fosse sgradevole. Finalmente mi porge la tazza. «Dobbiamo parlare, Cass.»

«Di cosa?»

«Sei diventata un po' distratta. Sai, dimentichi le cose...»

«Di avere ordinato un allarme, come si fa a spegnerlo...» continuo per lui.

«Mi chiedevo se sei stressata per qualcosa.»

«Ho ricevuto delle telefonate mute.» Ammettere di essere spaventata da quelle è più facile che confessare di essere sull'orlo della demenza. Va bene che secondo Rachel non è niente di preoccupante, ma preferisco che Matthew ne sia al corrente.

«Cosa? Quando?»

«Sempre al mattino.»

«Sul cellulare o sul fisso?»

«Sul fisso.»

«Hai controllato da che numero?»

«Sì, ma è oscurato.»

«Allora sarà un call center dall'altra parte del mondo. Ma davvero è solo questo che ti tormenta? Delle telefonate da un numero sconosciuto?»

«Sì.»

«Perché? Non sarà la prima volta che ti succede. Capita a tutti di riceverne.»

« Lo so, ma queste sembrano personali. »

Matthew corruga la fronte. « Personali? In che senso? »

Esito, incerta su come continuare. Ma ormai ho iniziato. « È come se sapessero chi sono. »

« Ti chiamano per nome? »

« No. Non dicono niente, è proprio questo il problema. »

« Senti qualcuno che respira forte? »

« Solo... che lui non respira. »

« Ma allora cosa fa? »

« Niente. Ma so che c'è. »

« E come fai a dirlo? »

« Lo sento. »

Ora Matthew sembra confuso. « Non sanno chi sei, Cass. Sei solo un numero di una lunga lista. Vogliono intervistarti per una ricerca di mercato, o venderti una cucina. Comunque, come fai a sapere che è un uomo? »

Lo guardo meravigliata. « Cosa? »

« Hai detto che 'lui' non respira. Come fai a dire che è un uomo? Potrebbe essere una donna. »

« No, è senz'altro un uomo. »

« Come puoi esserne sicura, se non parla? »

« Lo so e basta. Anche se non compare il numero, possiamo risalire a dove viene fatta la telefonata? »

« Forse, ma non crederai sul serio che sia personale, spero. Perché dovrebbe? »

È difficile dare voce ai miei timori. « C'è un assassino, là fuori. »

«Scusa, ma cosa c'entra?»

«Non lo so.»

Matthew si concentra, cerca di capire. «Mi stai dicendo che secondo te è l'assassino a telefonarti?» mi chiede, sforzandosi di non lasciar trasparire l'incredulità.

«No, non proprio», rispondo, scoraggiata.

«Amore, posso capire che tu sia spaventata, lo sarebbe chiunque, soprattutto visto che l'omicidio è avvenuto qui a due passi e il colpevole è ancora libero. Ma se le chiamate arrivano sul telefono fisso vuol dire che non ce l'hanno per forza proprio con te, non credi?» Riflette per qualche secondo. «Cosa ne dici se giovedì e venerdì lavorassi da casa? Ti aiuterebbe se restassi qui con te?»

Mi sento inondare di sollievo. «Sì, moltissimo!»

«Sarà bello prendermi qualche giorno per il mio compleanno», dice lui, e io annuisco, chiedendomi come ho potuto dimenticare che è quasi il suo compleanno. «Comunque, da quanto hanno detto poco fa alla radio, credono che Jane conoscesse il suo assassino.»

«Può darsi, ma non era certo il suo amante. Jane non era il tipo.»

«Sì, ma quanto bene la conoscevi, Cass? Vi siete viste solo due volte.»

«Si capiva che voleva bene a suo marito», dico, testarda. «Non lo avrebbe mai tradito.»

«Be', se conosceva chi l'ha uccisa – e la polizia è di

questa idea – è improbabile che questa persona se la prenda con qualcun altro. Ancora di più che si metta a fare telefonate minatorie. »

Messa così, non posso che concordare. « Hai ragione. »

« Mi prometti che starai tranquilla? »

« Te lo prometto. » Vorrei tanto che fosse così semplice.

Il giorno dopo, sono seduta sulla panca sotto il susino selvatico e sto guardando in fondo al giardino, quando mi viene in mente il regalo ideale per Matthew: un capanno per gli attrezzi. Non so quante volte ha detto di volerne uno. Se lo ordinassi oggi, arriverebbe nel finesettimana e lui potrebbe approfittare del weekend per montarlo.

La telefonata arriva mentre torno verso casa per cercare un capanno sul computer. Non importa che me l'aspettassi: resto inchiodata dove sono, tra la casa e il giardino, indecisa se fuggire o reagire con rabbia. Vince la rabbia e, dopo avere raggiunto di corsa l'ingresso, prendo il cordless. « Lasciami in pace! » grido. « Se mi telefoni ancora, chiamo la polizia. » Rimpiango subito le mie parole. Trattengo il fiato, perché ho appena minacciato di fare la cosa che lui teme di più, e adesso si convincerà che quella notte l'ho visto davvero. Vorrei dirgli che non intendevo quello, che non ho nulla da raccontare alla polizia e il mio unico desiderio è non ricevere più queste chiamate. Ma il terrore mi ha privato della voce.

« Cass? » Questa è la conferma che sa chi sono. « Tutto bene, Cass? Sono John. »

Mi sento tremare le ginocchia. « John. » Faccio una risatina tremula. « Scusa, credevo che fosse un'altra persona. »

« Ti senti bene? »

« Ora sì. » Cerco di riprendere un minimo di auto-controllo. « È solo che ricevo continue chiamate da uno di quei call center e credevo che fossero di nuovo loro. »

Ride piano. « Sono un tormento, vero? Ma non ti preoccupare: se li aggredisci come hai fatto con me adesso, vedrai che non oseranno più richiamarti! Anche se – scusa se te lo dico – minacciare di chiamare la polizia è un po' esagerato. »

« Scusa », ripeto. « Temo di avere perso la testa. »

« Non ti biasimo. Ma, senti, non voglio farti perdere tempo. Ti chiamavo per sapere se venerdì sera hai voglia di venire a bere qualcosa a casa mia con altri colleghi della scuola. Sto facendo un giro di telefonate per capire se può andare bene a tutti. »

« Venerdì? » Mi sforzo di pensare. « Il fatto è che Matthew vuole prendersi due giorni liberi e forse andremo da qualche parte. Posso farti sapere qualcosa più tardi? »

« Certo. »

« Ti richiamo io. »

« Benissimo. Allora ciao, Cass, e comunque spero di vederti. E, se quelli del call center ci riprovano, mi raccomando, dagli un'altra bella strigliata! »

« Lo farò senz'altro. Ciao, John, e grazie della telefonata. »

Quando lui riappende, mi sento prosciugata e anche stupida. Cos'avrà pensato di me? In quel momento il telefono riprende a squillare e questa volta non riesco a reprimere un brivido. Sperando che sia John che ha dimenticato di dirmi qualcosa, rispondo. Il silenzio sulla linea è come un grido, e mi maledico perché sto facendo ancora una volta ciò che lui vuole.

O forse no. Forse il mio silenzio è frustrante per lui, forse gli piacerebbe sentirmi urlare come ho appena fatto con John, magari minacciando di andare alla polizia in modo da avere una scusa per uccidermi, come ha ucciso Jane. Mi aggrappo a questo pensiero, contenta di essermi sfogata con John, e nel riappendere sento di avere spuntato una piccolissima vittoria. E sono sollevata perché, adesso che la chiamata è conclusa, finalmente potrò andare avanti con la mia giornata.

Solo che non ci riesco. Mi sento così a disagio che scelgo un capanno a caso, più preoccupata della puntualità della consegna entro sabato che delle dimensioni. Di ritorno al piano di sotto, prendo un libro e un bicchier d'acqua ed esco in giardino. Ci metto un po' a decidere dove sedermi, perché non voglio che qualcuno mi si possa avvicinare di nascosto alle spalle, anche se sarebbe difficile, visto che dovrebbero scavalcare una siepe alta due metri. A meno che non entrino dal cancello. Scelgo un punto di fianco alla casa da dove posso vedere il vialetto, seccata perché questo posto non è più il paradiso di un tempo. Ma, finché non catturano l'assassino, c'è ben poco che io possa fare.

Sto per prepararmi qualcosa da mangiare quando arriva un SMS di Rachel con l'indirizzo che le ho chiesto. Prendo il biglietto dalla borsa e mi siedo per scrivere al marito di Jane. È più facile di quanto pensassi, forse perché le parole mi vengono dal cuore, e quando ho finito le rileggo, per essere sicura che vadano bene.

Gentile Mr Walters,

spero di non essere invadente mandandole questa lettera. Voglio solo dirle quanto mi dispiace per Jane. La conoscevo da poco, ma mi aveva profondamente colpito. Ci siamo conosciute circa un mese fa, alla festa di addio di un dipendente della Finchlakers, e pochi giorni dopo abbiamo pranzato insieme a Browbury. Spero che mi crederà se le dico che ho perso un'amica, perché è così che mi sento.

Un abbraccio a lei e alla sua famiglia.

CASS ANDERSON

Contenta di avere una scusa per uscire di casa, trovo un francobollo e percorro a piedi i cinquecento metri fino alla cassetta della posta, che è sulla strada. Non c'è nessuno in giro ma, mentre infilo la busta nella buca, mi sento osservata, come quando sono andata alla cabina pubblica a telefonare alla polizia. Sento la pelle d'oca sulle braccia e mi volto di scatto, il cuore a mille, ma non c'è nessuno, solo i rami di un albero smossi dal vento, a qualche metro di distanza. Peccato che oggi di vento non ce ne sia.

Non ho paura: sono terrorizzata. Sento il sangue defluire dal viso, l'aria abbandonare i polmoni, lo stomaco chiuso e le gambe come gelatina. Poi perdo del tutto la ragione e mi lancio lungo la strada, lasciandomi alle spalle le case all'inizio per raggiungere la mia in fondo, vicino al bosco. Nel silenzio del pomeriggio, il rumore dei miei passi sull'asfalto è fortissimo e, quando svolto bruscamente nel vialetto, scivolo sulla ghiaia. Il terreno sembra venirmi incontro e la botta mi strappa l'aria dal petto. Mentre sono lì sdraiata a lottare per riprendere fiato, con le mani e le ginocchia che iniziano a bruciare, la vocetta nella mia testa si fa beffe di me: *Non c'era nessuno, laggiù!*

Mi rialzo piano, estraendo con cautela le chiavi dalla tasca col pollice e con l'indice, per proteggere i palmi escoriati. Appena dentro imbocco le scale, contenta di non avere attivato l'allarme uscendo perché, nello stato in cui sono, l'avrei fatto di nuovo scattare. Mi trascino un gradino per volta con gli occhi che bruciano, ma do sfogo alle lacrime solo quando comincio a ripulirmi, perché posso fingere di piangere per il dolore alle mani e alle ginocchia. La verità è che non mi sopporto più. Mi vergogno di quanto sono diventata debole e patetica dall'omicidio di Jane.

Sono sicura che avrei reagito meglio, se non avessi già iniziato ad avere problemi di memoria. Ma, con questa possibilità della demenza che mi pende addosso come una spada di Damocle, ho perso ogni fiducia in me stessa.

Stiamo oziando a letto quando sento un camion fermarsi davanti a casa.

«Non è oggi che ritirano la spazzatura, vero?» domando in tono innocente, sapendo che è in arrivo il regalo di Matthew.

Lui si alza e va alla finestra. «Sembra una consegna. Sarà per quel tipo che si è appena trasferito qui davanti», dice, infilandosi jeans e maglietta. «Si sta facendo spedire un sacco di mobili, ultimamente.»

«Chi è che si è appena trasferito qui davanti?»

«Uno, in quella casa che era in vendita.»

Un colpo al cuore. «Credevo che l'avesse comprata una coppia e che sarebbero arrivati a fine settembre.»

«No, nessuna coppia.»

Un rumore di passi sulla ghiaia e il suono del campanello lo costringono a precipitarsi di sotto. Resto adagiata contro i cuscini, ripensando a quello che mi ha appena detto. Forse l'uomo che ho visto fuori casa era solo il nostro nuovo vicino. Dovrei sentirmi rassicurata, ma non lo sono, perché in qualche oscuro recesso della mia mente si è già formata l'idea che sia lui l'autore delle telefonate mute. È vero che due giorni fa non mi rincorreva nessuno, quando sono tornata come il vento dalla cassetta della posta, ma sono sicura che qualcuno mi spiasse mentre imbucavo la lettera. Vorrei dirlo a Matthew, ma non posso, non oggi, non senza uno straccio di prova. È già abbastanza preoccupato per i miei vuoti di memoria.

Perché ci sta mettendo tanto? Esco da sotto le coperte per raggiungerlo, poi sento i suoi passi sulle scale. «Sorpresa!» gli dico, quando entra nella stanza.

Mi guarda senza capire. «Quindi non è uno scherzo?»

«Certo che no», dico, sconcertata dalla sua mancanza di entusiasmo. «Che scherzo sarebbe?»

Si siede sulla sponda del letto. «Non capisco perché hai deciso di comprarne una proprio adesso.»

«Perché mi sembrava un gesto carino!»

«Continuo a non capire.»

È così confuso che il mio buon umore evapora come d'incanto.

«È il tuo regalo di compleanno!»

«D'accordo. Ma perché è per me? Non è per tutti e due?»

«Be', io è difficile che ci entri, non ti pare?»

«Perché no?»

«Perché sei tu quello che ti lamentavi sempre di non averne uno! Ma non importa, se non ti va si può sempre restituire.»

«Non ho mai detto di volerne una, e comunque non è questione di volere o no, è solo che non vedo la necessità, ecco tutto. Non abbiamo nemmeno iniziato a provarci, e ci possono volere ancora anni prima che riusciamo ad avere un bambino.»

Lo fisso. *Volerne* una? *Provarci? Bambino?* «Cosa c'entra adesso il bambino?»

«Basta, ci rinuncio», fa lui, alzandosi. «Non capisco più niente. Io vado di sotto.»

«Pensavo di farti felice!» gli grido dietro. «Finalmente hai il tuo capanno per gli attrezzi! Scusa se ho capito male anche stavolta!»

Lui rientra in camera. «Capanno per gli attrezzi?»

«Sì. Mi sembrava che ne volessi uno», gli dico in tono accusatorio.

«Certo che lo voglio.»

«E allora? Qual è il problema? Se sono le dimensioni, possiamo sempre cambiarlo.»

Lui mi guarda accigliato. «Fammi capire. Tu mi hai comprato un capanno per gli attrezzi?»

«Sì. Perché? Non è quello che ti hanno appena consegnato?»

«No», fa lui, mettendosi a ridere. «Ecco perché non capivo! Si sono sbagliati, amore. Hanno consegnato una carrozzina! Oddio, per un attimo mi sono seriamente preoccupato. Credevo che fossi impazzita del tutto.»

Lo guardo incredula. «Una carrozzina? Come hanno fatto a sbagliarsi?»

«Chi lo sa? È molto carina, lo devo ammettere, blu e bianca, come quella che mi piacerebbe comprare con te un giorno. Be', forse è meglio che chiami subito il corriere e gli dica di venirsela a riprendere finché sono ancora in zona.»

«Aspetta un attimo.» Scendo dal letto. «Dov'è?»

«Nell'ingresso. Ma, anche se te ne innamori, non credo che potremo tenerla», scherza Matthew. «È ovvio che è per qualcun altro.»

Corro di sotto con lo stomaco stretto in una morsa. Vicino alla porta, con la confezione aperta tutto intorno, c'è la carrozzina che ho visto nel negozio di Castle Wells, la più pratica e conveniente.

Matthew mi abbraccia stretta. «Adesso capisci perché ero così stupido?» Mi bacia il collo. «Che carina sei stata a ordinarmi un capanno per il mio compleanno.»

«Ne hai sempre desiderato uno», replico distrattamente.

«Ti amo», mi sussurra all'orecchio. «Grazie, grazie davvero. Non vedo l'ora che arrivi, anche se mi spiace per il poveraccio che, dopo averlo ricevuto, si accorgerà che non è per lui e dovrà restituirlo.»

«Non capisco», borbotto, guardando la carrozzina.

«Il capanno l'hai comprato online?»

«Sì.»

«Avranno confuso i due ordini. Noi abbiamo ricevuto la carrozzina di qualcun altro e loro hanno il nostro capanno. Chiamo subito il corriere e, con un po' di fortuna, il capanno sarà qui entro il pomeriggio.»

«Però io questa carrozzina l'ho vista martedì in un negozio a Castle Wells. C'erano anche altre persone, una giovane coppia, e mi hanno chiesto un consiglio, così abbiamo valutato insieme e alla fine ho detto che questa carrozzina mi sembrava la migliore. »

« E loro l'hanno ordinata? »

« Si vede di sì. »

« Questo spiega tutto. L'hanno mandata qui per errore. »

« Ma come ha fatto il negozio ad avere il mio indirizzo? »

« Non lo so. Che tipo di negozio era? Se era un grande magazzino e ci hai già comprato qualcosa, forse hanno i tuoi dati. »

« No, era un piccolo negozio di articoli per bambini. »

« Per bambini? »

« Sì. Ho comprato una tutina per il nostro futuro bambino. Volevo fartela vedere, ma poi c'è stato il problema con l'allarme e me ne sono scordata. Dev'essere ancora in macchina. Era un modo per dirti che possiamo cominciare a provarci. Al momento mi sembrava una buona idea, ma adesso a te sembrerà stupida. »

Lui mi stringe più forte. « No, per niente. Hai avuto un pensiero carino e puoi sempre darmelo adesso. »

« Ormai ti ho rovinato la sorpresa », dico, infelice. « È andato tutto per il verso sbagliato. »

« Niente affatto. Sei sicura di non avere dato il tuo indirizzo al negozio, quando hai comprato la tutina? »

Ora ricordo. « In effetti ho compilato un modulo per la carta fedeltà. Volevano nome e indirizzo. »

« Hai visto? Mistero risolto. Che negozio era? »

« Si chiama Baby Boutique. Ci dev'essere una fattura o qualcosa. » Sbircio nella carrozzina. « Eccola qua. »

Lui prende il cordless. « Dammi il numero, li chiamo subito. Tu intanto puoi cominciare a preparare la colazione. »

Gli detto il numero e vado in cucina a preparare il caffè. Mentre accendo la macchina, lo sento spiegare che ci è stata consegnata per errore una carrozzina. E, quando aggiunge scherzando che, se è destinata alla giovane coppia che martedì si trovava nel negozio contemporaneamente a me, dovrebbero pagarmi una commissione per averla incoraggiata all'acquisto, non posso fare a meno di sentirmi compiaciuta che abbiano accolto il mio consiglio.

« Lasciami indovinare », gli dico sorridendo, quando mi raggiunge in cucina. « Ti hanno detto che possiamo tenerla comunque, per il nostro futuro bebè. »

« Allora è vero! » Matthew scuote incredulo la testa. « All'inizio non ci volevo credere, pensavo che si fosse sbagliata. » Mi viene accanto e mi abbraccia. « Sei davvero incinta, Cass? È una splendida notizia, ma non vedo come sia potuto succedere. » Mi guarda esitante. « A meno che i dottori non abbiano visto male. Mi hanno detto che non potevo avere figli, ma forse non è così, forse posso, e il problema non sono io. »

La sua espressione mi riempie di odio verso me stessa. « Non sono incinta », sussurro.

« Cosa? »

« Non sono incinta. »

« Ma la signorina al telefono si è congratulata. Si ricordava perfettamente di te, dice che hai ordinato la carrozzina per il tuo futuro bebè. »

La sua delusione è dura da digerire. « Deve avermi confusa con qualcun altro. C'era anche una coppia in negozio, te l'ho detto. »

Matthew si allontana di un passo. « Ma hai detto alla commessa di essere incinta. Cosa succede, Cass? »

Mi siedo al tavolo. « Le ho detto che la tutina era per me, perché lo era, e ne ha dedotto che aspettassi un bambino », dico in tono annoiato. « E io sono stata al gioco, perché al momento mi è sembrato più semplice. »

« E la carrozzina? »

« Non so. »

Matthew non riesce a nascondere la frustrazione. « Cosa vuol dire 'non so'? »

« Non ricordo! »

« Ti sei lasciata convincere a comprarla? »

« Non lo so », ripeto.

Lui mi si siede di fronte e mi prende le mani. « Senti, amore, ti andrebbe di parlare con qualcuno? »

« In che senso? »

« Non sei più tu, ultimamente, e... be', questo assassinio sembra averti sconvolta più di quanto sarebbe normale. Per non parlare delle telefonate. »

« Cosa c'entrano le telefonate? »

« Ci vedi più di quello che sono. È difficile per me giudicare, visto che non ne ho mai ricevuta una, ma... »

«Non è colpa mia se quando ci sei tu in casa smettono di arrivare!» rispondo brusca. In effetti mi è abbastanza seccato che in queste ultime due mattine non ce ne siano state.

Matthew mi guarda sorpreso.

«Scusa», mormoro. «Ma è frustrante che quando ci sei tu lui non chiama mai.» La parola «lui» rimane sospesa nell'aria.

«Non ti farà male vedere il dottor Deakin, Cass, anche solo per un controllo.»

«Perché?» domando, sulla difensiva. «Sono solo stanca. Secondo Rachel soffro di esaurimento per via di tutte le cose che sono successe da quand'è morta la mamma.»

Lui si rabbuia. «Da quando in qua Rachel è un'esperta di esaurimenti?»

«Be', secondo me ha ragione.»

«Può anche darsi, ma non ti farebbe male farti visitare da un medico.»

«Sto bene, Matthew, davvero. Ho solo bisogno di una vacanza.»

Ma lui è dubbioso, glielo leggo negli occhi. «Ti secca se ti prendo un appuntamento? Se non lo vuoi fare per te stessa, puoi farlo per me. Non possiamo andare avanti così.»

Riprendo coraggio. «E se mi trova qualcosa?» domando, cercando di prepararlo al peggio.

«Tipo?»

«Non so.» È difficile pronunciare quella parola. «Un inizio di demenza, per esempio.»

«Demenza? Sei troppo giovane. È molto più probabile che sia stress, come hai detto tu.» Mi prende la mano. «Voglio solo che tu riceva l'aiuto di cui hai bisogno. Allora, ti posso fissare un appuntamento?»

«Se serve a tranquillizzarti...»

«Spero che tranquillizzerà soprattutto te. Perché al momento non mi sembri molto serena, giusto?»

I miei occhi si riempiono di lacrime. Affiorano così facilmente, in questi giorni. «No. Non lo sono affatto.»

Matthew è riuscito a fissarmi un appuntamento col dottor Deakin per stamattina, approfittando di una cancellazione, e sono molto nervosa. Lo abbiamo scelto come medico di famiglia poco dopo esserci trasferiti qui, ma io sono sempre stata bene, quindi non l'ho mai visto. Credevo che fosse lo stesso per Matthew e così, quando veniamo chiamati dentro, mi sorprende vedere che si conoscono e ancora di più scoprire che il dottor Deakin sa già tutto dei miei vuoti di memoria. « Non sapevo che mio marito le avesse già parlato », dico, parecchio contrariata.

« Era preoccupato per lei », spiega il dottore. « Quando si è accorta per la prima volta di avere problemi a ricordare le cose? »

Quando Matthew mi stringe la mano per rassicurarmi, faccio fatica a non tirarla via. Cerco d'ignorare il senso di tradimento, ma sapere che hanno parlato di me in mia assenza mi fa sentire in netto svantaggio.

« Non saprei dirle con sicurezza », rispondo, non volendo ammettere piccoli episodi che al momento ero riuscita a camuffare. « Qualche settimana fa, direi.

Matthew è dovuto venire a prendermi al supermercato perché avevo lasciato a casa il portafogli. »

« Ma qualche giorno prima eri andata a Castle Wells senza borsetta. E cosa dire di quella volta che hai abbandonato metà della spesa al supermercato? » dice piano Matthew.

« Ah, giusto! Me n'ero scordata », ammetto, rendendomi conto troppo tardi di avere appena confermato di avere un problema.

« Queste sono cose che possono capitare a chiunque », mi rassicura il dottor Deakin, e sono contenta che abbia il modo di fare un po' da nonno di chi, essendo al mondo da parecchio tempo, sa come funziona la vita, e non quello di un dottorino appena uscito dall'università che vede ancora tutto attraverso i libri di testo. « Non ci trovo nulla di preoccupante. Ma vorrei chiederle qualche informazione sulla sua anamnesi familiare », continua, infrangendo la mia speranza che la visita sia conclusa. « So che non ha più i genitori, ma posso chiederle di cosa sono morti? »

« Mio padre è morto in un incidente stradale. È stato investito mentre attraversava la strada fuori di casa. E la mamma è morta di polmonite. »

« Nessuno dei due presentava sintomi di qualche altra malattia prima di morire? »

« La mamma soffriva di una forma precoce di demenza. »

Matthew sussulta. La sua reazione è impercettibile, ma io l'avverto.

« Sa dirmi quando le è stata diagnosticata? »

Mi sento avvampare, e sono sicura che il dottore se n'è accorto. Abbasso gli occhi, lasciando ricadere i capelli intorno al viso. «Nel 2002.»

«Quanti anni aveva sua madre nel 2002?»

«Quarantaquattro», rispondo a bassa voce. Non riesco a guardare Matthew.

Da questo momento, le cose vanno di male in peggio. Quando mi rendo conto che Matthew non si è lasciato ingannare da nessuno dei miei sotterfugi, anzi, è sempre stato molto più consapevole di quanto credessi delle mie difficoltà, le guance mi scottano ancora di più. Mentre il numero degli incidenti che il dottor Deakin aggiunge alla sua lista aumenta, non desidero altro che di potermene andare prima che il danno diventi irreparabile.

Ma lui e Matthew non hanno finito. Dobbiamo ancora parlare del delitto e, benché entrambi trovino normale che mi abbia sconvolta visto che conoscevo Jane e che è accaduto a due passi da casa, quando Matthew spiega che secondo me l'autore delle telefonate mute potrebbe essere proprio l'assassino, mi aspetto che il dottor Deakin mi faccia mettere la camicia di forza.

«Può parlarmi di queste telefonate?» Il dottore mi guarda in modo incoraggiante, senza lasciarmi altra scelta che dirgli tutto. Mi diagnosticherà la paranoia, sono sicura, soprattutto perché non so spiegargli come mai sono convinta che a chiamarmi sia l'assassino di Jane.

Quando usciamo dall'ambulatorio un'ora dopo, mi

sento così scossa che, mentre andiamo alla macchina, mi rifiuto di prendere la mano di Matthew. Una volta a bordo guardo fuori dal finestrino, cercando di non scoppiare in lacrime di dolore e umiliazione. Forse lui si è accorto che sono in un momento critico, perché non apre bocca. Quando si ferma fuori dalla farmacia per andare a comprare il medicinale prescritto dal dottor Deakin, io resto in auto. Facciamo il resto del tragitto fino a casa in silenzio e, una volta a destinazione, scendo ancora prima che lui abbia spento il motore.

« Non fare così, amore », mi supplica, seguendomi in cucina.

« Cosa ti aspettavi? » gli rispondo, aggressiva. « Hai parlato di me a quel dottore senza che io lo sapessi! Dov'è la tua lealtà? »

Sobbalza. « Dov'è sempre stata e dove sempre sarà: con te. »

« Allora perché gli hai dovuto elencare ogni mia singola dimenticanza? »

« Chiedeva degli esempi e non volevo mentirgli. Sono preoccupato per te, Cass. »

« Allora perché non me lo hai detto, invece di trovarmi sempre delle scusanti e di fingere che andasse tutto bene? E che bisogno c'era di raccontargli che ho detto alla commessa del negozio per bambini di essere incinta? Cosa c'entra questo coi miei problemi di memoria? Niente, assolutamente niente. E così, come se non bastasse, mi hai fatto passare per una visionaria! Te l'ho spiegato, che la commessa ha capito male quando le ho detto che la tutina era per me. E, quando me ne sono resa conto, ormai era più facile assecondarla. Non capisco che bisogno ci fosse di raccontare anche questo al dottore. »

Si siede al tavolo e si prende la testa tra le mani. « Hai ordinato una carrozzina, Cass. »

« Io non ho ordinato un bel niente! »

« Non avevi ordinato nemmeno l'allarme. »

Prendo con rabbia il bollitore, mandandolo a sbattere contro il rubinetto mentre lo riempio. « Non sei stato tu a dire che mi hanno estorto l'ordine con l'inganno? »

« Senti, io voglio solo che tu riceva l'aiuto di cui hai bisogno. » Fa una pausa. « Non sapevo che a quarantaquattro anni a tua madre fosse stata diagnosticata la demenza. »

« Non è una malattia ereditaria. Lo ha detto anche il dottor Deakin. »

« Certo, ma sarebbe sciocco continuare a fingere che tu non abbia nessun problema. »

« E cioè? Che non sono amnesica, visionaria e paranoica? »

« Non dire così. »

« Comunque quella roba che mi ha prescritto io non la prendo. »

Matthew alza la testa e mi guarda. « È solo un antistress. Ma, se pensi di potercela fare senza, non prenderlo. » Ride, ma è un suono cupo. « Andrà a finire che lo prenderò io. »

Qualcosa nella sua voce mi blocca e, quando vedo

quant'è teso, mi sento male per non essermi mai messa nei suoi panni, per non avere mai pensato a come deve sentirsi nel vedermi così. Gli vado vicino e mi accovaccio vicino alla sua sedia, mettendogli le braccia intorno alla vita. «Scusami.»

Mi bacia i capelli. «Non è colpa tua.»

«Sono stata un'egoista. Non ho mai pensato a come dev'essere difficile per te sopportarmi.»

«In ogni caso, affronteremo tutto questo insieme. Forse devi solo prendertela comoda per un po'.» Matthew esce dal mio abbraccio e guarda l'orologio. «Cominciamo subito. Finché sono a casa, non ti permetterò di fare niente. Perché non ti siedi mentre metto insieme qualcosa da mangiare?»

«D'accordo», rispondo, piena di gratitudine.

Mi siedo al tavolo e lo guardo mentre prende dal frigo il necessario per un'insalata. Mi sento così stanca che potrei mettermi a dormire qui e ora. Per quanto sia stato umiliante vedermi sciorinare davanti l'intero catalogo dei miei pasticci, a ripensarci sono contenta di avere visto quel medico, soprattutto perché a suo parere il mio problema è soltanto lo stress.

Guardo le boccette con le pastiglie prescritte dal dottor Deakin, appoggiate vicino al bollitore. È una strada che non voglio percorrere, ma è confortante sapere che sono lì se mai ne sentissi il bisogno, soprattutto ora che Matthew deve tornare al lavoro e Rachel parte proprio oggi per Siena. Ma, con tutte le lezioni che devo preparare nelle prossime due settimane, sarò troppo occupata per angosciarmi.

Ripenso al giorno in cui ho trovato la mamma in cucina, immobile davanti al bollitore. Quando le ho chiesto che cosa stesse facendo, mi ha risposto che non ricordava più come si accendeva. D'un tratto sento terribilmente la sua mancanza. È un dolore acuto, quasi fisico, che mi lascia senza respiro. Vorrei più di ogni altra cosa prenderla per mano e dirle che le voglio bene, sentire il suo abbraccio e la sua voce che mi rassicura: *Andrà tutto bene...* Perché a volte non sono affatto certa che andrà così.

Non ho mai amato granché il fai da te, ma aiutare Matthew a montare il suo capanno è divertente. Sono contenta di potermi concentrare su qualcosa di diverso e sapere che a fine giornata ne vedrò il frutto. È anche un modo carino di trascorrere il suo compleanno.

«È ora del gin tonic!» annuncia lui, mentre ammiriamo il risultato delle nostre fatiche. «Nel capanno. Io prendo da bere, tu le sedie.»

Trascino due sedie fino al capanno e lo battezziamo con uno dei gin tonic speciali di Matthew, che prepara con del succo di lime fresco e una spruzzata di ginger ale. Ceniamo con calma all'aperto e poi, quando comincia a imbrunire, torniamo in casa a guardare un documentario di viaggio, lasciando i piatti per dopo. Non passa molto tempo prima che Matthew cominci a sbadigliare, così gli dico di andare pure a letto mentre io metto in ordine la cucina.

I piatti sono impilati di fianco alla lavastoviglie. Sono a un metro di distanza quando lo vedo con la coda dell'occhio, sul pavimento, vicino alla porta che dà sul giardino. Mi blocco a metà di un gesto, col braccio teso. Il pericolo permea l'aria, mi sfiora la pelle spingendomi a scappare, a uscire dalla cucina, dalla casa, ma le mie membra sono diventate pesanti, la mente è in preda al caos. Vorrei chiamare Matthew ma la voce è paralizzata dalla paura, così come il corpo. Passa qualche secondo, poi il pensiero che *lui* possa irrompere all'improvviso dal giardino mi fa tornare in me e corro barcollando nell'ingresso. «Matthew!» grido, collassando sulle scale. «*Matthew!*»

Galvanizzato dal terrore nella mia voce, lui esce di corsa dalla stanza da letto. «*Cass!*» grida, precipitandosi giù per le scale e abbracciandomi. «Cosa c'è? Cosa succede?»

«In cucina!» Mi battono i denti così forte che quasi non riesco a parlare. «È in cucina, per terra!»

«Ma cosa?»

«Il coltello!» farfuglio. «È di là in cucina, vicino alla porta.» Mi aggrappo al suo braccio. «Lui è là fuori, Matthew. Devi chiamare la polizia!»

Mi posa una mano sulla spalla. «Calmati, Cass.» La sua voce è calma e ferma, e io inghiotto una boccata d'aria. «Adesso ricomincia. Cos'è successo?»

«Il coltello. È nella nostra cucina!»

«Quale coltello?»

«Quello che hanno usato per uccidere Jane! Dobbiamo chiamare la polizia. Lui potrebbe essere nascosto in giardino!»

«Ma 'lui' chi?»

«L'assassino!»

«Stai dicendo cose senza senso, amore.»

«Chiama la polizia», lo imploro, torcendomi le mani. «Il coltello è in casa nostra!»

«D'accordo, ma prima fammi andare a vedere.»

«No! Tu chiama e basta. Loro sapranno cosa fare.»

«Fammi prima controllare.»

«Ma...»

«Dopo li chiamo, te lo prometto.» Matthew mi guarda negli occhi. «Ma prima devo vedere il coltello, perché mi domanderanno di descrivierglielo e vorranno sapere esattamente dove si trova.» Si libera dalla mia stretta e fa per allontanarsi.

«E se intanto è entrato?»

«Mi fermerò sulla porta, guarderò da lì.»

«Va bene. Ma non entrare!»

«Non entrerò.» Va verso la cucina. «Dove hai detto che è?» domanda, allungando il collo.

Ho il cuore a mille. «Vicino alla porta del giardino. Dev'essere entrato da lì.»

«Io vedo solo il coltello che ho usato prima per affettare i lime», dice lui, tranquillo. «Non ce ne sono altri.»

«È lì, l'ho visto!»

«Puoi venire a indicarmelo?»

Mi alzo dal gradino e, aggrappata a lui, guardo all'interno della stanza. Vicino alla porta vedo uno dei nostri coltelli da cucina, il più piccolo.

«È quello, Cass?» mi chiede Matthew, guardandomi in faccia.

Scuoto la testa. «No, ce n'era uno molto più grosso, col manico nero come quello della foto.»

« Be', a quanto pare non c'è più », dice lui, giusta-
mente. « A meno che non sia da qualche altra parte.
Andiamo a dare un'occhiata? »

Sempre tenendomi stretta a lui, lo seguo in cucina.
Finge di guardarsi intorno per accontentarmi, ma è
chiaro che non crede alla presenza di un altro coltello.
E io scoppio in un pianto patetico, perché adesso ho
paura di essere diventata pazza.

« Va tutto bene, amore. » La voce di Matthew è
gentile, ma questa volta non mi abbraccia: se ne rimane lì dov'è, come se non se la sentisse di consolarmi.

« L'ho visto », dico tra i singhiozzi. « Sono sicura.
Non era quello. »

« Quindi secondo te qualcuno sarebbe venuto in
cucina, avrebbe sostituito il nostro coltellino con
uno più grosso e poi li avrebbe di nuovo scambiati? »

« Dev'essere per forza così. »

« Se è questo che pensi davvero, allora sì che dobbiamo chiamare la polizia, perché vuol dire che c'è un
pazzo che gira per la zona. »

Lo guardo attraverso le lacrime. « È proprio questo
che sto cercando di dirti! Vuole spaventarmi. Vuole
terrorizzarmi! »

Matthew va a sedersi al tavolo, come se stesse considerando quanto gli ho appena detto. Vorrei tanto
che dicesse qualcosa, ma fissa nel vuoto e io mi rendo
conto che è senza parole, perché non ce ne sono per
descrivere come lo fa sentire la mia insistenza nel so-
stenere che sono perseguitata da un assassino. « Se ci
fosse un motivo, anche minimo, per cui l'assassino ce

la può avere con te, capirei », dice a bassa voce. « Ma non esiste nessun motivo! Mi dispiace, Cass, ma non so quanto ancora potrò sopportare questa situazione. »

La disperazione nella sua voce mi fa tornare in me. Devo lottare per dominarmi, ma la paura che lui mi lasci è più forte della paura di essere assassinata. « Mi devo essere sbagliata. »

« Allora non vuoi più che chiami la polizia? »

Lotto contro l'istinto di rispondere che, sì, voglio che vengano a controllare il giardino, e mi trattengo. « No, non voglio più. »

Matthew si alza. « Posso darti un piccolo consiglio, Cass? Prendi le pastiglie che ti ha prescritto il dottore, così magari potremo stare un po' più tranquilli, tutti e due. »

Se ne va, senza sbattersi dietro la porta, ma quasi. Nel silenzio che segue, guardo l'innocente coltellino che giace a terra. Anche vedendolo solo con la coda dell'occhio, sarebbe impossibile scambiarlo per qualcosa di più minaccioso. A meno di non essere pazzi, visionari, nevrotici. Questo mi fa prendere la mia decisione. Le pastiglie sono vicino al bollitore. Il dottor Deakin ha detto d'iniziare con una tre volte al giorno, ma che posso aumentare fino a due se mi sento molto ansiosa. « Molto ansiosa » non inizia neppure lontanamente a descrivere quello che provo, ma due è meglio di niente, così le tolgo dalla confezione e le butto giù con un bicchiere d'acqua.

Una figura incombe su di me, riscuotendomi dal sonno. Apro la bocca per gridare, ma non esce niente.

« Non era necessario che dormissi qui. » La voce di Matthew arriva da molto lontano.

Mi ci vuole un po' a rendermi conto che sono sdraiata sul divano del salotto. All'inizio non capisco perché, poi ricordo. « Ho preso due di quelle pastiglie », borbotto, sforzandomi di mettermi seduta. « Poi sono venuta a sedermi qui. Devono avermi messo KO. »

« La prossima volta prendine una sola. Non ci sei abituata, devi andarci piano. Sono solo venuto a dirti che vado al lavoro. »

« Va bene. » Riaffondo la testa nel cuscino. Sento che lui è ancora arrabbiato, ma non riesco a resistere al sonno. « A dopo. »

Quando riapro gli occhi, penso che sia tornato o non se ne sia mai andato, perché lo sento parlare. Ma mi sta solo lasciando un messaggio in segreteria.

Quando mi alzo, mi sento del tutto disorientata. Dovevo dormire veramente sodo per non avere sentito suonare il telefono. Guardo l'ora e sono le nove e un quarto. Vado nell'ingresso per riascoltare il messaggio.

«Sono io, Cass. Si vede che dormi ancora o sei nella doccia. Ci sentiamo dopo.»

Come tutti i messaggi, non dà molta soddisfazione. Mi prendo un istante per schiarirmi le idee, poi lo richiamo. «Scusa, non ero nella doccia.»

«Volevo solo sapere come stai.»

«Bene.»

«Ti sei riaddormentata?»

«Per un po'.»

Lo sento sospirare. «Scusami per ieri sera.»

«Scusami tu.»

«Cercherò di tornare a casa un po' prima del solito.»

«Non è necessario.»

«Ti chiamo prima di uscire da qui.»

«Sì.» Riattacco. È una delle conversazioni più stentate che abbiamo mai avuto e all'improvviso mi rendo conto di quanto gli ultimi avvenimenti abbiano influenzato il nostro rapporto. Ora vorrei essermi mostrata meno scortese, quando si è offerto di tornare a casa presto. Ansiosa di sistemare le cose tra noi, prendo il telefono per richiamarlo, ma non faccio in tempo perché comincia a squillare. Adesso so che anche lui si sente male, proprio come me. «Stavo per chiamarti io. Scusa se ti sono sembrata poco riconoscente, ma mi sento ancora intontita da quelle pillole.»

Non replica e, pensando di non essermi scusata abbastanza, decido di rincarare la dose. Poi mi rendo conto che non c'è lui dall'altra parte del filo.

Mi sento gelare. «Chi parla?» domando in tono brusco. «Pronto?» Il silenzio, minaccioso, conferma il peggiore dei miei timori: lui non è *tornato*, non se n'è mai andato. L'unico motivo per cui non ha chiamato giovedì e venerdì è che c'era a casa Matthew. Ma, se ha telefonato oggi, è perché sa che sono di nuovo da sola. Il che significa che sorveglia la casa. Il che significa che è qui vicino.

Vengo invasa dalla paura. Se mi serviva la prova che il coltello di ieri sera in cucina era vero e non uno scherzo dell'immaginazione, adesso ce l'ho. Mollo il telefono e vado a chiudere con dita tremanti il catenaccio della porta. Attivo l'allarme, cercando di ricordare come isolare le varie stanze, e intanto, mentre ragiono su dove mettermi per stare più al sicuro, mi sforzo d'inspirare profondamente per calmarmi. In cucina no, perché ieri sera è riuscito a intrufolarsi dal giardino. In una delle stanze da letto nemmeno, perché se entra rimarrò intrappolata di sopra. Non rimane che il salotto. Inserito l'allarme, corro lì e mi chiudo dentro. Ma non essendoci serratura non mi sento lo stesso al sicuro, per cui cerco qualcosa da spingere contro la porta. La cosa più vicina è una poltrona. Mentre la sposto, suona di nuovo il telefono.

Il terrore mi toglie il respiro. Non riesco a pensare ad altro che al coltello di ieri sera. Era sporco di sangue? Non me lo ricordo. Mi guardo intorno in cerca di un'arma con cui difendermi, quando mi cadono gli occhi su un paio di molle da camino. Corro a prenderle, poi vado a chiudere le tende alle finestre, prima quella che dà sul retro della casa, poi quella sul davanti, perché forse lui mi sta spiando, sta guardando dentro. Il buio improvviso aumenta il mio terrore, così accendo la luce. Non riesco quasi a ragionare. Vorrei chiamare Matthew, ma la polizia impiegherà molto meno tempo di lui ad arrivare. Cerco con lo sguardo il cordless, rendendomi subito conto di averlo lasciato nell'ingresso. E il cellulare, anche se ce l'avessi con me, qui non prenderebbe. Il pensiero mi prosciuga le forze. Non c'è niente che io possa fare, nemmeno recuperare il cordless, perché lui potrebbe essere già dentro. Posso solo aspettare che mi venga a prendere.

Scavalco il divano e mi ci rannicchio dietro, tremante, stringendo le molle. E il telefono, che nel frattempo aveva smesso di suonare, ricomincia, facendosi beffe di me. Dai miei occhi sgorgano lacrime di paura, finché non mi accorgo che ha smesso. Trattengo il fiato, ma quello ricomincia. Arrivano altre lacrime, e quando torna il silenzio spero che abbia smesso una volta per tutte. Ma ecco che riprende, mandando in frantumi le mie speranze. Prigioniera di questo circolo vizioso di paura, speranza, paura, speranza, perdo il senso del tempo. Alla fine, stanco di giocare con le mie emozioni, *lui* smette di chiamare.

Il silenzio, che in un primo momento è un sollievo, presto diventa minaccioso quanto il trillo incessante di poco prima. Potrebbe voler dire qualunque cosa, per esempio che non si è stancato di tormentarmi, ma ha smesso di chiamare perché è qui, dentro casa.

Sento un rumore nell'ingresso: lo scatto della porta che si apre e si richiude, dei passi felpati che si avvicinano. Guardo terrorizzata la porta del salotto e, quando il pomello comincia a girare, vengo colta da un panico cieco che mi ammanta come una coperta, avvolgendomi nel suo senso di minaccia e soffocandomi inesorabilmente. In preda ai singhiozzi, mi alzo e corro verso la finestra, spingendo da parte le tende e i vasi di orchidee sul davanzale. Mentre apro la finestra, mi accorgo che la porta spinge contro la poltrona. Sto per scavalcare e fuggire in giardino quando una sirena perfora l'aria e, sopra il suo urlo acuto, sento Matthew chiamare il mio nome.

È difficile descrivere cosa provo una volta spinta via la poltrona, quando mi avvinghio a Matthew balbettando isterica che fuori di casa c'è l'assassino.

« Aspetta, lasciami almeno spegnere l'allarme! » Cerca di liberarsi dalla mia stretta, ma prima che ci riesca il telefono riprende a suonare.

« È lui! » grido. « È lui! È tutta la mattina che mi chiama! »

« Lasciami spegnere l'allarme! » ripete Matthew. Si stacca da me e va al tastierino.

La sirena s'interrompe a metà di un urlo. Rimane solo il trillo del telefono.

Matthew risponde. « Pronto? Sì, sono Mr Anderson. » Lo guardo a occhi sbarrati, chiedendomi perché stia svelando il suo nome all'assassino. « Mi dispiace, agente, temo che si tratti di un altro falso allarme. Sono venuto a casa a vedere come stava mia moglie, perché non rispondeva al telefono, e non sapendo che aveva inserito l'allarme l'ho fatto scattare entrando in casa. Scusi se vi abbiamo disturbato per niente. No, davvero, è tutto tranquillo.»

Comincio a capire, con una lentezza straziante. Ora sono percorsa da ondate di vergogna che mi fanno avvampare. Mi lascio cadere sulle scale, dolorosamente consapevole di essermi di nuovo sbagliata. Cerco di riprendermi, per il bene di Matthew oltre che per il mio, ma non riesco a smettere di tremare. Le mie mani sembrano animate da vita propria e, nello sforzo di nasconderle, le infilo sotto le ascelle.

Quando ha finito di rassicurare la polizia Matthew fa un'altra telefonata, ripetendo alla persona dall'altra parte che va tutto bene e non c'è nulla di cui preoccuparsi.

«Chi era?» domando con un filo di voce.

«L'ufficio. Valerie mi ha chiesto di dirle come andava.» Rimane voltato dall'altra parte, come se non ce la facesse a guardarmi negli occhi. Non lo biasimo. Al suo posto, uscirei di casa in questo momento stesso per non tornare mai più. Ora si gira e vorrei tanto che non lo avesse fatto. Ha uno sguardo così sbalordito. «Cosa succede, Cass? Perché non mi hai risposto al telefono? Ero preoccupato da morire. Ho provato a chiamarti per quasi un'ora, anche al cellulare, nel caso fossi di sopra. Pensavo che ti fosse capitato qualcosa.»

Mi sfugge una risata amara. « Cosa, che mi avessero ammazzata? »

Lui rimane di sasso. « Volevi che credessi questo? »

Vorrei rimangiarmi ogni parola. « No, certo che no. »

« Allora perché non rispondevi? »

« Non sapevo che fossi tu. »

« Non hai visto che usciva il mio numero? » Si passa una mano tra i capelli, cercando di capire. « Mi hai voluto dare qualche tipo di lezione? Perché in questo caso non so se riuscirò a perdonarti. Hai idea di quello che ho passato? »

« E io, allora? » grido. « Hai idea di quello che ho passato *io*? Che bisogno avevi di chiamare e richiamare? Lo sai che telefonate ricevo in questi giorni. »

« Chiamavo perché, quando hai riappeso senza salutarmi, ho capito che eri sconvolta e volevo assicurarmi che stessi bene! E tu perché hai dato per scontato che fosse una di quelle telefonate, senza nemmeno controllare il numero? Nessuna delle cose che dici ha un senso, Cass. Nessuna! »

« Non ho controllato chi era perché appena finita quella con te ho ricevuto un'altra telefonata muta! E dopo avevo troppa paura di rispondere, perché temevo che fosse ancora lui. »

« Così tanta paura da barricarti in salotto? »

« Be', almeno adesso sai quanto mi terrorizzano quelle chiamate! »

Scuote stancamente la testa. « Tutto questo deve smettere, Cass. »

«Credi che non lo voglia anch'io?» Lo guardo dirigersi verso la porta. «Dove vai?»

«Torno in ufficio.»

Lo fisso costernata. «Non puoi restare?»

«No. Per poter venire da te, ho dovuto posticipare una riunione.»

«Allora puoi tornare subito dopo che è finita?»

«Mi sa di no. Ci sono troppe persone fuori sede.»

«Ma prima mi hai detto che avresti fatto di tutto per tornare a casa presto!»

Matthew sospira. «Mi sono appena preso un'ora per venire qui, quindi penso che finirò alla solita ora», risponde in tono paziente. Toglie di tasca la chiave della macchina. «Ora devo proprio andare.» Esce, chiudendosi dietro la porta con determinazione, e io mi chiedo quanto ancora potrà reggere prima che gli saltino del tutto i nervi. Odio me stessa, odio quello che sono diventata.

Sento l'improvviso bisogno di una tazza di tè e vado in cucina ad accendere il bollitore. Se non fosse per il coltello che ho visto per terra ieri sera, stamattina avrei reagito molto meglio. La telefonata mi ha sconvolta, ma non sarei rimasta tanto traumatizzata da non osare più avvicinarmi al telefono per controllare il numero sul display. Se lo avessi controllato, avrei visto che si trattava di Matthew, avrei risposto e tutto si sarebbe sistemato. Adesso mi sento ridicola a essermi barricata in quel modo. *Stai diventando matta*, dice una vocetta cantilenante nella mia testa. *Stai diventando matta.*

Mi porto il tè in salotto. La finestra che ho tentato di scavalcare è ancora spalancata e, mentre vado a chiuderla, mi rendo conto che potrei essere stata io a far partire l'allarme, non Matthew. L'idea che possa essere stato uno sforzo congiunto – io con la finestra, lui con la porta – mi fa scoppiare a ridere, ed è così bello che non cerco nemmeno di controllarmi. Quando vado verso la seconda finestra, quella che affaccia sul davanti della casa, sto ancora ridendo... una risata che rasenta l'isteria. Apro le tende e la risata mi muore in gola. Perché sulla strada c'è ancora quell'uomo, quello che ho visto passare a piedi davanti a casa e che potrebbe essere il nuovo vicino, ma anche lo stesso che mi telefona senza parlare, lo stesso che ha ucciso Jane. Ci fissiamo per un lungo momento, poi lui se ne va, non verso le case in cima alla strada, ma nella direzione opposta, verso il bosco.

La poca forza che mi restava mi abbandona completamente. Torno in cucina, non per prendere il computer, ma per inghiottire qualcuna delle mie pillole. E devo dire che rendono il resto della giornata abbastanza sopportabile. Lo passo rannicchiata sul divano, alzandomi solo un'ora prima che rientri Matthew. E, quando arriva, consumiamo la cena più silenziosa dal giorno in cui ci siamo conosciuti.

Vengo svegliata dal rumore della pioggia battente. Sento le membra pesanti, come se stessi camminando nell'acqua. Mi costringo ad aprire gli occhi, domandandomi perché sia tutto così difficile, poi mi ricordo delle pastiglie che ho preso nel cuore della notte, come una bambina che s'intrufola a una festa di adulti. È incredibile come siano diventate subito la mia stampella. Sapendo di non potermi permettere una replica del giorno prima, quando mi sono barricata in salotto, ne ho già prese due ieri, ingurgitate in tutta fretta col mio tè appena Matthew è uscito per andare al lavoro. Hanno fatto la differenza perché, quando ho ricevuto la telefonata muta, non sono andata nel panico, anzi, ho risposto, sono rimasta in ascolto e poi ho riappeso. In breve, ho fatto ciò che si aspettava. Questo non gli ha impedito di richiamare, ma a quel punto ero troppo intontita per arrivare al telefono, e dopo sono piombata in un sonno così profondo che non ho sentito più niente. Quando mi sono svegliata, appena prima che tornasse Matthew, sono rimasta colpita da quanto fosse stato facile trascorrere la giornata dormendo, e ho giurato di non prendere più le pastiglie.

Ma poi ieri sera al notiziario hanno dato gli aggiornamenti sull'omicidio di Jane. Ora la polizia crede che abbia preso a bordo il suo assassino prima di fermarsi nella piazzola, quindi lui era già in macchina quando sono passata io.

«Allora ce l'aveva davvero, un amante», ha commentato Matthew.

«Perché dici così?» gli ho chiesto, cercando di nascondere l'agitazione. «Forse ha solo dato un passaggio a qualcuno.»

«In questo caso era impazzita. Come fa una donna a essere tanto folle da prendere a bordo un estraneo? Tu lo faresti?»

«No, mai. Ma c'era un tempo orribile e può darsi che lui l'abbia fermata.»

«Forse. Ma vedrai che, quando avranno scavato un po' di più nel suo passato, scopriranno che era vera la loro prima ipotesi, e cioè che lei aveva un altro uomo. Quindi chi l'ha uccisa non cercherà di uccidere nessun altro. Come ti ho già detto, ce l'aveva con lei e basta.»

Anche se non riuscivo ancora a persuadermi che Jane avesse un amante, le parole di Matthew mi hanno subito tranquillizzata. «Spero tanto che tu abbia ragione.»

«Certo che ho ragione. Puoi smettere di preoccuparti, Cass. In men che non si dica quel disgraziato sarà in galera.»

Ma subito dopo sullo schermo è comparso il marito di Jane, inseguito da un reporter che gli chiedeva di confermare se sua moglie avesse davvero un amante. Con la stessa calma dignitosa che aveva mostrato al funerale della moglie, lui si è rifiutato di rispondere, centuplicando il terribile senso di colpa che provo ogniqualvolta penso a Jane. Ieri sera è stato quasi schiacciante. Siamo andati a letto, ma l'idea che mentre superavo l'auto di Jane il suo assassino mi abbia visto dal finestrino mi ha reso impossibile prendere sonno. Ero così tesa che verso le tre del mattino sono dovuta scendere in cucina a buttare giù un paio di pastiglie. È per questo che ora mi sento così fiacca.

Guardo Matthew sdraiato accanto a me, il viso rilassato nel sonno, e poi l'orologio: sono le otto e un quarto, il che significa che è sabato, altrimenti si sarebbe già alzato. Gli accarezzo la guancia con un dito, pensando a quanto gli voglio bene. Detesto che abbia visto una parte di me di cui persino io ignoravo l'esistenza, detesto che si stia chiedendo cosa mai gli è venuto in mente di sposarmi... perché di sicuro se lo sta chiedendo. Mi avrebbe sposata lo stesso se fossi stata sincera con lui e gli avessi detto della malattia di mia madre? È una domanda che mi tormenta, e non sono certa di voler conoscere la risposta.

Decido di dimostrargli subito tutta la mia gratitudine portandogli la colazione a letto. Allontano le coperte, butto giù le gambe e rimango seduta per qualche istante, perché solo alzarmi mi sembra una fatica insostenibile. Poi vedo la camicia pulita e la cravatta, diversa da quella di ieri, che Matthew ha preparato sulla sedia per andare in ufficio e mi rendo conto che non è affatto sabato, ma mercoledì, e che per la prima volta da quando lo conosco non ha sentito la sveglia.

Sapendo che inorridirà per il ritardo, faccio per scuoterlo. Ma mi fermo con la mano a mezz'aria: se lascio che continui a dormire, sarà ancora in casa quando riceverò la telefonata. E questa volta lascerò che sia lui a rispondere.

Col cuore in gola all'idea d'ingannarlo di nuovo, torno a sdraiarmi e mi tiro addosso piano piano le coperte. Girata verso la sveglia, quasi senza respirare per timore di svegliarlo, guardo le lancette spostarsi lentamente verso le otto e mezzo, poi le nove meno un quarto. Mi dispiace farlo arrivare in ritardo al lavoro, ma mi dico che, se avesse preso sul serio quelle telefonate, non mi sarei dovuta ridurre a questo. Eppure come posso biasimarlo per non averle prese sul serio, quando non gli ho mai rivelato di avere visto Jane in macchina quella notte? Se lo avessi fatto, adesso capirebbe il perché delle mie paure.

Si sveglia da solo poco prima delle nove, balzando giù dal letto con un'imprecazione. «Cass! Cass, hai visto che ora è? Sono quasi le nove!»

Faccio del mio meglio per sembrare appena riemersa da un sonno profondo. «Cosa? No, non può essere.»

«Sì, invece! Guarda!»

Mi siedo, stropicciando gli occhi. «Perché la tua

sveglia non ha suonato? Ti sei dimenticato di pun-
tarla? »

« Mi sa che non l'ho sentita. Tu? »

« No, altrimenti ti avrei chiamato.» La bugia mi
esce con facilità, ma suona così falsa che Matthew deve avere capito che mento. Per fortuna è distratto:
guarda la sveglia, i suoi vestiti e poi di nuovo la sveglia, e si passa una mano tra i capelli, cercando di capire come possa essere successo. « Anche mettendo-
cela tutta, non arriverò in ufficio prima delle dieci.»

« È così grave? Non arrivi mai in ritardo e fai un
sacco di straordinari non retribuiti.»

« In effetti...»

« Allora perché non ti fai una doccia, mentre io preparo la colazione? »

« D'accordo.» Prende il cellulare. « È meglio che
avvisi Valerie.»

Chiama Valerie per dirle che non arriverà prima
delle dieci, poi lo lascio di sopra a lavarsi e radersi
e scendo in cucina, sentendomi tesa come al solito nonostante la presenza di Matthew. Non avrei mai immaginato di arrivare a desiderare una di quelle telefonate mute. L'idea che proprio stamattina non arrivi
mi riempie di apprensione, perché se non arriva vuol
dire che lui *sa* della presenza di Matthew in casa.

« Non hai fame? » mi domanda poco dopo Matthew, guardando il mio piatto vuoto.

« Per adesso no. Se suona il telefono, ti dispiace rispondere tu? Se è una di quelle telefonate, vorrei che
provassi anche tu il brivido.»

« Purché suoni entro dieci minuti. »

« E in caso contrario? »

Lui si rabbuia, poi si sforza di mostrarsi comprensivo, ma le incrinature cominciano a essere palesi. « Non posso restare tutto il giorno in casa, tesoro. »

Meno di dieci minuti dopo, le mie preghiere sono esaudite. Il telefono attacca a squillare e andiamo insieme nell'ingresso. Matthew prende il cordless e guarda il display, ma il numero è oscurato.

Non parlare, gli dico, muovendo solo le labbra. *Ascolta e basta.*

Okay. Lui prende la chiamata e, dopo essere rimasto per qualche secondo in ascolto, inserisce il vivavoce, perché anch'io possa sentire il silenzio. È chiaro che muore dalla voglia di dire qualcosa, di chiedere chi è.

Mi porto un dito alle labbra e gli faccio segno di riattaccare.

« Tutto qui? » mi chiede, per nulla colpito.

« Sì. Questa volta però è stato diverso », mi sfugge.

« In che senso 'diverso'? »

« Non so, non era come al solito. »

« Ho capito, ma prova a spiegarmi la differenza. »

Mi stringo nelle spalle e arrossisco. « Di solito sento che di là c'è qualcuno, oggi no. Il silenzio era... di un altro tipo. »

« Il silenzio è silenzio, Cass. » Matthew guarda l'orologio. « Devo andare. » Resto lì impalata, e lui mi stringe una spalla. « Forse ti sembrava diverso per via del vivavoce. »

«Può darsi.»

«Non sembri convinta.»

«È che di solito le telefonate sono più minacciose.»

«Minacciose?»

«Sì.»

«Certo, perché le altre volte eri da sola quando le ricevevi. Non hanno niente di sinistro, credimi, quindi smettila di angosciarti. È solo qualche call center che cerca di contattarti, tutto qui.»

«Probabilmente hai ragione tu.»

«Certo che ho ragione», risponde lui con fermezza, e sembra così sicuro che tutto d'un tratto decido di credergli, di credere che queste chiamate siano arrivate tutte da un call center dall'altra parte del mondo, e mi sento subito liberata dal peso immane che avevo sulle spalle. «Perché oggi non ti rilassi un po' in giardino?»

«Prima devo fare un po' di spesa. In casa non c'è più niente.»

«Non è che per stasera avresti voglia di preparare il pollo al curry?»

«Ottima idea», rispondo, contenta di passare il pomeriggio a spignattare in cucina.

Matthew mi lascia con un bacio e io corro subito di sopra a prendere la borsetta, per arrivare al mercato agricolo di Browbury prima che ci sia troppa folla. Mentre mi chiudo dietro la porta, inizia a squillare il telefono. Indugio sulla soglia, indecisa. Potrebbe essere lui che richiama, perché sa che non sono stata io a rispondergli poco fa. Ma mi arrabbio subito con me stessa: non ho appena deciso che le chiamate arrivano da un call center? *Su, forza*, m'incita una vocetta. *Torna indietro a rispondere, così lo saprai per certo*. Ma non voglio mettere alla prova la mia nuova sicurezza.

A Browbury gironzolo un po' per il mercato, comprando verdura e coriandolo per il pollo al curry e dei fichi per dessert. Mi fermo alla bancarella dei fiori, dove scelgo un enorme mazzo di gigli prima di dirigermi verso il negozio di vini a comprarne una bottiglia per la sera. Poi trascorro un allegro pomeriggio in cucina. A un certo punto, sopra il suono della radio, mi sembra di sentir trillare il telefono, ma invece di andare nel panico alzo un po' il volume, decisa a rimanere serena.

«Stiamo festeggiando qualcosa?» mi chiede Matthew, quando prendo una bottiglia di champagne dal frigo.

«Sì.»

Lui sorride. «Posso sapere cosa?»

«Il fatto che mi sento molto meglio», rispondo, tutta felice di avere superato la giornata senza prendere nemmeno una pillola.

Lui mi toglie di mano lo champagne e mi abbraccia. «È la notizia migliore da non so più quando.» Mi strofina il naso sul collo. «Quanto meglio hai detto di sentirti?»

«Abbastanza per cominciare a pianificare il nostro bambino.»

Mi guarda felice. « Davvero? »

« Sì », rispondo, baciandolo.

« Perché non ci portiamo lo champagne a letto? » mormora.

« Ti ho cucinato il pollo al curry. È il tuo piatto preferito. »

« Lo so, ho sentito il profumo. Possiamo mangiarlo dopo. »

« Ti amo », dico con un sospiro.

« Io di più », risponde, sollevandomi. E mi sento felice come non mi succedeva da settimane.

Il giorno dopo dormo fino a tardi, per cui quando mi sveglio Matthew è già uscito. Ricordando la notte che abbiamo trascorso insieme, vengo percorsa da un brivido di piacere. Mi alzo e vado a farmi una doccia, prendendomi tutto il tempo che voglio. Il sole è tornato più agguerrito che mai, per cui mi metto dei pantaloncini, una maglietta e un paio di espadrillas e vado di sotto portandomi il laptop. Oggi ho intenzione di lavorare un po'.

Faccio colazione, tolgo dalla borsa di scuola i documenti che mi servono e accendo il computer, ma fatico a concentrarmi perché, con mio grande fastidio, ho l'orecchio teso verso il telefono. Anche il ticchettio dell'orologio mi distrae: ogni secondo sembra più assordante e attira il mio sguardo verso le lancette che avanzano lentissime verso le nove, poi le nove e mezzo. Il tempo passa senza incidenti e sto per convincermi che è davvero finita, quando squilla il telefono.

Dalla cucina, dove mi trovo, guardo verso l'ingresso, col cuore che batte forte. È un altro giorno, mi dico, e io sono una nuova me, che non ha paura del trillo di un telefono. Spingo indietro la sedia e vado risoluta nell'ingresso, ma prima che possa rispondere parte la segreteria telefonica e la voce di Rachel riempie l'aria.

« Ciao, Cass, sono io che ti chiamo dall'assolata Siena. Ho già provato sul cellulare, quindi richiamerò più tardi. Ti volevo raccontare di Alfie. È di una noia mortale! »

Ridendo di sollievo, salgo per richiamarla dal cellulare. Sono a metà scala quando il telefono riprende a squillare. Credendo che sia lei, corro di nuovo di sotto a rispondere. Ma, appena accosto il ricevitore all'orecchio, capisco al volo. Capisco che non è lei, così come ieri quando ho ricevuto la chiamata mentre uscivo di casa ho capito che era *lui* anche se poi ho deciso di credere a quella sciocchezza del call center. E vedere negate in questo modo le mie speranze accende in me una tale rabbia che sbatto giù il telefono, interrompendo la chiamata. Lui ci riprova subito, proprio come mi aspettavo, così rispondo e interrompo subito, come poco fa. Dopo un altro minuto, come se non potesse credere alla mia sfrontatezza, richiama. Rispondo e riattacco, e lui ritelefona, e io rispondo e riattacco, e lui ci riprova, e andiamo avanti così per un po' perché, chissà come mai, il gioco mi diverte. Finché non mi rendo conto di non poter vincere: mi lascerà in pace solo quando gli avrò dato quello che vuole. Allora rispondo e, almeno per qualche secondo, rimango in ascolto della sua muta minaccia. Poi chiamo Matthew.

Risponde la segreteria, così chiamo il centralino e

chiedo che mi passino la sua assistente. « Ciao, Valerie, sono Cass, la moglie di Matthew. »

« Ciao, Cass! Come va? »

« Bene, grazie. Ho cercato di chiamare Matthew, ma mi ha risposto la casella vocale. »

« Perché è in riunione. »

« È dentro da molto? »

« Dalle nove. »

« E immagino che uscirà solo quando avranno finito. »

« Be', magari mette fuori il naso per prendere un caffè. Ma se è urgente te lo passo. »

« No, non fa niente, non ti preoccupare. Riprovo più tardi. »

Almeno ho avuto un giorno di respiro, mi dico per consolarmi mentre inghiotto due pastiglie con un sorso d'acqua. Per un giorno ho davvero creduto che le chiamate arrivassero da un call center. E, adesso che non ce la faccio più a ingannare me stessa, le pillole mi aiuteranno ad arrivare a sera.

Mentre attendo che facciano effetto, prendo il telecomando e mi butto sul divano. È la prima volta in vita mia che guardo la televisione di giorno e, facendo zapping, m'imbatto in un canale di televendite. Lo guardo per un po', meravigliandomi del gran numero di aggeggi di cui non sapevo di avere bisogno, e quando vedo un paio di pendenti d'argento che potrebbero piacere a Rachel prendo una penna e annoto i riferimenti, in modo da poterli ordinare più tardi.

Passa un'oretta prima che suoni di nuovo il telefono, ma a questo punto le pastiglie hanno iniziato a funzionare, per cui provo solo apprensione, non terrore. È Matthew. «Ciao, amore, hai dormito bene?» La sua voce è tenera, memore della notte d'amore appena trascorsa.

«Sì, benissimo.» Non voglio guastare l'intimità del momento parlandogli delle telefonate.

«Valerie mi ha detto che hai chiamato.»

«Sì. Stamattina ho ricevuto un'altra di quelle telefonate.»

«E?» Matthew non riesce a nascondere la delusione e mi prenderei a schiaffi per non avergli detto qualcosa di più affettuoso prima di trascinarlo di nuovo nel mio incubo.

«Ho solo pensato di avvisarti, tutto qui.»

«Quindi cosa vuoi che faccia?»

«No so. Forse dovremmo avvertire la polizia.»

«Potremmo, ma non credo che prenderebbero sul serio qualche telefonata muta, soprattutto ora che sono occupati a cercare quell'assassino.»

«Le prenderebbero sul serio se dicessi che è proprio l'assassino a chiamarmi.» Le parole mi escono prima che abbia il tempo di rifletterci e, anche se non lo sento, immagino Matthew soffocare un sospiro d'impazienza.

«Senti, sei stanca ed esaurita, ed è facile giungere a strane conclusioni quando ci si sente così. Ma non è logico supporre che sia l'assassino a telefonarti. Cerca di ricordartelo.»

«Ci proverò», rispondo obbediente.

« Ci vediamo dopo. »

« D'accordo. » Metto giù il telefono, odiandomi per avere dissolto il sollievo che Matthew deve avere provato ieri quando gli ho detto che mi sentivo molto meglio. Ignorando il laptop ancora acceso, torno a guardare il canale di televendite finché non mi addormento.

Mi sveglia il telefono. Dalla posizione del sole fuori dalla finestra capisco che è pomeriggio e, mentre torno alla realtà, trattengo il respiro. La segreteria intercetta la chiamata e io mi sento subito sollevata. Mi aspettavo che fosse Rachel, ma la voce assomiglia un po' troppo a quella di Mary, la preside, e mi pare stia dicendo qualcosa sul giorno di formazione. Non volendo affrontare ulteriori pressioni, cerco di non ascoltare, ma appena la telefonata finisce mi sento come una scolaretta che non ha fatto i compiti, per cui vado a prendere il laptop e lo porto nello studio per lavorare lì.

Ho appena iniziato quando un'auto accelera improvvisamente davanti al cancello, facendomi sussultare. Rimango in ascolto mentre sfreccia verso le altre case in cima alla strada. Il rumore del motore è sempre più debole ogni secondo che passa. Come mai non l'ho sentita avvicinarsi? Che fosse ferma qui fuori? Ma da quanto tempo, allora?

Cerco di non pensarci, ma è impossibile. Sono già nel panico e ho la testa piena di domande. È arrivata prima, quando ancora dormivo? E chi c'era a bordo? L'assassino? Mi ha guardata attraverso i vetri mentre dormivo sul divano, come in un film? È una follia, lo so, ma la mia paura è reale.

Corro nell'ingresso, prendo le chiavi della macchina dal tavolino e apro la porta. Il bagliore del sole mi coglie alla sprovvista e corro verso l'auto a testa bassa, schermandomi gli occhi con la mano. Supero il cancello senza nemmeno sapere dove andrò – voglio solo fuggire – e mi ritrovo sulla strada per Castle Wells. Quando arrivo cerco posto in uno dei due parcheggi piccoli, ma sono già pieni e devo ripiegare sul multipiano. Mi aggiro senza meta tra i negozi, compro due sciocchezze, entro in un bar per una tazza di tè, poi faccio un altro giretto per i negozi, cercando di rimandare il più possibile il momento di rientrare. Alle sei mi dirigo verso il parcheggio, sperando che Matthew sia già a casa perché il pensiero di trovarla vuota mi terrorizza.

Tutto d'un tratto qualcuno mi prende un braccio da dietro. Grido e mi volto di scatto, ma è solo Connie, con un sorriso divertito sulle labbra. Vederla riporta tutto alla normalità e l'abbraccio sollevata. « Non farlo mai più! » le dico, cercando di riprendere fiato. « Per tua fortuna non mi è venuto un infarto. »

Anche lei mi abbraccia. Il suo profumo floreale è familiare e rassicurante. « Scusa, non volevo spaventarti. Come stai? Ti stai godendo la vacanza? »

Annuisco, scostandomi i capelli dal viso. Chissà se le sembro pazza, perché è così che mi sento. Connie continua a fissarmi, in attesa di una risposta, quindi sorrido. « Sì, soprattutto nelle belle giornate come questa. C'è un tempo splendido, non trovi? E tu? Sei in partenza, giusto?»

«Sabato. Non vedo l'ora.»

«Spero che non ti sia offesa se dopo la cena di fine anno non sono venuta a casa tua con gli altri», continuo, perché mi sento ancora in colpa per essermi tirata indietro all'ultimo.

«Ma no, figurati. Solo che, visto che non venivi tu, non è venuto nemmeno John, e ci siamo dovuti intrattenere da soli.»

«Mi dispiace», rispondo con un mezzo sorriso.

«È andata bene lo stesso. Abbiamo trovato un karaoke in televisione e abbiamo cercato di coprire i tuoni cantando a squarciagola. Devo avere un video incriminante da qualche parte.»

«Devo assolutamente vederlo.»

«Ci puoi giurare!» Connie tira fuori il cellulare e guarda l'ora. «Mi trovo a bere qualcosa con Dan. Ti va di venire?»

«Ti ringrazio, ma stavo andando a prendere la macchina per tornare a casa. Hai già finito i bagagli?»

«Quasi. Prima devo preparare tutto per il giorno di formazione: avrai ricevuto anche tu la chiamata di Mary con la conferma per venerdì 28, ma io rientro all'ultimo, mercoledì, quindi... Per fortuna sono a buon punto. Tu?»

«Anch'io», mento.

«Allora ci vediamo il 28.»

«Certo.» La stringo in un ultimo abbraccio. «Divertiti!»

« Anche tu! »

Sebbene le abbia dovuto mentire, incontrare Connie mi ha fatto bene. A casa ascolterò il messaggio che Mary ha lasciato sulla segreteria telefonica, nel caso voglia da me qualcosa di particolare per la giornata di formazione. Sono divorata dall'angoscia, perché come posso pensare al lavoro con tutto quello che sta succedendo? Se solo quell'assassino fosse dietro le sbarre! Ma presto lo sarà. Adesso che la polizia lo cerca tra i conoscenti di Jane, non ha più scampo.

Arrivo al multipiano, prendo l'ascensore fino al quarto e mi dirigo verso la fila E, dove ho parcheggiato. O dove credevo di avere parcheggiato, perché l'auto non c'è. Percorro tutta la fila, sentendomi stupida, poi passo alla F. Ma la Mini non è nemmeno lì.

Mi metto a cercarla nelle altre file, ma sono sicura di averla lasciata nella E. Sono sicura anche di averla messa al quarto piano perché, già sapendo di non trovare posto ai primi due, sono andata direttamente al terzo, e trovando pieno anche quello sono salita al quarto. Allora come mai non trovo la macchina? Nel giro di pochi minuti ho controllato tutto il piano, per cui salgo le scale fino al quinto. Potrei essermi sbagliata. Passo in rassegna fila dopo fila, aggirando le auto in manovra. Cerco di darmi un contegno: non voglio sembrare una che ha perso la sua. Ma anche qui nessun segno della mia Mini.

Torno al quarto e mi fermo per un attimo, cercando di decidere il da farsi. C'è un solo ascensore. Lo raggiungo, poi ripercorro i passi di stamattina, solo nel senso opposto, finché non arrivo a dove dovrebbe essere la macchina. Ma non c'è. La frustrazione è tale che vorrei piangere. L'unica cosa da fare è scendere al pian terreno e riferire al custode che la Mini è sparita.

Vado di nuovo verso l'ascensore, ma all'ultimo cambio idea e scendo a piedi, fermandomi a ogni piano per controllare. Al pian terreno cerco il gabbiotto, dove trovo un impiegato di mezza età seduto davanti al computer. «Mi scusi, temo che mi abbiano rubato la macchina», dico, sforzandomi di non sembrare isterica. Visto che non stacca gli occhi dallo schermo suppongo che non mi abbia sentito, così ripeto la frase, questa volta più forte.

«Ho capito», fa lui, alzando la testa e guardandomi attraverso il vetro.

«Ah, bene. In questo caso saprebbe dirmi come mi devo regolare?»

«Certo. Deve cercarla meglio.»

«L'ho già cercata», rispondo, indignata.

«Dove?»

«Al quarto piano, dove l'ho lasciata. E poi anche al quinto, al terzo e al secondo.»

«Quindi non è sicura di dove ha parcheggiato.»

«Certo che sono sicura!»

«Se potessi avere una sterlina per ogni persona che viene a dirmi quello che mi ha appena detto lei, sarei ricco. Ha il biglietto?»

«Sì», dico, sfilando il portafogli dalla borsetta. «Eccolo qua.» Glielo passo attraverso lo sportello, aspettandomi che lo prenda.

«Mi spieghi come ha fatto il ladro a superare la sbarra senza biglietto.»

«Avrà finto di averlo perso e sarà venuto a pagare qui, all'uscita.»

«Com'è targata la sua auto?»

«R-V-0-7-B-W-W. È una Mini nera.»

Lui guarda il computer, poi scuote la testa. «Questa targa non è abbinata a nessun biglietto riemesso.»

«Come sarebbe?»

«Sarebbe che la sua auto non è stata rubata.»

«E allora dov'è?»

«Probabilmente dove l'ha lasciata.»

Torna al suo schermo e io resto a fissarlo, stupefatta dall'odio improvviso che provo per lui. È chiaro che sono spaventata dalle implicazioni di questa situazione – è un'altra delle mie perdite di memoria? – ma non sopporto la sua altezzosità e, in ogni caso, so benissimo dove ho parcheggiato.

Quando sbatto il palmo contro il vetro, mi guarda diffidente.

«Se viene con me, le dimostro che non è così.»

Mi scruta per qualche istante, poi si volta e grida: «Patsy, puoi sostituirmi un momento?» Dall'ufficio adiacente al gabbiotto esce una donna. «A questa signora hanno rubato la macchina.»

La donna mi guarda e sorride. «Certo.»

«Vi assicuro che è così!» scatto io.

L'uomo esce dal gabbiotto. «Andiamo.»

Torno con lui verso l'ascensore e, mentre lo aspettiamo, mi squilla il cellulare. Non mi va di rispondere, perché potrebbe essere Mary, ma darei una strana impressione se non lo facessi, per cui lo estraggo dalla borsetta. Quando vedo che è Matthew, sospiro di sollievo. « Pronto? »

« Sembri contenta di sentirmi! » osserva. « Dove sei? Sono appena arrivato a casa. »

« Sono a Castle Wells. Avevo deciso di venire a fare acquisti, ma c'è un problema. Credo che mi abbiano rubato la macchina. »

« Rubato? » La sua voce sale di un'ottava. « Sei sicura? »

« Be', sembrerebbe di sì. »

« Non è che te l'hanno solo rimossa col carro attrezzi? Magari ti sei dimenticata di mettere il biglietto sul cruscotto, oppure sei rimasta più del dovuto. »

« No », rispondo, allontanandomi dall'impiegato e dal suo ghigno sardonico. « L'avevo parcheggiata nel multipiano. »

« Quindi non è stata rimossa. »

« No. Me l'hanno rubata. »

« Non è che ti sei scordata il posto esatto? »

« No! E, prima che tu me lo chieda, ho controllato anche agli altri piani. »

« Hai chiamato la polizia? »

« Non ancora. Sono con un dipendente del parcheggio e stiamo andando a controllare di nuovo. »

« Quindi non sei sicura che sia stata rubata? »

« Posso richiamarti tra un momento? » dico, il viso in fiamme. « È arrivato l'ascensore. »

Le porte si aprono e ne esce un po' di gente. Entriamo e, sotto lo sguardo dell'impiegato, premo il pulsante del quarto piano. Salendo ci fermiamo al secondo, poi ancora al terzo. Al quarto esco, tallonata dal tipo.

« L'avevo messa là », dico, indicando dall'altra parte del parcheggio. « Fila E. »

« Vada avanti lei. »

Mi faccio strada tra le file di auto. « Dovrebbe essere qui in giro. »

« R-V-0-7-B-W-W? »

« Esatto. »

« Eccola lì. »

« Dove? »

« Lì », ripete lui, puntando il dito.

Seguo il suo sguardo ed ecco la Mini. « Non è possibile », mormoro. « Un attimo fa non c'era, giuro. » Mi avvicino, con la speranza perversa che sia l'auto sbagliata. « Non capisco. Ho controllato tutta la fila, due volte. »

« Capita », commenta lui, generoso.

« Non so cosa dire. »

« Guardi, non è la prima e non sarà nemmeno l'ultima. Non si preoccupi. »

« Ma prima non c'era, sono sicura. »

« Forse ha cercato al piano sbagliato. »

« Ma no », insisto. « Sono salita subito qui, quando non l'ho trovata sono salita al quinto e poi ho controllato al terzo e persino al secondo. »

« È salita fino al sesto? »

« No, perché sapevo di non essere arrivata all'ultimo piano. »

« L'ultimo è il sette. »

« Non ha importanza. Io avevo parcheggiato al quarto. »

« Infatti eccola qui », concorda lui.

Mi guardo intorno. « C'è un altro ascensore? »

« No. »

Basta, non ho più voglia di discutere. « Be', mi scusi se le ho fatto perdere tempo », dico, ansiosa di andarmene. « Grazie mille. »

« Si figuri », dice, e se ne va agitando una mano.

Una volta al sicuro nell'abitacolo, mi abbandono contro il poggiatesta e chiudo gli occhi, ripensando a ogni istante per capire come ho potuto non vedere subito la Mini. L'unica possibilità è che sia salita al quinto invece che al quarto. Come ho potuto commettere un errore così cretino? L'idea di averlo detto a Matthew mi fa stare ancora peggio. Se solo non mi avesse chiamata, se solo non gli avessi raccontato che mi avevano rubato l'auto! So che dovrei telefonargli per avvertirlo che l'ho ritrovata, ma non mi va di ammettere il mio errore.

Metto in moto e mi avvio lentamente verso l'uscita, spossata. Alla sbarra mi rendo conto che, dopo tutto quello che è successo, ho dimenticato di pagare alla cassa automatica su al quarto livello. Guardo nello specchietto: ho già la coda dietro, gli altri guidatori aspettano con impazienza che io esca. Presa dal panico, schiaccio il pulsante rosso per chiedere aiuto.

«Ho dimenticato di pagare!» grido con voce incri-
nata. Qualcuno suona il clacson. «Cosa devo fare?»

Mi sto giusto chiedendo se l'impiegato abbia deciso di punirmi costringendomi a smontare e ad andare
alla cassa automatica più vicina, incorrendo nell'ira
di una mezza dozzina di guidatori, quando la sbarra
si alza.

«Grazie», sussurro con gratitudine alla scatola di
metallo. Poi, prima che lui cambi idea e mi abbatta
la sbarra sul tettuccio, sfreccio via sgommando.

Mentre esco dalla città mi sento agitatissima. Dovrei fermarmi e aspettare di essermi calmata prima
di affrontare il tragitto, e il telefono che squilla potrebbe fornirmi la scusa perfetta per accostare, ma
immagino che sia Matthew e decido di proseguire.
Sono tentata di non andare a casa, di restare in macchina e guidare finché non esaurisco la benzina, ma
amo troppo Matthew per farlo preoccupare più del
necessario.

Per il resto del viaggio il cellulare non fa che suonare a intermittenza. Quando imbocco il vialetto, Matthew esce di casa quasi di corsa. È preoccupatissimo
e alla mia spossatezza si mescola il senso di colpa.

«Tutto bene?» mi chiede, aprendomi la portiera
ancora prima che mi sia slacciata la cintura.

«Benissimo», gli dico, chinandomi a raccogliere la
borsa dal pavimento per non doverlo guardare negli
occhi.

«Potevi dirmi che l'avevi ritrovata», mi rimprovera. «Ero in ansia per te.»

« Scusami. »

« Cos'è successo? »

« Niente, solo un falso allarme. L'ho cercata al piano sbagliato. »

« Hai detto di avere provato a tutti i piani. »

« Ha importanza? La macchina non è stata rubata. Non è sufficiente? »

Segue una pausa, mentre si sforza di non chiedermi come ho potuto non vederla. « Hai ragione », dice risoluto.

Scendo dalla Mini ed entro in casa.

« Sembri a pezzi. Preparo io la cena, se vuoi. »

« Grazie. Vado a farmi una doccia. »

Resto in bagno a lungo, poi ci metto ancora di più a infilarmi dei vecchi pantaloncini da corsa in camera da letto. Voglio rimandare al massimo il momento in cui dovrò confrontarmi di nuovo con Matthew. Mi sento così depressa che desidero solo buttarmi a letto e dormire per il resto di questa orribile giornata. Mi aspetto che da sotto lui mi chieda da un momento all'altro che fine ho fatto, ma dalla cucina arrivano solo rumori di pentole e piatti.

Quando alla fine mi decido a scendere, mi metto a chiacchierare di tutto e di niente: della scuola, del tempo, dell'incontro con Connie. Non gli lascio modo di pronunciare nemmeno una parola, determinata a comportarmi come se l'incidente della macchina non mi avesse per nulla turbata. Segno addirittura sul calendario la data del giorno di formazione, dicendogli che non vedo l'ora di rivedere i colleghi e rimettermi al lavoro. Ma sono divorata dall'ansia e devo sforzarmi per mangiare il suo risotto. Vorrei dirgli dell'auto che secondo me era parcheggiata fuori casa qualche ora fa, ma come faccio, dopo quello che è successo? Sembrerei ancora più isterica, ancora più paranoica di quanto già non sia.

Sono passate quattro settimane dall'omicidio di Jane e non riesco a credere quanto sia cambiata la mia vita in così breve tempo. La paura e il senso di colpa sono diventati una compagnia così costante che non ricordo come fosse vivere senza. E non trovare la Mini ieri mi ha sconvolto. Se mi serviva un'altra prova della mia demenza incombente, l'ho avuta.

È difficile non sentirmi depressa. Siedo in stato letargico in salotto, la TV accesa a tenermi compagnia, sintonizzata sullo stesso ottenebrante canale di televendite di ieri. Verso le dieci arriva una telefonata ed entro subito in modalità panico, col respiro corto e col cuore che accelera fino a darmi il capogiro. Mi accorgo che ormai tèrrorizzarmi al primo squillo è diventato un riflesso condizionato. Non provo sollievo nemmeno quando scatta la segreteria telefonica, e quindi so che non è la solita telefonata muta, perché tanto lui prima o poi *chiamerà*.

Sento sbattere lo sportello della cassetta delle lettere e sobbalzo. Com'è possibile che mi sia ridotta così, che ogni rumore, non più solo lo squillo del telefono, mi faccia venire la tachicardia e la pelle d'oca? Quando sono diventata così paurosa? Mi vergogno di me stessa, di non essere più forte come una volta, di lasciarmi turbare dalle più piccole cose. Detesto il modo in cui sto trattenendo il fiato in attesa di sentire i passi del postino allontanarsi sulla ghiaia, per essere sicura che fosse davvero lui e non l'assassino. Detesto come mi si chiude lo stomaco quando, aprendo la cassetta, ci trovo una lettera indirizzata a me, e come mi tremano le mani mentre fisso l'indirizzo scritto a mano, perché potrebbe essere lui ad avermela mandata. Non vorrei aprirla ma, spinta da qualcosa più forte di me – perché sapere è meglio che non sapere –, strappo la busta. Dentro c'è un singolo foglio di carta, che apro lentamente, per nulla impaziente di leggere quanto c'è scritto.

Cara Cass,

grazie per la sua lettera. Non so dirle quanto sia importante per me sapere che conservi un così bel ricordo del tuo pranzo con Jane. Tornando a casa mi aveva detto quanto eravate state bene, e sono felice che sia stato lo stesso anche per lei. Apprezzo molto che si sia disturbata a scrivermi. Le lettere come la sua sono molto importanti per me in questo momento.

Grazie anche per avere chiesto notizie delle bambine. Sentono la mancanza della mamma, ma per fortuna sono troppo piccole per capire quello che è successo. Sanno solo che la loro mamma è diventata un angelo.

Ho visto dall'indirizzo che abita in zona quindi, se

dovesse incontrarmi per strada (purtroppo la mia faccia ormai è nota a tutti), la prego di venire a presentarsi. Mi rendo conto che la gente non sa più cosa dirmi, ma vedere che mi evita è ogni volta un duro colpo.

Con affetto,

ALEX

Il respiro, che non mi ero resa conto di avere trattenuto, mi esce con un brivido e gli occhi mi si riempiono di lacrime: di sollievo perché è solo una lettera innocente e di tristezza per il marito di Jane. Le sue parole gentili e riconoscenti sono un balsamo per l'anima. Peccato che non le avrebbe mai scritte, se sapesse che quella notte ho abbandonato Jane al suo destino. Mentre le rileggo, diventano come frecce appuntite che mi perforano la coscienza e d'un tratto desidero solo dirgli la verità. Forse mi condannerebbe, ma forse, solo *forse*, mi direbbe che non c'era niente da fare, che Jane era destinata a morire molto prima che io passassi con la mia Mini. E, se me lo dicesse lui, forse ci crederei.

Il suono del telefono mi riporta al presente, dove non c'è consolazione né perdono, solo paura e assillo senza tregua. Prendo il cordless, decisa a urlargli di lasciarmi in pace una volta per tutte. Ma non voglio che sappia quanto sono terrorizzata e così aspettiamo, ciascuno col proprio fine. Passano i secondi. Poi mi dico che, se io sento la minaccia che proviene da lui, lui deve sentire la paura che proviene da me.

Sto per riappendere quando mi accorgo che c'è qualcosa di diverso in questa telefonata.

Tendo l'orecchio, cercando di capire di cosa si tratti. Sento in sottofondo un suono debolissimo, che potrebbe essere un refolo di vento o un frusciare di foglie. Qualunque cosa sia, capisco che lui si trova all'aperto e subito la Paura, che si era annidata alla bocca dello stomaco, risale dentro di me, consumandomi. Un fiotto di adrenalina mi spedisce diretta nello studio, schiarendomi la vista offuscata dal panico quanto basta perché possa guardare per strada e vedere che non c'è nessuno. Un istante di sollievo, poi la Paura, che non sopporta di essere sconfitta, mi ricorda che non vuole dire niente, che l'assassino potrebbe lo stesso essere là fuori. La Paura diventa Terrore, che mi cosparge la pelle di goccioline di sudore. Vorrei chiamare la polizia ma qualcosa, forse la Ragione, mi dice che, anche se venissero a perquisire il giardino, non troverebbero nessuno. Il mio tormentatore è troppo furbo per lasciarsi sorprendere.

Non potendo restare indifesa a casa, ad aspettare di subire i suoi tormenti, corro nell'ingresso, infilo il primo paio di scarpe che trovo, prendo al volo le chiavi della macchina dal tavolino e apro la porta, guardandomi intorno: il vialetto è sgombro ma, non volendo correre rischi, sblocco le portiere col telecomando e copro i pochi metri fra la Mini e la casa in un paio di secondi. Appena a bordo, mi chiudo dentro ed esco in fretta dal cancello, respirando a fatica. Quando supero la casa che era in vendita e vedo il nuovo proprietario in giardino, riconosco l'uomo che ho visto bighellonare intorno al nostro cottage. Non riesco a capire se abbia un cellulare in mano, ma non importa. Potrebbe essere lui la persona che mi telefona senza parlare, l'assassino di Jane, il suo amante segreto. È anche nel posto giusto per vedere quando Matthew esce al mattino per andare al lavoro, quindi sa quando sono sola.

È ora di andare alla polizia. Ma prima devo parlare con Matthew per elencargli i miei sospetti. Ho bisogno di sentirmi dire da lui che potrei avere ragione, perché non vorrei sbagliarmi anche stavolta. Preferisco fare la figura della scema con lui che con la polizia. Come posso chiedere di eseguire un controllo sul mio vicino di casa senza nemmeno uno straccio di prova o l'appoggio di Matthew? Mi considerano già un'idiota per come ho fatto scattare l'allarme.

Agitata come sono per poco non passo col rosso e, preoccupata di poter causare un incidente, mi costringo a calmarmi. Vorrei poter trascorrere la giornata con qualcuno, ma Rachel è ancora a Siena e tutti gli altri sono in vacanza, o in partenza per le vacanze.

Alla fine decido di andare a Browbury, controllando di continuo lo specchietto retrovisore per assicurarmi di non essere seguita. Parcheggio in High Street, con l'idea di trovare un posto dove sedermi, perdere un po' di tempo e fingere di pranzare. Contenta di avere un piano, cerco la borsa e mi accorgo sconcertata che, nella fretta di uscire di casa, ho dimenticato di prenderla. Mi servono almeno i soldi per pagarmi qualcosa da bere, e li cerco nel vano portaoggetti. Un colpo secco al finestrino mi fa balzare il cuore in gola, ma quando mi raddrizzo vedo il viso sorridente di John.

Incapace di rispondere al sorriso a causa dello spavento, prendo tempo chinandomi di nuovo per richiudere il vano portaoggetti. Appena torno padrona di me stessa, giro la chiavetta di accensione per abbassare il finestrino. «Mi hai spaventato», gli dico, cercando di sorridere.

«Scusa, non volevo. Arrivi o vai?»

«Tutti e due.» Alla sua occhiata interrogativa, proseguo: «Sono appena arrivata, ma ho lasciato la borsetta a casa e devo tornare a prenderla».

«Posso esserti di qualche aiuto?»

Esito, soppesando le opzioni. Non lo voglio incoraggiare, ma sa che sono sposata con Matthew. E non ho nemmeno voglia di tornare a casa, ma non posso girovagare per Browbury tutto il giorno senza potermi pagare nemmeno un caffè e il giornale. «Non è che mi offriresti un caffè?»

«Ho sempre sperato che me lo chiedessi.» Infila la mano in tasca e tira fuori due monete da una sterlina. «Posso finanziarti anche il parcheggio, a meno che tu non voglia prendere la multa.»

«Ah, già, me n'ero scordata», dico con una smorfia. «Ma una sterlina basterà. Mi fermo solo un'oretta.»

«Non se mi permetterai di offrirti il pranzo, oltre al caffè.»

«Perché no?» rispondo, quasi ebbra al pensiero di avere ben due ore occupate, adesso. «Purché tu mi permetta di ricambiare, prima o poi.»

«Affare fatto.»

John va al parchimetro, inserisce le monete e mi porge il biglietto attraverso il finestrino.

«Grazie.»

«Belle scarpe», commenta lui, quando smonto dalla Mini.

Mi guardo i piedi: porto i mocassini che uso per fare giardinaggio, e che un tempo appartenevano alla mamma. «Stavo strappando delle erbacce e ho dimenticato di cambiarle», dico, ridendo. «Sicuro di volerti far vedere in giro con me?»

«Assolutamente sì. Dove ti va di andare?»

«Scegli tu.»

«Che ne dici di Costello's?»

«Hai abbastanza tempo?»

«Certo. E tu? Non hai fretta, vero?»

«No, per niente.»

Le due ore successive sono così piacevoli che vorrei non finissero mai. L'idea di tornare a casa con me stessa come unica compagnia mi fa sentire di nuovo depressa. «Grazie», dico a John bevendo un sorso d'acqua, mentre lui fa segno al cameriere di portare il conto. «Mi ci voleva proprio.»

«Anche a me.»

«Come mai?»

«È che da quando la mia ragazza è sparita di scena mi sento un po' perso. E tu? Come mai avevi bisogno di toglierti di torno per un paio d'ore? Non sei più perseguitata da quelle telefonate, spero. »

Gli lancio un'occhiataccia. « Cosa intendi? »

« Le chiamate del call center. Le mie orecchie ci hanno messo un bel po' a riprendersi dalla tua urlata. »

« Non mi ci far pensare. Mi vergogno ancora. »

« Spero non sia per questo che venerdì scorso non sei venuta a bere qualcosa con noi. Ci sei mancata. »

« Me n'ero completamente scordata! » Eccomi di nuovo in preda a tutte le mie ansie. « Scusa, John. Mi sento così in imbarazzo... »

« Non ti preoccupare. Avevi detto che Matthew si era preso un paio di giorni e pensavate di andare da qualche parte », mi ricorda lui.

So che dovrei chiedergli se si sono divertiti o qualcosa del genere, ma sono troppo devastata per parlare.

« Stai bene? » mi domanda. « Sembri sottosopra. »

Annuisco e guardo altrove, verso High Street e tutte quelle persone che vivono la loro vita. « È stata un'estate strana, sai. »

« Ti va di parlarne? »

Scuoto piano la testa. « Penserai che sono matta. »

« Mai e poi mai. »

Lo fisso, sforzandomi di sorridere. « C'è la possibilità che lo sia davvero. Prima di morire mia madre ha sofferto per anni di demenza precoce e ho paura di avere già tutti i sintomi. »

Lui allunga un braccio e per un attimo penso che stia per toccarmi la mano, invece prende solo il bicchiere. «La demenza e la pazzia non sono la stessa cosa», dice, bevendo un sorso d'acqua.

«No, è vero», ammetto.

«Hai già una diagnosi?»

«No, non ancora. Devo andare da uno specialista, sempre che non mi dimentichi dell'appuntamento.» Scoppiamo a ridere, e io non riesco più a fermarmi. «Che bello poter ridere di nuovo!»

«Be', per quello che può valere, a me non sembri affatto matta.»

«Perché non vivi con me. Non è bello per Matthew quando mi metto a fare cose strane... tipo scordarmi di cambiare le scarpe quando esco o lasciare a casa la borsa.»

«È segno che sei uscita di fretta, non che sei matta.» Mi lancia un'occhiata interrogativa coi suoi intensi occhi neri. «Sei uscita di fretta?»

«Non sopporto più di stare in casa da sola», rispondo, con una scrollata di spalle.

«Da quand'è morta Jane, vero?»

«Mi spavento per ogni cosa. E il nostro cottage è un po' troppo isolato, per i miei gusti.»

«Ma ci sono altre case poco lontano, mi pare.»

«Sì.» Esito, domandandomi se sia il caso di confidargli la vera natura delle telefonate che ricevo e di parlargli dell'uomo che abita in cima alla strada. Ma arriva la cameriera col conto e il momento passa.

«È un bene che tra poco ricominci la scuola», dice John, tirando fuori il portafogli. «Saremo talmente presi che non avremo tempo per nient'altro.» Fa una smorfia. «La giornata di formazione è il 28. Ti prego, non dirmi che hai già pianificato tutte le lezioni del primo trimestre.»

«Non ho ancora nemmeno guardato il programma», confesso.

Lui si stiracchia, e la maglietta gli sale scoprendo una striscia di abbronzatura. «Nemmeno io», ammette sorridendo.

«Davvero?»

«Davvero.»

Mi sfugge un sospiro di sollievo. «Non hai idea di quanto mi faccia sentire meglio. Ieri a Castle Wells ho incontrato Connie e mi ha detto di avere quasi finito.»

«Ahia!» dice lui, con un'altra smorfia.

Lo guardo incuriosita. «Ha detto che poi non sei andato a casa sua quella sera, dopo la nostra cena di fine trimestre.»

«No, non mi andava proprio.»

«Certo.»

«E poi a che scopo andare, visto che tu non c'eri?» conclude lui con leggerezza.

«Infatti», concordo. «Io sono l'anima di qualunque festa.»

Ride. «Esatto.» Ma sappiamo tutti e due che non intendeva questo.

Usciamo dal ristorante e John mi riaccompagna alla macchina.

«Alla fine poi hai comprato la tutina?» gli chiedo.

«Sì. Una azzurra con davanti un elefante. La mia

amica era sorpresa... L'ho scelta perché mi piaceva, ma mi ero scordato che la neonata era femmina. »

« Sono contenta di non essere l'unica smemorata », scherzo.

« Infatti, questo prova che può capitare a tutti. Fai qualcosa di bello questo weekend? »

« Spero di potermi rilassare un po' in giardino. »

« Be', buon riposo allora. » Accenna alla macchina. « La tua è questa, no? »

« Sì. » Lo abbraccio. « Grazie di tutto, John. »

« È stato un piacere », dice lui, serio. « Ci vediamo a scuola, Cass. Vai piano. »

Aspetta sul marciapiede che io abbia fatto manovra e sia partita lungo High Street, tutta presa a domandarmi cosa farò in attesa che Matthew torni a casa. All'incrocio di solito giro a destra, ma vedo il cartello che indica Heston e un istante dopo sono diretta al paese dove abitava Jane, quello verso cui stava viaggiando la notte in cui è stata uccisa. Per un attimo mi chiedo cosa mi sia saltato in mente, cosa spero di ottenere andando lì, ma, chissà perché, mi ci sento quasi costretta.

Impiego pochi minuti ad arrivare. Lascio la Mini lungo la strada tra il parco e il pub. Nel parco, piccolo ma ben tenuto, cammino lungo i vialetti ammirando le splendide varietà di fiori. Le poche panchine all'ombra sono occupate, quasi tutte da coppie di anziani che riposano durante la passeggiata pomeridiana, per cui mi accontento di sedermi al sole per un po', felice di avere trovato un posto dove trascorrere le prossime due ore. Penso a Jane, chiedendomi quante volte si sarà seduta su questa stessa panchina e avrà percorso questo stesso vialetto. All'altra estremità del parco c'è un'area giochi in cui alcuni bambini si dondolano su degli animali di legno sorretti da giganteche molle colorate. Immagino Jane che aiuta le sue bambine a salire e scendere, o le osserva ansiosa mentre vanno su e giù dallo scivolo, come stanno facendo adesso altri genitori. E vengo schiacciata dal senso di colpa che provo ogniqualvolta penso a lei.

Mentre guardo, domandandomi con malinconia se io e Matthew avremo mai un figlio, una bambina cerca di scendere dal suo animale di legno, ma mi accorgo che, per quanta determinazione ci metta, non ce la farà mai, perché ha un piedino incastrato. Apro istintivamente la bocca per gridare, per avvertire uno degli adulti che la piccola sta per cadere, ma prima che ci riesca lei è già per terra. Il suo strillo di dolore fa accorrere un uomo, ma un'altra bambina gli tende le braccia da un altro animale e lui la solleva al volo prima di chinarsi ad aiutare la sorellina caduta. E, mentre le spazzola il vestitino e le bacia i capelli biondi, mi rendo conto di avere davanti il marito di Jane.

Rimango di sasso. Lo fisso a lungo, chiedendomi se non mi stia sbagliando. Ma, con la sua foto su tutti i giornali e in televisione da settimane, è un viso familiare. Senza contare che le due bambine sono gemelle. L'istinto mi dice di fuggire, di andarmene dal parco prima che lui mi veda, ma mi calmo subito: non sa di essere a pochi metri dalla persona che avrebbe potuto salvare sua moglie.

Fa per uscire dall'area giochi, portando in braccio la bambina che si è fatta male e tenendo l'altra per mano. Piangono tutt'e due e, mentre vengono verso la panchina dove mi trovo io, sento che cerca di calmarle promettendo cerotti e gelati. Ma quella in braccio è inconsolabile: ha le ginocchia sbucciate e perde sangue.

« Vuole un fazzolettino? » gli dico d'impulso quando mi passa davanti.

Lui si ferma. « Potrebbe essere una buona idea », dice, sollevato. « C'è ancora un bel pezzo di strada fino a casa. »

Ne prendo uno dalla tasca e glielo consegno. « È pulito. »

« Grazie. »

Lui fa sedere la piccola vicino a me sulla panchina, poi si accuccia per mostrarle il fazzolettino. « Hai visto cosa mi ha dato questa bella signora? Vediamo se ti fa passare la bua? »

Preme leggermente sulla sbucciatura, assorbendo il sangue, e come per miracolo le lacrime si fermano.

« Meglio, Lottie? » domanda la sorellina, guardandola preoccupata.

La bambina annuisce. « Meglio, sì. »

« Grazie a Dio. » Il marito di Jane mi guarda molto serio. « Immagini cosa sarebbe successo se fosse caduta sul cemento, come succedeva a noi da piccoli. » Toglie il fazzolettino. « Passato. »

La bambina si guarda il ginocchio e, soddisfatta, salta giù dalla panchina. «Giochiamo», dice, correndo fino al prato.

«E adesso non vorranno di nuovo tornare più a casa», geme il padre, alzandosi.

Gli sorrido. «Sono molto carine. Anzi, proprio belle.»

«Quasi sempre», concorda. «Ma quando vogliono sanno essere delle vere monelle.»

«Chissà come sentono la mancanza della mamma.» Mi zittisco, sconvolta da quanto ho appena detto. «Mi... mi scusi», balbetto. «È solo che...»

«Non si deve scusare. Lei almeno non finge di non sapere chi sono. Non ha idea di quanta gente venga fino a Heston nella speranza d'incontrarmi, come se fossi una celebrità. Imbastiscono una conversazione, di solito usando le bambine come punto di partenza, poi mi chiedono della madre, se è a casa a preparare il pranzo o se è bionda come loro. All'inizio, prima di mangiare la foglia, mi ritrovavo a raccontare che era morta, e quando indagavano più a fondo finivo per spiegare che era stata uccisa. Allora si fingevano sorpresi, dicevano quanto gli dispiaceva e che doveva essere stato terribile per me. È stato solo dopo che una donna si è spinta troppo oltre, chiedendomi come aveva fatto la polizia a darmi la notizia, che ho capito.» Scuote incredulo la testa. «C'è una definizione per queste persone, ma mi sfugge. Chi ci guadagna sono il negozio e il pub del paese, che stanno facendo affari d'oro», aggiunge con un sorriso mesto.

«Mi deve scusare», ripeto. Vorrei dirgli chi sono, che stamattina ho ricevuto la sua lettera, ma penserebbe che sono come tutti gli altri, che sono venuta in questo parco solo per la curiosità di parlargli, soprattutto perché non ho nessun altro motivo per trovarmi a Heston. Non mi ha esattamente invitato a venirlo a trovare. Mi alzo. «Devo andare.»

«Non è per quello che ho appena detto, spero.» Il sole accecante rende più visibili i fili grigi nei suoi capelli castani e mi chiedo se ci fossero anche prima della morte di Jane.

«Ma certo che no», rispondo. «È che devo proprio tornare a casa.»

«Be', grazie per avermi soccorso.» Guarda verso le bambine, che giocano nell'erba. «Per fortuna è già tutto dimenticato.»

«S'immagini.» Vorrei sorridere, ma l'ironia delle sue parole me lo impedisce. «Buon pomeriggio.»

«Anche a lei.»

Mi allontano col cuore che martella, nelle orecchie la sua frase. *Grazie per avermi soccorso.* Che beffa, mi dico, varcando il cancello per raggiungere la Mini. Non so cosa mi sia preso per venire fin qui, a meno che non sia stato un bisogno di assoluzione. Cosa succederebbe se tornassi da lui, gli dicessi chi sono e di avere visto Jane nella piazzola quella notte? Mi farebbe uno dei suoi sorrisi tristi dicendo che non importa, anzi, ho fatto bene a non fermarmi, perché sarei potuta finire uccisa anch'io? O sarebbe sconvolto perché non sono intervenuta e mi punterebbe addosso il dito, urlando in mezzo al parco che non ho fatto niente per aiutare sua moglie? Non potrò mai saperlo, per cui accendo il motore e torno a casa, ma in testa ho solo il marito di Jane e le due bambine rimaste senza mamma.

Per quanto mi sforzi di andare piano, alle cinque sono già a casa. Appena varco il cancello sono di nuovo invasa dall'ansia e, sapendo che non riuscirò a entrare finché non sarà arrivato Matthew, decido di aspettarlo in macchina. Fa caldo anche all'ombra, per cui apro i finestrini per far circolare un po' d'aria. Il mio telefono emette un *bip*, segno che mi è arrivato un messaggio, ma quando vedo che è di Mary lo spengo. Tutta preoccupata per il lavoro che non ho ancora fatto, perdo la cognizione del tempo e, quando vedo l'auto di Matthew entrare nel vialetto, mi dico che è arrivato a casa prima del solito. Ma sono già le sei e mezzo. Appena lui accosta, prendo le chiavi dal cruscotto e scendo dalla macchina, come se fossi arrivata solo in questo momento. «Prima!» gli dico sorridente.

«Sembri accaldata», osserva, dandomi un bacio. «Non hai acceso l'aria condizionata?»

«Sono andata solo fino a Browbury. Non l'ho accesa per così poca strada.»

«Sei andata a fare spese?»

«Sì.»

«Hai comprato qualcosa di carino?»

«No.»

Andiamo verso la porta e lui apre con le sue chiavi.

« Dove hai lasciato la borsa? » mi domanda, guardando le mie mani vuote.

« In macchina. » Entro in casa. « Adesso vado a prenderla. Prima voglio bere qualcosa. »

« Aspetta, dammi il tempo di spegnere l'allarme! Oh, non è inserito. » Sento il suo sguardo sulla nuca. « Non l'hai attivato uscendo? »

« Ho pensato che non serviva. Non avevo intenzione di stare via molto. »

« Be', la prossima volta fallo lo stesso. Adesso che lo abbiamo, tanto vale usarlo. »

Mentre lui sale a cambiarsi, mi faccio un tè e lo porto in giardino.

« Non dirmi che sei uscita con quelle! » mi dice poco dopo, raggiungendomi.

Mi guardo i piedi. Non volendo dargli altri motivi di preoccupazione, fingo di ridere. « Ma no, le ho appena messe! »

Sorride e si siede vicino a me, allungando le gambe. « Cos'hai fatto di bello oggi, a parte andare a Browbury? »

« Ho preparato qualche altra lezione », rispondo, omettendo chissà perché di essermi imbattuta in John.

« Meglio così. » Guarda l'orologio. « Le sette e dieci. Quando hai finito il tè, cambiati le scarpe che usciamo a cena. Inizieremo il weekend alla grande. »

Oh, no, penso, perché sono ancora piena dopo il pranzo con John. « Sei sicuro? Non preferiresti stare a casa? »

«Solo se è avanzato un po' di pollo al curry.»

«Purtroppo no.»

«Allora usciamo, una volta tanto.»

«D'accordo», gli dico, contenta almeno che non abbia proposto una pasta da Costello's.

Vado di sopra a cambiarmi. Prendo una borsetta dall'armadio, la nascondo sotto il maglione e, mentre lui inserisce l'allarme, vado alla Mini e fingo di prenderla dal sedile posteriore. Andiamo a Browbury, nel nostro ristorante indiano preferito.

«Hai già conosciuto il nostro nuovo vicino?» gli domando, mentre consultiamo il menu. «Gli hai mai parlato?»

«Sì, ieri, mentre controllavo la strada in attesa che tu tornassi da Castle Wells. È passato davanti a casa nostra e ci siamo messi a parlare. A quanto pare la moglie l'ha lasciato poco prima che traslocassero.»

«Dove andava?»

«In che senso?»

«Hai detto che è passato davanti a casa nostra.»

«Sì, stava andando verso casa sua. Deve avere fatto due passi. Gli ho detto che una sera lo invitiamo a cena.»

Mi sento mancare. «E lui?»

«Era contento. Ti va bene, no?»

Fingo di studiare il menu. «Purché non sia l'assassino.»

Matthew scoppia a ridere. «Stai scherzando, vero?»

Mi sforzo di sorridere. «Ma certo. Che tipo è?»

«Sembra abbastanza simpatico.»

«Anni?»

«Non saprei. Sulla sessantina, forse.»

«Non mi è sembrato così vecchio, quando l'ho visto.»

«È un pilota in pensione. Probabilmente devono tenersi in forma per contratto.»

«Gli hai chiesto perché si ferma sempre davanti a casa nostra?»

«No, perché non sapevo che lo facesse. Ma mi ha detto che gli piace molto, quindi forse si ferma ad ammirarla.» Matthew mi guarda strano. «Si ferma sempre davanti a casa nostra?»

«L'ho visto un paio di volte.»

«Non certo una violazione passibile di arresto», dice, come se avesse capito dove voglio andare a parare e mi volesse convincere a lasciar perdere.

«Non ho detto che lo è.»

Mi sorride in modo incoraggiante. «Scegliamo? Dai.»

Vorrei fargli notare che niente impedisce a un pilota abbastanza simpatico e in pensione di essere un assassino, ma so che non condividerebbe, né tantomeno penserebbe di doverlo riferire alla polizia.

Mentre facciamo colazione, il rumore secco della posta che cade nella cassetta riecheggia per tutta la casa.

Matthew si alza, con un pezzo di pane tostato e imburrato in bocca, e va nell'ingresso, tornando poco dopo con un paio di lettere e un pacchetto. «Tieni», dice porgendomelo. «È per te.»

Lo guardo con apprensione. Ieri mi è arrivata la lettera di Alex, ma ci sono poche probabilità che mi abbia spedito anche il pacchetto. «Cos'è?»

«Non so.» Matthew esamina l'involucro bianco senza altre scritte oltre l'indirizzo. «Qualcosa che hai ordinato?»

«Io non ho ordinato niente.» Lo poso sul tavolo, nervosa, quasi impaurita all'idea di toccarlo. Che lo abbia spedito l'autore delle telefonate mute?

Matthew mi posa una mano sulla spalla. «Sicura?»

«Certo.»

«Vuoi che lo apra io?»

«No, figurati», rispondo in fretta. Anche se potrei strappare la carta senza difficoltà, prendo il pacchetto e lo porto nello studio per aprirlo con un paio di forbici. Dentro ci trovo un cofanetto. Alzo il coperchio col cuore che batte forte: su un piccolo cuscino di velluto nero c'è un paio di splendidi orecchini d'argento, che riconosco subito con grande sollievo.

«Belli», dice Matthew, sbirciando da sopra la mia spalla.

Non lo avevo sentito entrare. «Sono per Rachel», gli dico, chiudendo il cofanetto. «Non pensavo che sarebbero arrivati così in fretta.»

«Per il suo compleanno?»

Penso alla casetta all'Île de Ré. «Sì», rispondo.

Matthew sorride ed esce per andare a tagliare l'erba. Metto gli orecchini in un cassetto e rimango per un attimo a guardare fuori dalla finestra, verso il campo dall'altra parte della strada. Mi sentivo così al sicuro, qui, come se niente potesse toccarci.

Squilla il telefono di casa. Mi paralizzo, ma subito dopo mi ricordo che è sabato. *Lui* non ha mai chiamato durante il weekend, finora. Nonostante questo, lascio che scatti la segreteria telefonica. È Mary, che chiede se ho ricevuto i suoi vari messaggi sul giorno di formazione. Mi sento venire meno. Le vacanze stanno per finire e non ho ancora preparato il piano delle lezioni. Mary continua a parlare, aggiungendo in tono scherzoso che spera non abbia perso il cellulare, perché mi ha mandato diversi SMS anche lì.

Poco dopo squilla di nuovo il telefono. Controllo il numero, perché forse Mary sta diventando insistente come il mio tormentatore. Ma è Rachel, quindi rispondo. «Ciao», dico allegramente.

« Allora? Come va? »

Sto impazzendo, vorrei rispondere. « Molto presa a preparare le lezioni. »

« Altre di quelle telefonate? »

« In questi giorni, no », mento. « E tu? Com'è Siena? »

« Bellissima. Mi sto divertendo un sacco, nonostante Alfie. » Sento la sua tipica risata di gola. « Non vedo l'ora di raccontarti tutto di lui, ma adesso stiamo per uscire. »

« Niente marcia nuziale, quindi? »

« Ma proprio no. E poi mi conosci, non sono tipo da sposarmi. Perché non ci vediamo a pranzo il martedì dopo il mio rientro? Sarà il mio primo giorno di lavoro, visto che lunedì è festa, e sarà meno traumatico se avrò qualcosa di carino in programma. Tu rientri a scuola mercoledì, giusto? »

« Giusto, per cui martedì va benissimo. Al Sour Grapes? »

« Ci vediamo lì. »

Nel riappendere mi rendo conto che mancano solo due settimane alla fine delle vacanze. Un bene e un male. Non vedo l'ora di passare le giornate fuori di casa, lontano da quelle telefonate. Ma la mole di lavoro che mi aspetta mi fa sembrare impossibile tornare a scuola.

« Pronta? » Alzo gli occhi e davanti a me c'è Matthew. È in tiro, con un paio di pantaloni kaki e una polo, e ha con sé una piccola sacca sportiva.

Lo guardo senza capire. « Pronta per cosa? »

« Per il nostro pomeriggio alla spa. »

Annuisco e mi sforzo di sorridere, ma mi ero completamente scordata che ieri sera al ristorante Matthew mi ha fatto una sorpresa: una prenotazione per due a una spa vicino a Chichester. Ci siamo andati subito dopo che ci siamo messi insieme e la sua proposta ha allentato la tensione ancora nell'aria dopo la conversazione sul nuovo vicino. « Mi metto le scarpe e arrivo », dico, lisciandomi la gonna di cotone che ho indossato stamattina al posto dei soliti pantaloncini. Quindi forse mentre mi vestivo mi sono ricordata della spa. Corro di sopra e ficco in una sacca un bikini, pensando a cos'altro potrebbe servirmi.

« Dobbiamo andare, Cass! »

« Arrivo! » Mi tolgo la canottiera colorata che ho addosso e apro l'armadio in cerca di qualcosa di più adeguato. Scelgo una camicetta di cotone bianco con dei bottoni minuscoli e me la infilo, poi corro in bagno a spazzolarmi i capelli. Sto per mettermi un po' di trucco quando Matthew mi chiama ancora dalle scale.

« Cass, mi hai sentito? Abbiamo prenotato per le due! »

Guardo l'orologio e mi rendo conto che abbiamo solo tre quarti d'ora per arrivare a Chichester. « Scusa », rispondo, correndo giù per le scale. « Stavo cercando il costume. »

Saliamo in macchina e, mentre percorriamo il vialetto, chiudo gli occhi e abbandono il capo contro il poggiatesta. Mi sento esausta, ma qui in macchina con Matthew, dove nessun pericolo mi minaccia, mi sento al sicuro. Facciamo una curva improvvisa e, premuta contro la portiera, apro gli occhi e sbatto le palpebre, cercando di capire cosa succede. Poi mi rendo conto. «Matthew! Hai sbagliato strada!» dico, con voce carica di paura.

Lui mi guarda perplesso. «È la strada per Chichester.»

«Lo so, ma hai preso Blackwater Lane.» Quasi non riesco a pronunciarne il nome.

«Perché ci farà risparmiare dieci minuti di viaggio. Altrimenti arriveremo in ritardo.»

È un duro colpo. Non voglio ripercorrere questa scorciatoia... non posso! Vedo avvicinarsi la piazzola e la mia mente va in tilt. Terrorizzata, mi giro verso la portiera aggrappandomi alla maniglia.

«Cass!» grida allarmato Matthew. «Cosa fai? Non puoi scendere! Stiamo andando a quaranta miglia all'ora!» Preme il pedale del freno sino in fondo e l'auto sobbalza, proiettandomi in avanti.

Ci fermiamo proprio di fronte alla piazzola dov'è stata uccisa Jane. Qualcuno vi ha deposto un mazzo di fiori e la plastica che li avvolge fluttua nella brezza.

Sconvolta di trovarmi dove l'incubo ha avuto inizio, scoppio in lacrime. «No!» dico, singhiozzando. «Ti prego, Matthew, non fermiamoci qui!»

«Oh, mio Dio», sospira scoraggiato lui. Inserisce la marcia, ma non parte. «È follia pura, ti rendi conto?»

«Scusami», dico tra le lacrime.

«Cosa vuoi che faccia? Proseguiamo o torniamo a casa?» Sembra non poterne davvero più.

Piango così a dirotto che quasi non riesco a respirare. Lui cerca di abbracciarmi, ma mi divincolo. Con un sospiro, Matthew inizia a fare manovra in mezzo alla strada per invertire il senso di marcia.

«No», gli dico, sempre singhiozzando. «Non ce la faccio a tornare a casa, non ce la faccio proprio.»

Lui si blocca a metà manovra, lasciando l'auto in una posizione pericolosa. «Cosa vorresti dire, scusa?»

«Niente, solo che non voglio tornare a casa.»

«Perché no?» La sua voce è tranquilla, ma sento la tensione al di sotto.

«Non mi ci sento più al sicuro.»

Lui sospira, imponendosi di restare calmo. «Ancora con questa storia dell'omicidio? Ma dai, Cass. L'assassino non è più in zona e in ogni caso ignora persino che tu esista. Mi rendo conto che la morte di Jane ti ha sconvolta, ma la devi superare.»

Mi volto verso di lui come una furia. «Come faccio a superarla sapendo che il killer non è ancora stato preso?»

«Allora cosa vuoi che faccia? Ho fatto installare un allarme che copre tutta la casa apposta per te. Vuoi che ti lasci in qualche albergo? È questo che desideri? Perché se la risposta è sì, dimmelo e lo farò.»

Quando arriviamo a casa sono così agitata che Matthew chiama il dottor Deakin, che si offre di visitarmi. Non riesco a smettere di piangere nemmeno quando arriva lui. Mi chiede dei medicinali e, quando Matthew gli spiega che non li sto prendendo regolarmente, mi rimprovera dicendo che, se me li ha prescritti, è perché ne ho bisogno. Inghiotto due pastiglie sotto il suo sguardo vigile, aspettando che mi portino in un luogo dove non conta più niente. E nel frattempo lui mi pone domande cortesi, cercando di capire cos'abbia causato questa crisi. Matthew gli racconta di quando mi sono barricata in salotto e, quando il dottore gli domanda se ho avuto altri comportamenti preoccupanti, lui gli spiega che una settimana fa ho avuto un attacco isterico perché credevo di avere visto un grosso coltello sul pavimento della cucina, quando in realtà era solo un inoffensivo coltellino. Si scambiano sguardi e parlano di me come se non ci fossi. Colgo la parola «esaurimento», ma non me ne importa, perché le pastiglie hanno iniziato a operare la loro magia.

Dopo avere invitato Matthew a farmi riposare e a telefonargli subito se dovessi peggiorare, il dottor Deakin se ne va. Passo il resto del pomeriggio a sonnecchiare sul divano, di fianco a Matthew che guarda la televisione tenendomi la mano. Quando il programma finisce, lui spegne e mi chiede se c'è qualcos'altro che mi preoccupa.

«Tutto il lavoro che devo ancora fare prima dell'inizio della scuola», rispondo, già di nuovo sull'orlo delle lacrime nonostante le pastiglie.

«Ma ti sei già portata avanti, giusto?»

Le mie bugie mi hanno messa con le spalle al muro.

« Un po', ma mi manca ancora molto e non sono sicura di finire in tempo. »

« Perché non chiedi a qualcuno di aiutarti? »

« Non posso, sono già tutti abbastanza presi per conto loro. »

« Posso provarci io? »

« No, purtroppo. » Lo guardo triste. « Come posso fare, Matthew? »

« Se non puoi chiedere aiuto e non puoi arrangiarti da sola, non saprei proprio. »

« Mi sento sempre così stanca. »

Mi allontana i capelli dal viso. « Se trovi che sia troppo per te, perché non chiedi un part time? »

« Non si può. »

« Come mai? »

« Ormai è troppo tardi, non avrebbero il tempo di trovare qualcun altro. »

« Che sciocchezza! Se ti succedesse qualcosa lo troverebbero, qualcun altro. »

Lo fisso. « Cosa intendi dire? »

« Solo che nessuno è indispensabile. »

« Ma perché hai detto che potrebbe succedermi qualcosa? »

Lui china la testa. « Era un'ipotesi, nient'altro. Intendevo dire che, se ti rompessi una gamba o finissi sotto un autobus, ti dovrebbero comunque sostituire. »

« Lo hai detto come se sapessi che sono in pericolo », insisto.

« Non essere ridicola, Cass! » grida Matthew, infastidito, e io sussulto, perché è molto raro che alzi la voce. Si accorge del mio sussulto e sospira. «Era così per dire, okay?»

«Scusa», mormoro. Le pastiglie stano scacciando la paura, sostituendola col sonno.

Lui mi abbraccia e mi attira a sé, ma è un gesto goffo. «Potresti davvero proporre a Mary di tornare a scuola part time. Promettimi almeno di pensarci.»

«Potrei anche non tornare affatto», mi sento dire.

«È questo che vuoi, smettere del tutto di lavorare?» Si scosta un poco e mi guarda perplesso. «Giovedì mi hai detto che non vedevi l'ora di ricominciare.»

«È che quando mi sento così dubito di riuscire a fare tutto quello che ci si aspetta da me. Forse potrei chiedere un altro paio di settimane e rientrare quando mi sentirò meglio, a metà settembre.»

«Non so se te lo permetteranno, a meno che il dottor Deakin non certifichi che non sei ancora in grado di riprendere a lavorare.»

«Credi che lo farebbe?» chiedo, anche se una parte di me mi grida di smettere, di pensare alle telefonate, a Jane, al fatto che non mi sento più al sicuro in casa mia. Ma non ho l'energia per concentrarmi su questa contraddizione.

«Forse sì. Vediamo come va con le pastiglie che stai prendendo. Mancano ancora due settimane all'inizio della scuola. Se le assumi con regolarità, può darsi che cominci a sentirti meglio.»

La porta si chiude alle spalle di Matthew. Dalla stanza da letto lo sento mettere in moto l'auto, arrivare al cancello e sparire lungo la strada. Sulla casa scende il silenzio. Mi sforzo per mettermi seduta e prendo le due pastiglie color pesca dal vassoio della colazione e le ingoio con un po' di succo d'arancia. Senza degnare di uno sguardo il vasetto di yogurt greco e granola e le due fette di pane nero tostato – tagliate a metà e disposte ad arte invece che appoggiate semplicemente una sull'altra –, mi riappoggio ai cuscini e chiudo gli occhi.

Matthew aveva ragione. Ora che prendo le pastiglie con regolarità, sono in netta ripresa. La mia vita è migliorata di parecchio... nell'ultima settimana? Nelle ultime due? Apro gli occhi e guardo la data sulla sveglia: venerdì 28 agosto. Quindi sono tredici giorni. La memoria sarà difettosa, ma il 15 agosto è scolpito nella mia mente come il giorno in cui ho toccato il fondo. Era anche il compleanno della mamma. Quella sera me ne sono ricordata solo dopo che il dottor Deakin se n'è andato e, quando mi sono resa conto di non avere lasciato i soliti fiori sulla sua tomba, mi sono sciolta di nuovo in lacrime, incolpando Matthew di non avermelo ricordato. Il che è stato molto ingiusto, visto che non conosce la data di nascita di mia madre. Ma si è trattenuto dal farmelo notare e ha preferito dirmi che sarei potuta comunque andare la mattina dopo.

Ma non l'ho ancora fatto, perché non reggerei fisicamente. Prendo due pastiglie prima di coricarmi in modo da dormire tutta la notte, e al mattino, prima di andare in ufficio, Matthew me ne porta altre due col vassoio della colazione, perché riposi come si è raccomandato il dottor Deakin. Così, il tempo di fare la doccia e vestirmi e l'ansia che provo sempre dopo che lui è uscito di casa si è già attenuata. Il lato negativo è che a metà mattina mi sento così abulica da non riuscire a mettere un piede davanti all'altro e passo il resto della giornata sul divano tra sonno e veglia, la TV sempre sintonizzata sulle televendite perché non riesco a racimolare abbastanza energie per cambiare canale. A volte sono vagamente consapevole del telefono che trilla in sottofondo, ma scalfisce appena la mia coscienza e, dal momento che non rispondo, le chiamate si fanno meno frequenti. *Lui* telefona ancora, se non altro per farmi sapere che non mi ha dimenticato, ma mi piace immaginare la sua frustrazione quando non ottiene risposta.

La vita è facile. Per quanto forti, le pastiglie mi permettono di funzionare almeno a un certo livello, perché il bucato viene fatto, la lavastoviglie caricata e la casa pulita. Ma non ricordo mai di averle fatte, queste cose, e dovrei preoccuparmi, perché vuol dire che il farmaco interferisce con la mia memoria già precaria. Se fossi ragionevole, dimezzerei la dose. Ma se fossi ragionevole non avrei bisogno nemmeno di prendere le pastiglie. Se mangiassi un po' di più forse non avrebbero un effetto così devastante, ma oltre alla testa mi sembra di avere perso anche l'appetito. La colazione che mi porta Matthew finisce nel secchio della spazzatura e, troppo assonnata per cucinarmi qualcosa, salto sempre anche il pranzo. L'unico pasto del giorno, quindi, è quello che preparo la sera per me e Matthew.

Lui non ha idea di come trascorro le giornate. Dato che l'effetto delle pastiglie si esaurisce circa un'ora prima del suo rientro, ho tutto il tempo per schiarirmi la mente, spazzolarmi i capelli, truccarmi quanto basta e mettere insieme la cena. E, quando me lo chiede, m'invento di avere lavorato e riordinato armadi.

Voglio chiudere fuori il mondo esterno. Sto ricevendo montagne di SMS, da Rachel, Mary e Hannah che m'invitano fuori per un caffè, e da John che vuole discutere con me il programma delle lezioni. Ma non ho ancora risposto a nessuno perché non me la sento di vedere gente, figuriamoci parlare del programma di scuola. La pressione che mi sento addosso aumenta e così d'un tratto decido che la soluzione migliore sarebbe non trovare più il telefono. Se lo perdo, non dovrò rispondere a nessuno. E, dal momento che a casa funziona poco e male, non sarà questa grande rinuncia.

Prendo il cellulare. Ci sono un paio di messaggi vocali e altri tre SMS, ma lo spengo senza aprirli. Entro in salotto in cerca di un buon nascondiglio. Vado dove ci sono le orchidee, ne sollevo una dal vaso, appoggio il cellulare sul fondo e rimetto a posto la pianta.

Nel caso le pastiglie mi facciano dimenticare che soffro di demenza, altri piccoli particolari mi ricordano di continuo la lenta disintegrazione del mio cervello. Non so più far funzionare il microonde: l'altro giorno volevo prepararmi una tazza di cioccolata, ma sono dovuta ricorrere a un pentolino perché i vari pulsanti non avevano più nessun significato per me. E con la posta arrivano oggetti che ricordo di avere visto sul canale di televendite, ma non di avere ordinato.

Ieri hanno consegnato un altro pacco. Lo ha trovato Matthew sulla porta tornando dal lavoro. «Fuori c'era questo», ha detto con calma, anche se era il secondo in tre giorni. «Hai ordinato qualcos'altro?»

Gli ho dato le spalle perché non vedesse la confusione nel mio sguardo. Ero contrariata di non avere ordinato qualcosa che potesse entrare nella cassetta delle lettere, in modo da poterlo far sparire prima che lui tornasse. Subito dopo il temperaverdure arrivato martedì, poi... È stato davvero umiliante.

«Apri e guarda coi tuoi occhi», ho risposto, per prendere tempo.

«Perché? È per me?» Ha scosso la scatola. «Sembra un attrezzo di qualche tipo.»

Cercando disperatamente di ricordare cos'avevo ordinato, ho guardato mentre apriva il pacco.

Mi ha osservato con aria interrogativa. « Un taglia-patate. »

« È buffo », ho replicato con un'alzata di spalle. In TV l'avevano usato per affettare un'intera patata in pochi secondi.

« Non dirmi che si abbina al tagliaverdure a spirale che è arrivato lunedì. Ma dove diavolo le trovi, queste cose? »

Gli ho detto di averle viste reclamizzate su una delle riviste che ti danno col giornale della domenica, perché mi sembrava meglio che ammettere di seguire un canale di televendite. In futuro, per evitare ogni tentazione, lascerò la borsetta in camera da letto. Ho preso l'abitudine di portarla di sotto con me tutte le mattine in caso debba fuggire all'improvviso, ma in questo modo ho facile accesso alla carta di credito. Comunque, anche se si presentasse l'autore delle telefonate mute, non sarei in grado di andare molto lontano. Guidare è fuori discussione a causa delle pastiglie, quindi potrei arrivare al massimo in giardino e non mi sarebbe di grande aiuto.

A volte ho la netta impressione che lui sia già qui. Mi sveglio di soprassalto col cuore a mille, convinta che mi stia spiando dalla finestra. Faccio per alzarmi dal divano, perché l'istinto è di scappare, poi mi lascio ricadere sui cuscini perché non me ne importa niente, anzi, penso che, se davvero fosse qui, almeno sarebbe finita. Infatti sono abbastanza lucida da sape-

re che, per quanto siano la mia salvezza, queste pastiglie saranno anche la mia condanna. O se non altro la
condanna del mio matrimonio, perché per quanto
tempo ancora riuscirà Matthew a sopportare i miei
comportamenti sempre più bizzarri?

Ben sapendo che le pastiglie appena prese mi stanno già confondendo le idee, faccio una rapida doccia
e indosso quella che è diventata la mia divisa: un paio
di jeans larghi e una maglietta, gli unici indumenti
che rimangono presentabili anche dopo un'intera
giornata sul divano. Un giorno ho messo un vestito
e, quando mi sono svegliata, era così stropicciato
che Matthew mi ha chiesto scherzando se avevo passato il tempo a strisciare sotto i cespugli in giardino.

Lascio la borsetta dov'è e porto giù il vassoio, quindi sbriciolo il pane tostato ed esco in giardino per dar-
lo agli uccellini. Vorrei potermi sedere per un po' a
godere il sole, ma mi sento al sicuro solo in casa
con le porte sbarrate. Da quando ho iniziato ad assumere le pastiglie regolarmente, non sono più uscita.
Per le cene ricorro al freezer, per il latte sto attingen-
do ai cartoni a lunga conservazione che teniamo per
le emergenze. Ieri sera Matthew si è accorto che il frigo è quasi vuoto, quindi spero che domani mi pro-
ponga di fare la spesa insieme.

Rientro in casa con le gambe pesanti come tronchi.
Frugo nel congelatore e trovo delle salsicce, quindi
cerco di farmi venire in mente un modo per trasfor-
marle in un pasto serale. So che da qualche parte ci
sono un paio di cipolle ed è probabile che in uno

dei pensili sia rimasto un barattolo di pelati. Stabilito il menu della cena, arranco sollevata fino al salotto e mi stendo sul divano.

I presentatori della televendita sono diventati come vecchi amici. Oggi gli articoli in offerta sono orologi tempestati di piccoli cristalli, ma per fortuna sono troppo esausta per salire in camera a prendere la borsetta. Comincia a squillare il telefono fisso. Chiudo gli occhi e mi abbandono al sonno. Amo la sensazione di sentirmi sprofondare lentamente nell'oblio e, quando l'effetto del farmaco comincia ad allentarsi, qualche ora dopo, quella di sentirmi riportare altrettanto lentamente alla realtà. Oggi, mentre mi trovo nella terra di nessuno tra sonno e veglia, percepisco una presenza, qualcuno vicino a me. È come se non fosse oltre i vetri, ma nella stanza, e mi stesse osservando. Rimango immobile, i sensi sempre più affinati col passare dei secondi, il respiro sempre più superficiale, il corpo teso. E quando non riesco più ad aspettare apro di colpo gli occhi, aspettandomi di vederlo incombere su di me con un coltello. Il cuore mi rimbomba nel petto, ma non c'è nessuno. Mi giro verso la finestra: nessuno nemmeno lì.

Un'ora dopo, quando torna Matthew, la salsiccia è in forno, la tavola è apparecchiata e, per compensare la mancanza di una seconda portata, ho aperto una bottiglia di vino.

«Fantastico», dice Matthew, «ma prima ho bisogno di una birra. Vuoi qualcosa?» Apre il frigo e persino io sobbalzo davanti ai ripiani vuoti. «Oh! Non hai fatto la spesa, oggi?»

«Pensavo che potremmo andare insieme domani.»

«Hai detto che saresti passata tu dopo la tua riunione», fa lui, prendendo una birra e chiudendo il frigo. «A proposito, com'è andata?»

Sbircio di nascosto verso il calendario da parete e vedo sulla data di oggi l'appunto *Giornata di formazione*. Mi sento morire. «Ho deciso di non andare. Non ne ho vista l'utilità, dato che non tornerò al lavoro.»

Mi guarda sorpreso. «Quando l'hai deciso?»

«Ne abbiamo parlato, ricordi? Ti ho detto che non mi sentivo in grado e tu hai proposto di parlarne col dottor Deakin.»

«Abbiamo anche deciso di vedere come andava dopo un paio di settimane di cure regolari. Ma se è quello che desideri...» Trova un apribottiglie nel cassetto e stappa la sua birra. «Mary riuscirà a trovarti una sostituta con un preavviso così breve?»

Mi volto in modo che non mi veda in faccia. «Non lo so.»

Beve un sorso direttamente dalla bottiglia. «Be', ma cos'ha detto quando ha saputo che non vuoi più tornare?»

«Non lo so», borbotto.

«Avrà pur detto qualcosa», insiste.

«Non l'ho ancora avvertita. In realtà ho deciso soltanto oggi.»

« Ma come, non ha chiamato per sapere come mai non sei andata alla giornata di formazione? »

Per fortuna suonano alla porta, salvandomi dal dover rispondere. Mentre lui va ad aprire, mi siedo al tavolo con la testa tra le mani, chiedendomi come abbia potuto dimenticare la data di oggi. È solo quando lo sento scusarsi che capisco: c'è Mary, là fuori, e prego inorridita che Matthew non la inviti a entrare.

« Era Mary. » Alzo la testa e me lo vedo davanti. Aspetta una reazione da parte mia, ma io non riesco ad aprire bocca. Ho dimenticato come si fa. « Se n'è andata », aggiunge, e per la prima volta da quando siamo sposati lo vedo arrabbiato. « Non le hai detto un bel niente, vero? Perché non hai risposto ai suoi messaggi? »

« Non li ho letti. Ho perso il cellulare. Non lo trovo da nessuna parte. »

« Quando l'hai visto l'ultima volta? »

« La sera che siamo usciti a cena, credo. Non me n'ero nemmeno accorta, fino a stamattina. Negli ultimi tempi non lo uso molto. »

« Sarà da qualche parte qui in casa. »

Scuoto la testa. « L'ho cercato ovunque, anche in macchina. Ho chiamato il ristorante, ma non ce l'hanno nemmeno loro. »

« Il computer? Hai perso anche quello? E perché non hai risposto al telefono di casa? A quanto pare tutti a scuola hanno cercato di contattarti: Mary, Connie, John. All'inizio hanno pensato che fossimo partiti per una vacanza dell'ultimo minuto, ma quando stamattina non ti sei presentata Mary ha pensato bene di venire a controllare di persona che fosse tutto a posto. »

« Sono le pastiglie », mormoro. « Mi rimbambiscono. »

« Allora sarà meglio chiedere al dottor Deakin di ridurre il dosaggio. »

« No, non voglio. »

« Se sei in grado di ordinare oggetti da una rivista, sarai in grado anche di rispondere ai tuoi colleghi, soprattutto alla tua preside. Mary è stata molto comprensiva, ma dev'essere furiosa. »

« Smettila di tormentarmi! »

« Tormentarti? Ma se ti ho appena salvato la pelle, Cass! »

Sapendo che ha ragione, m'impongo la calma. « Cosa ti ha detto? »

Va a prendere la sua birra sul ripiano vicino ai fornelli, dove l'ha lasciata per andare ad aprire la porta. « Non c'era molto da dire. Le ho spiegato che questa estate hai avuto problemi di salute, assumi dei farmaci, e non è rimasta affatto sorpresa. Era preoccupata per te già durante l'ultimo trimestre. »

« Ah », dico, meravigliata.

« Se non ti ha mai fatto appunti è perché pensava che fosse la stanchezza a renderti così svagata, e che dopo le vacanze saresti stata di nuovo bene. »

Emetto una risatina priva di allegria. « Allora sarà sollevata che abbia deciso di non tornare. » È mortificante sapere che Mary si è accorta dei miei vuoti di memoria.

« Al contrario, ha detto che sentiranno tutti la tua mancanza e di farle sapere appena ti senti in grado di riprendere a lavorare. »

« Che carina », commento, sentendomi in colpa.

« Facciamo tutti il tifo per te, Cass. Vogliamo tutti che tu guarisca. »

Le lacrime mi offuscano gli occhi. « Lo so. »

« Dovrai chiedere un certificato al dottor Deakin. »

« Puoi farlo tu, per favore? »

Sento il suo sguardo su di me. « D'accordo. »

« E ti dispiace accompagnarmi al supermercato? Non mi va di guidare sotto l'effetto delle pastiglie, ma abbiamo bisogno di fare provviste. »

« Ti stroncano davvero così tanto, quelle pillole? »

Esito, perché se rispondo di sì potrebbe chiedere al dottore di ridurre il dosaggio. « Preferisco non rischiare, tutto qui. »

« Mi sembra giusto. Domani andiamo. »

« Non ti secca? »

« Certo che no. Perché dovrebbe? Se posso fare qualcosa per renderti la vita più facile, basta che tu me lo dica. Sono al tuo servizio. »

« Lo so », rispondo con gratitudine. « Lo so. »

Non vedo l'ora che Matthew mi porti su il vassoio con la colazione per ricominciare a prendere le mie pastiglie. Mi ero dimenticata che ieri fosse festa e sono tre giorni che non le tocco. Ne faccio sempre a meno, durante il weekend, altrimenti Matthew capirebbe come mi riducono, per cui le nascondo nel cassetto, e comunque con lui intorno non ne ho bisogno. Non riesco a rinunciarci la notte, però, perché resterei sveglia a pensare a Jane, al suo assassinio, al killer che non è stato ancora preso e continua a telefonarmi.

Un paio di volte, in questi tre giorni, mi sono ritrovata a fissare il flacone pensando di buttarne giù anche solo una, per calmarmi. La prima è stata sabato mattina, quando siamo tornati con la spesa. Abbiamo bevuto un caffè fuori e mi è piaciuto trovarmi di nuovo nel mondo normale, anche se solo per qualche ora. A casa, stavo mettendo via la spesa meravigliandomi di come il frigo pieno mi facesse sentire di nuovo padrona della mia vita, quando Matthew si è aperto una birra.

«Tanto vale che cominci subito», ha detto allegramente.

« Cominci cosa? » gli ho chiesto, temendo che sentisse il bisogno di ubriacarsi per poter fare fronte alle mie richieste sempre crescenti.

« Be', se stasera Andy prepara il pollo al curry, ci berremo insieme della birra, no? »

Ho preso tempo creando spazio nel frigo per il formaggio che avevamo appena comprato. « È stasera che dobbiamo andare da Hannah ed Andy? Sei proprio sicuro? »

« Sabato, il primo giorno del weekend lungo. Me lo hai detto tu. Vuoi che li chiami per verificare? »

L'informazione non aveva senso per me, ma non volevo che si accorgesse di questa ulteriore dimenticanza. « No, lascia stare. »

Ha bevuto un sorso della sua birra. « Preferisco chiamare lo stesso. Male non fa. » Ha chiamato Hannah, che ha confermato l'invito. « Sembra che tu abbia promesso un dessert », mi ha detto, chiudendo la telefonata.

« È vero », ho confermato, già nel panico perché non ero sicura di avere in casa tutti gli ingredienti necessari per una torta.

« Se vuoi posso andare a comprare qualcosa da Bertrand's. »

« Sì! Magari una delle loro crostate di fragole. Non ti secca? »

« No, certo che no. »

Anche se avevo appena evitato un'ulteriore occasione d'imbarazzo, il mio umore è subito colato a picco. Guardando verso il calendario appeso al muro, ho visto qualcosa scarabocchiato nella casella di sabato. Ho aspettato che Matthew uscisse dalla cucina per andare a leggere: *Andy e Hannah h 19*. Ho provato a non deprimermi, ma non è stato facile.

Poi, a cena, Hannah mi ha chiesto se avessi voglia di tornare a scuola. Non ho ancora pensato a cosa raccontare in giro, per cui è sceso un silenzio agghiacciante, finché non è intervenuto Matthew.

«Cass ha deciso di prendersi una pausa», ha spiegato.

Molto educatamente, Hannah non ha chiesto il motivo. Ma al momento del caffè l'ho vista immersa in una conversazione con Matthew mentre Andy mi teneva occupata con le foto della loro vacanza.

«Di cos'hai parlato con Hannah?» gli ho chiesto mentre tornavamo a casa.

«È normale che sia preoccupata per te. Siete amiche.»

Sono stata contenta che appena arrivati ci siamo messi subito a letto, perché così ho avuto un motivo legittimo per mandare giù un po' di pastiglie.

Sentendo i passi di Matthew su per le scale, chiudo gli occhi e fingo di dormire. Se sa che sono sveglia vorrà parlare, mentre io aspetto solo di sprofondare nell'oblio. Posa il vassoio e mi bacia la fronte. Io mi muovo un pochino, come se stessi dormendo.

«Dormi tranquilla», mi sussurra. «Ci vediamo stasera.»

Non è ancora arrivato in fondo alle scale che ho già ingoiato le pastiglie. Dopodiché, estenuata da questi tre giorni, invece di vestirmi e scendere in soggiorno come al solito decido di restare a letto.

Un trillo insistente mi sveglia da un sonno profondo. All'inizio penso che sia il telefono, ma quando il trillo persiste dopo che dovrebbe essere scattata la segreteria telefonica mi rendo conto che c'è qualcuno attaccato al campanello di casa.

Per nulla turbata da questa visita inattesa, rimango a letto. Per cominciare, sono troppo intontita per farmene un problema. Secondo, è difficile che l'assassino suoni il campanello prima di entrare ad ammazzarmi, quindi dev'essere il postino con altri oggetti che non ricordo di avere ordinato. Quando sento gridare attraverso lo sportellino della posta, capisco che si tratta di Rachel.

Infilo in fretta e furia una vestaglia e scendo ad aprirle.

«Finalmente!» mi dice, sollevata.

«Cosa ci fai qui?» le chiedo, trascinando le parole.

«Dovevamo vederci a pranzo al Sour Grapes.»

La guardo costernata. «Che ore sono?»

«Aspetta un attimo.» Tira fuori il telefono. «Le due.»

«Mi devo essere riaddormentata», dico, perché è più educato che ammettere di essermene del tutto scordata.

«Quando all'una e un quarto non eri ancora arrivata ho cercato di chiamarti al cellulare», spiega, «ma non rispondevi. Allora ho chiamato il fisso, ma quando non hai risposto nemmeno lì ho avuto paura che avessi avuto un guasto alla macchina, o peggio un incidente, perché so che mi avresti avvisata, se fossi stata solo in ritardo. Così ho pensato di venire a controllare se stavi bene. Non sai quanto sono stata felice di vedere la tua Mini qui davanti a casa!»

«Mi dispiace che tu sia venuta fin qui», le dico, sentendomi colpevole.

«Posso entrare?» Lo fa senza aspettare il mio permesso. «Ti secca se preparo un panino?»

La seguo in cucina e mi siedo al tavolo. «Serviti pure.»

«È per te, non per me. Hai l'aria di non mangiare da giorni.» Prende il pane dalla credenza e apre il frigo. «Cosa succede, Cass? Vado a Siena per tre settimane e quando torno non ti riconosco più.»

«Ho avuto un periodo difficile.»

Lei posa sul tavolo il barattolo della maionese, un pomodoro e del formaggio, poi va a cercare un piatto. «Sei stata poco bene?»

Con la sua splendida abbronzatura e il tubino bianco è così bella che provo imbarazzo per il mio pigiama, e mi stringo addosso la vestaglia. «Solo di testa.»

«Non dire così. Hai un aspetto orribile e una voce da paura.»

«Sono le medicine», le dico, posando la testa sul tavolo. Il legno è fresco sotto la guancia.

«Quali medicine?»

«Le pastiglie che mi ha dato il dottor Deakin.»

Lei mi guarda perplessa. «Perché le prendi?»

« Mi aiutano a restare calma. »

« Ma... è successo qualcosa? »

Alzo la testa dal tavolo. « L'omicidio. »

Lei sembra confusa. « Vuoi dire quello di Jane? »

« Perché, ce n'è stato un altro? »

« Cass, ma sono passate settimane! »

La vedo un po' inclinata, per cui sbatto le palpebre. Ma è ancora inclinata, e allora vuol dire che sono io. « Lo so, e il suo assassino è ancora in circolazione », replico, indicando fuori con un dito.

« Non starai ancora pensando che ce l'abbia con te, vero? »

« Eh, già », rispondo.

« Ma perché? »

Mi affloscio di nuovo sul tavolo. « Ricevo ancora quelle telefonate. »

« Avevi detto che avevano smesso! »

« Lo so, ma adesso, grazie a quelle pastiglie, non mi danno più fastidio. Non rispondo nemmeno più. »

Con la coda dell'occhio la vedo spalmare la maionese sul pane, affettare il pomodoro e poi il formaggio. « Come fai a sapere che è lui? »

« Lo so e basta. »

Scuote esasperata la testa. « Ti rendi conto che sono paure infondate, vero? Mi fai preoccupare, Cass. E il tuo lavoro? Domani non ricomincia la scuola? »

« Non ci vado più. »

Smette di affettare. « Ma... per sempre? O hai preso solo un'aspettativa? »

« Non lo so ancora. »

« Stai davvero così male? »

« Peggio. »

Chiude il panino e mi mette davanti il piatto. « Mangia, poi parliamo un po'. »

« Sarebbe meglio aspettare stasera alle sei. »

« Perché alle sei? »

« Perché le pillole avranno smesso di fare effetto e ragionerò meglio. »

Mi osserva incredula. « Mi stai dicendo che passi le tue giornate in questo stato? Ma cosa accidenti prendi? Antidepressivi? »

« Credo che siano più che altro inibitori dell'immaginazione. »

Rachel si siede accanto a me e mi spinge il piatto sotto il naso, perché non ho nemmeno fatto finta di prendere il panino. « Mangia! »

Dopo che ho finito, le racconto tutto quello che è successo nelle ultime tre settimane: di quando ho visto il coltello in cucina, ho creduto che ci fosse qualcuno in giardino, mi sono barricata in salotto, ho perduto l'auto nel multipiano, ho ordinato la carrozzina. Finisco spiegandole che continuo a comprare oggetti inutili alle televendite e, quando finalmente taccio, mi accorgo che non sa cosa dirmi, perché adesso non può più fingere che io soffra di esaurimento.

« Mi dispiace tanto », mormora sconvolta. « Come l'ha presa Matthew? Spero che ti sostenga. »

« Sì, moltissimo. Ma non lo farebbe se sapesse quanto sarà dura per lui in futuro, se davvero soffro di demenza come mia madre. »

«Non soffri di demenza.» La sua voce è ferma, persino severa.

«Spero tanto che tu abbia ragione», rispondo, invidiando la sua sicurezza.

Se ne va poco dopo, promettendomi di tornare a trovarmi appena sarà rientrata da un altro viaggio di lavoro a New York.

«Che fortuna. Vorrei tanto poter partire anch'io.»

«Perché non mi accompagni?» propone d'impulso.

«Non credo che sarei di compagnia.»

«Ma ti farebbe un sacco di bene! Potresti rilassarti in albergo mentre io sono alla conferenza e la sera usciremmo a cena tu e io.» Mi prende una mano, con gli occhi accesi di entusiasmo. «Ti prego, Cass, dimmi di sì. Sarebbe così divertente! Se vieni, mi prenderò un paio di giorni liberi da passare insieme.»

Per un brevissimo istante, contagiata dalla sua eccitazione, mi sento come se fosse davvero fattibile. Poi la realtà mi schiaccia come un macigno e mi rendo conto che non ce la farei mai. «È impossibile», dico sottovoce.

Mi guarda con determinazione. «Quella parola non esiste, lo sai.»

«Mi dispiace, Rachel, ma non ci riesco. Un'altra volta, magari.»

Chiudo la porta dietro di lei, sentendomi ancora più infelice del solito. Fino a poco tempo fa avrei colto al volo l'occasione di una settimana a New York con Rachel, ma ora il solo pensiero di prendere un aereo, se non addirittura di uscire di casa, mi atterrisce.

Impaziente di tornare nel mio stato letargico, vado in cucina e inghiotto un'altra pastiglia. Mi annienta così rapidamente che mi sveglio solo quando sento Matthew che mi chiama.

«Scusa», borbotto, mortificata di essermi fatta sorprendere in stato comatoso sul divano. «Mi devo essere addormentata.»

«Non fa niente. Vuoi che cominci a preparare la cena, così intanto ti fai una doccia per svegliarti del tutto?»

«Buona idea.»

Mi alzo e, in preda allo stordimento, vado di sopra, faccio una rapida doccia fredda, m'infilo qualcosa a caso e scendo in cucina.

«Profumi di buono», mi dice Matthew, che sta svuotando la lavastoviglie.

«Scusa, non ho avuto il tempo di svuotarla io.»

«Poco male. Ma hai fatto il bucato? Domani mi serve la camicia bianca.»

«Provvedo subito.»

«Ci siamo rilassate, oggi, eh?» scherza lui.

Vado in lavanderia, prelevo le camicie dal resto del bucato e le butto in lavatrice. Ma, quand'è il momento di avviarla, le mie dita esitano sopra la fila di pulsanti cercando di ricordare quale premere, perché è spaventoso, ma me lo sono scordato.

«Tanto vale mettere anche questa.» Mi volto di

scatto con un sussulto e vedo Matthew a petto nudo, con la camicia in mano. «Scusa. Ti ho spaventata?»

«Ma no, figurati», rispondo agitata.

«Sembravi con la testa fra le nuvole.»

«Ero sovrappensiero.»

Aggiungo la camicia alle altre, poi chiudo l'oblò e resto lì, la mente vuota.

«Tutto a posto?»

«No», rispondo, la gola chiusa.

«È perché ti ho detto che ti sei rilassata tutto il giorno?» domanda contrito. «Era solo una battuta.»

«Non è per quello.»

«Per cosa, allora?»

Mi sento avvampare. «Non mi ricordo come si fa ad avviarla.»

Il silenzio dura solo pochi secondi, ma sembra eterno. «Non importa, faccio io», dice Matthew, girandomi intorno. «Non c'è niente di male, sai.»

«Come 'non c'è niente di male'?» sbotto, furiosa. «Se non mi ricordo più come si avvia la lavatrice, vuol dire che il mio cervello non funziona come dovrebbe!»

«Ehi», dice con dolcezza lui. «Va tutto bene, Cass.» Cerca di abbracciarmi, ma lo caccio via.

«No!» strillo. «Sono stanca di fingere che vada tutto bene! Perché non è così!» Gli passo accanto e, una volta in cucina, proseguo fino in giardino. L'aria fresca mi calma, ma è terrificante quanto in fretta si stia disintegrando la mia mente.

Matthew mi lascia sbollire, poi mi raggiunge. «Devi leggere la lettera del dottor Deakin», dice con calma.

Mi sento gelare. «Quale lettera del dottor Deakin?»

«Quella che è arrivata la settimana scorsa.»

«Non l'ho vista.» Mentre lo dico, ho un vago ricordo di avere notato nella posta una busta col timbro dell'ambulatorio.

«Devi averla vista per forza. È lì con tutte le altre che non hai ancora aperto.»

Penso alla pila di lettere indirizzate a me che si sono accumulate nelle ultime due settimane, perché non ho trovato la forza di occuparmene.

«Darò un'occhiata domani», rispondo, improvvisamente impaurita.

«È quello che hai detto anche un paio di giorni fa. Il problema è...» Esita, sembra in imbarazzo.

«Qual è il problema?»

«L'ho aperta.»

Resto di sasso. «Hai aperto la mia posta?»

«Solo la lettera del dottor Deakin», si affretta a dire lui. «E solo perché non sembravi intenzionata a farlo tu. Pensavo che potesse essere importante, che il dottore volesse vederti, o cambiarti medicina, o qualcosa.»

Sono furiosa. «Non avevi nessun diritto! Dov'è adesso?»

«Dove l'hai lasciata tu.»

Nascondendo la paura sotto la collera, torno in cucina e passo in rassegna le lettere finché non trovo quella giusta. Estraggo con dita tremanti il foglio dalla busta già aperta e comincio a leggere. Le parole mi danzano davanti agli occhi.

Ho parlato dei suoi sintomi con uno specialista... Vorrei che andasse da lui per degli esami... Demenza precoce... Prenda appuntamento il prima possibile.

Il foglio mi cade dalle mani. *Demenza precoce.* Ripeto quelle parole, cercando di valutarne le dimensioni. Un uccello le raccoglie attraverso la porta aperta e comincia a cinguettarle: *Demenza precoce, demenza precoce, demenza precoce.*

Mi sento circondare dalle braccia di Matthew, ma rimango rigida per lo sconcerto. «Bene, ora lo sai», gli dico, quasi in lacrime. «Soddisfatto?»

«Certo che no! Come puoi pensare una cosa simile? Sono solo triste. E arrabbiato.»

«Per avermi sposato?»

«No, questo mai.»

«Se mi vuoi lasciare, puoi. Ho abbastanza soldi per farmi ricoverare nella più lussuosa delle strutture.»

Mi scuote piano. «Ehi, non dire così. Te l'ho già spiegato: non ho nessuna intenzione di lasciarti, né ora né mai. E il dottor Deakin vuole che tu vada dallo specialista solo per degli esami.»

«E se salta fuori che ho quello? Io lo so che futuro ci aspetta, so quanto sarà frustrante e insopportabile per te.»

«Se quel momento arriverà, lo affronteremo insieme. Abbiamo ancora molti anni davanti, Cass, e possono essere anni bellissimi, anche se dovessimo scoprire che soffri di demenza. E in ogni caso potrai prendere dei farmaci che rallentano la malattia. Ti prego, non iniziare a preoccuparti prima del tempo. So che è difficile, ma devi essere ottimista. »

In qualche modo arrivo in fondo alla serata, ma sono terrorizzata. Come posso essere ottimista se non ricordo nemmeno come si accendono il microonde e la lavatrice? Al pensiero della mamma e del bollitore, ricomincio a versare lacrime bollenti. Quanto tempo deve passare prima che diventi incapace di prepararmi anche solo una semplice tazza di tè? O di vestirmi? Vedendomi così giù di morale, Matthew cerca di consolarmi dicendomi che potrebbe andare peggio, ma quando gli chiedo cosa può esserci di peggio che perdere la testa lui non sa cosa rispondere, e io mi sento male per averlo messo in difficoltà. So che non dovrei prendermela con lui, che sta facendo del suo meglio per restare positivo, ma è un po' quella faccenda dell'ambasciatore che non porta pena: è difficile provare gratitudine quand'è stato proprio lui a privarmi dell'ultimo residuo di speranza che fosse qualcos'altro, e non la demenza, a procurarmi i vuoti di memoria.

20 settembre, domenica

Sono in cucina e mescolo piano il risotto che ho preparato per pranzo. Nel mentre guardo Matthew che strappa le erbacce dalle aiuole in giardino. Non lo sto guardando davvero: lo uso per concentrare lo sguardo su qualcosa e arginare il turbinio della mia mente priva di medicinali per il finesettimana.

Sono passati due mesi dall'omicidio di Jane e non ho la più pallida idea di come ho trascorso le ultime settimane. Grazie alle pastiglie, sono volate in un vortice indistinto. Calcolo con difficoltà quando ho ricevuto la lettera del dottor Deakin col consiglio di eseguire quegli esami, e mi risulta che sia stato tre settimane fa. Tre settimane, e non sono ancora venuta a patti con la possibilità di soffrire di demenza precoce. Forse un giorno sarò in grado di affrontare l'eventuale dato di fatto – gli esami sono previsti a fine ottobre – ma per il momento non ne ho nessun desiderio.

Rivedo Jane. Il suo viso ha l'espressione indistinta della notte in cui l'ho vista nel bosco, e mi rattrista riuscire a malapena a ricordare il suo aspetto. Sembra successo tutto secoli fa. Ma le telefonate mute continuano ad arrivare. Durante la settimana, quando sono a casa da sola, mi accorgo che il telefono suona a intervalli regolari per tutto il giorno. A volte attraverso la nebbia del mio cervello sento Hannah, Connie o John lasciare un messaggio. Ma, quando il telefono smette di squillare prima che scatti la segreteria, allora so che è lui.

Continuo a ordinare articoli dal canale di televendite, solo che sono salita di livello e adesso non compro più gadget da cucina ma gioielli. Venerdì, quando Matthew è rientrato dal lavoro con un altro pacchetto lasciato fuori dalla porta dal postino, mi sono sentita male all'idea di dover giocare ancora una volta a indovina indovinello.

«Sento l'odore del mio piatto preferito.» Ha sorriso e mi ha baciato mentre ero impegnata a cercare di ricordare cos'avevo ordinato.

«Pensavo che fosse un modo carino per iniziare il finesettimana.»

«Ottima idea.» Mi ha mostrato il pacchetto. «Un altro arnese da cucina?»

«No», ho risposto, sperando che fosse vero.

«E allora?»

«È un regalo.»

«Per me?»

«No.»

«Lo posso aprire?»

«Se vuoi.»

Ha preso un paio di forbici e ha tagliato la busta.

« Coltelli? » ha chiesto, tirando fuori due scatole lunghe e piatte.

« Perché non le apri? » gli ho suggerito. E tutto d'un tratto sapevo che cos'erano. « Perle », ho detto. « Sono perle. »

Lui ha sollevato il coperchio di una delle scatole. « Molto belle. »

« Sono per Rachel », ho detto con sicurezza.

« Non le avevi già preso degli orecchini? »

« Queste sono per Natale. »

« È solo settembre, Cass. »

« Che male c'è a portarsi avanti? »

« Nessuno, immagino. » Ha tirato fuori lo scontrino e ha emesso un lungo fischio. « Non avevi mai speso quattrocento sterline per un'amica. »

« Sono soldi miei, li posso spendere come voglio », ho risposto sulla difensiva, pensando che sono stata molto saggia a non parlargli del cottage all'Île de Ré che ho comprato per Rachel.

« Certo. E le altre per chi sono? »

Devo essermi dimenticata di avere ordinato la collana e averne presa una seconda. Non riesco a spiegarmelo altrimenti. « Ho pensato che potresti regalarmele tu per il mio compleanno. »

Si è incupito, meno disposto del solito a continuare la messa in scena. « Non ce l'hai già un girocollo di perle? »

« Non come quello », ho risposto, sperando che non ne salti fuori anche un terzo.

«Giusto.» Mi guarda incuriosito. Lo fa spesso, ultimamente.

Quando il risotto è pronto, chiamo Matthew e ci sediamo a tavola. Mentre stiamo per finire suonano alla porta e lui va ad aprire.

«Non mi avevi detto che veniva Rachel», commenta, precedendola in cucina. Anche se sorride, capisco che non impazzisce all'idea di averla in casa. Io invece sono felicissima, ma anche colta alla sprovvista, perché non so se ho dimenticato che doveva venire o se è passata di sua iniziativa.

«Cass non lo sapeva, sono solo venuta a scambiare due chiacchiere», mi soccorre lei. «Ma se disturbo me ne posso andare.» Mi guarda.

«No, rimani», mi affretto a dire, detestando come Matthew riesca sempre a farla sentire di troppo. «Abbiamo appena finito di pranzare. Hai mangiato o ti preparo qualcosa?»

«Berrei volentieri un caffè.»

Matthew è in piedi, ma non si muove, così vado a prendere le tazze nella credenza. «Lo bevi anche tu?» gli chiedo.

«Sì, grazie.»

Metto una tazza sotto il beccuccio e prendo una cialda dal contenitore trasparente.

«Allora, come stai?» domanda Rachel.

«Bene. E tu? Com'è andato il tuo viaggio?» continuo, restando di proposito sul vago perché non mi ricordo dov'è andata.

«Il solito. Indovina cos'ho comprato all'aeroporto mentre tornavo?»

Metto la cialda nella fessura, ma invece di scivolare dentro resta lì, mezza dentro e mezza fuori. «Cosa?» le domando, spingendo la cialda.

«Un orologio Omega.»

Tolgo la cialda e riprovo a inserirla, sentendomi addosso gli occhi di Matthew. «Wow. Dev'essere meraviglioso.» La cialda non vuole proprio entrare.

«Sì. Mi sono voluta fare un regalo.»

Premo più forte, cercando di forzare la fessura. «Ottima idea. Te lo sei meritato.»

«Prima devi alzare la levetta», dice Matthew, con voce sommessa.

Arrossisco, ma eseguo e la cialda entra facilmente.

«Vuoi che ci pensi io?» si offre. «Tu e Rachel potete andare a sedervi in giardino.»

«Grazie», rispondo con gratitudine.

«Tutto bene?» domanda Rachel, quando siamo fuori. «Avrei dovuto telefonare, prima di piombare qui, ma stamattina ero a Browbury e ho deciso all'ultimo.»

«Non ti preoccupare, non sei tu, sono io», le dico, facendola ridere. «Non mi ricordavo più come si usa la macchina per l'espresso. Prima il microonde, poi la lavatrice. E adesso la macchina del caffè. Domani non sarò più capace di vestirmi da sola.» Mi zittisco un momento, preparandomi a darle il grande annuncio. «Potrebbe essere demenza precoce.»

«Sì, me lo hai già detto un paio di settimane fa.»

«Ah», replico, scoraggiata.

«Non sei ancora andata a fare gli esami, vero?»

«No.»

«E le pastiglie? Le prendi ancora?»

«Sì.» Abbasso la voce: «Ma nel finesettimana no, mai, perché Matthew non deve sapere come mi riducono. Fingo di prenderle e le nascondo nel cassetto».

«Cass! Se ti devastano così non dovresti prenderle del tutto! O almeno dovresti prenderne una dose minore.»

«Può darsi, ma non voglio. Senza non arriverei in fondo alla settimana. Mi fanno scordare che sono da sola in casa, mi fanno dimenticare quelle telefonate.»

«Arrivano ancora?»

«Ogni tanto.»

Mi posa una mano sul braccio. «Devi dirlo alla polizia.»

La guardo. «A che scopo? Non penso che possano intervenire.»

«Non lo puoi sapere. Potrebbero risalire a chi te le fa. Matthew cosa ne pensa?»

«Non sa che le ricevo ancora.»

«Ecco Matthew coi nostri caffè», dice a voce alta, per avvisarmi che sta arrivando. Lui le mette davanti una tazza e lei gli sorride con dolcezza. «Grazie.»

«Se ne volete un altro, chiamatemi.»

«D'accordo.»

Un'ora dopo Rachel se ne va, offrendosi di passare a prendermi il venerdì seguente per trascorrere la serata fuori insieme. Sa che non mi fido più a guidare, ma a me secca dover dipendere dagli altri per ogni spostamento. Il rimpianto per la mia vita di un tempo è come un dolore fisico, ma ad avermi rubato la mia indipendenza non è la demenza, anche se prima o poi succederà: sono il senso di colpa e la paura che pervadono ogni mio momento di veglia dall'istante in cui, due mesi fa, ho superato l'auto di Jane lungo quella scorciatoia. Sono il senso di colpa e la paura ad avermi ridotta così. Se Jane non fosse mai esistita, se non l'avessi conosciuta, se non fosse stata uccisa, sarei riuscita ad affrontare i primi sintomi, avrei preso la malattia per le corna e adesso, invece di passare le mie giornate sdraiata sul divano, starei esaminando le varie opzioni.

Rendermi conto di come sono diventata e del perché è un enorme campanello d'allarme, che mi riscuote dalla mia letargia esortandomi a prendere subito provvedimenti. Penso a cosa posso fare per riprendere il controllo della mia vita, o almeno cominciare a rimetterla sul binario giusto, e decido di tornare a Heston. Se c'è qualcuno che può aiutarmi a ritrovare la serenità è Alex, il marito di Jane. Non mi aspetto che mi liberi dal senso di colpa, perché mi accompagnerà sempre, ma mi è sembrato un uomo gentile e compassionevole e, se vedrà che sono davvero dispiaciuta per non essermi fermata ad aiutare Jane quella notte, potrebbe trovare la forza di perdonarmi. E allora forse, solo *forse*, potrò iniziare a perdonarmi anch'io e magari anche porre fine alla paura, alimentata con tanta cura e costanza dall'autore delle telefonate mute. Non sono tanto ingenua da credere che il viaggio a Heston basterà a risolvere tutti i miei problemi, ma almeno è un inizio.

Aggiungo a quelle già nel cassetto le pastiglie che mi ha portato Matthew stamattina, perché se voglio andare a Heston in macchina ho bisogno di essere lucida. Rimango a lungo sotto la doccia, lasciandomi accarezzare dall'acqua tiepida, e dopo, mentre mi asciugo, mi sento più forte di quanto non mi succeda da settimane. Quasi rinata. Forse è per questo che alle dieci, quando comincia a squillare il telefono, decido di rispondere. Per cominciare, voglio assicurarmi che le telefonate mute non siano solo frutto della mia immaginazione, e in secondo luogo non riesco davvero a credere che *lui* insista ancora a provarci dopo non so quanto tempo che lascio suonare a vuoto.

Dal respiro che s'interrompe quando prendo la chiamata capisco di averlo spiazzato e, ben felice di questo risultato, affronto molto meglio del solito il suo silenzio. Il mio respiro, di solito teso e affannoso, rimane regolare.

«Mi sei mancata.» Il sussurro scivola come seta lungo la linea, colpendomi con la sua forza invisibile.

Mi viene la pelle d'oca. La paura, subito riaffiorata, è come un veleno che mi chiude la gola. *Non vuol dire che sia qui vicino*, mi dico, cercando di ritrovare la calma di un attimo prima. *Il fatto che ti abbia parlato non significa che ti stia guardando.* Faccio un respiro profondo, dicendomi che la sua sorpresa nel sentirsi rispondere al telefono è la prova che non conosce ogni mia mossa. Ma è difficile non lasciarsi inghiottire di nuovo dal terrore. E se sapendomi di nuovo nella terra dei vivi decidesse di venirmi a trovare?

Riaggancio e vado in cucina, controllando istintivamente prima la finestra, poi la porta che dà in giardino. Provo a girare la maniglia, che rimane bloccata come l'avevo lasciata. A meno che non sia io ad aprire, non può entrare nessuno.

Parto con l'idea di prepararmi un caffè ma poi, ricordando le difficoltà di ieri con la cialda, ripiego su un bicchiere di latte, domandandomi come mai stavolta *lui* abbia deciso di parlarmi. Forse, non avendo percepito la mia solita paura, ha tentato di destabilizzarmi. Avere modificato questo equilibrio fondamentale tra noi mi fa sentire trionfante. Non l'ho proprio fatto uscire allo scoperto, ma l'ho spinto a divulgare qualcosa di se stesso, anche se si è trattato solo di un sussurro.

Non voglio arrivare a Heston troppo presto e, per distrarmi dal pensiero di essere sola in casa, mi metto a fare le pulizie. Ma la mia mente non si quieta. Nella speranza di calmarmi mi preparo un tè alla menta e mi siedo in cucina a berlo. Il tempo sembra non passare mai, ma con tutta la mia forza di volontà riesco ad aspettare fino alle undici. Poi inserisco l'allarme e me ne vado.

Attraversando Browbury in macchina, ripenso all'ultima volta che ci sono stata e ho incontrato John. Faccio due calcoli: sono passate circa cinque settimane. Al ricordo di quanto ero terrorizzata quel giorno, sicura che l'assassino si fosse appostato in giardino, l'idea che qualcuno sia riuscito a instillarmi tanta paura mi rende furiosa. E che fine hanno fatto queste cinque settimane? Che fine ha fatto l'estate?

Arrivata a Heston, lascio la macchina dove l'ho parcheggiata l'altra volta ed entro nel parco. Non c'è traccia del marito di Jane e delle sue figlie, ma non mi aspettavo che sarebbe stato così facile. Non volendo considerare la possibilità che non venga affatto al parco o che si rifiuti di starmi a sentire, mi siedo per un po' su una panchina a godermi il sole di fine settembre.

Verso le dodici e mezzo vado al pub, dopo essermi fermata nel negozio del paese a comprare il giornale. Ordino un caffè e me lo porto in giardino. C'è già un numero considerevole di persone che sta pranzando e d'un tratto mi sento fuori posto, non solo perché sono sola, ma anche perché gli altri sembrano conoscersi tutti, o almeno essere clienti abituali.

Trovo un tavolino un po' in disparte, sotto un albero, e apro il giornale. I titoli non sono molto interessanti, così volto pagina, ma il titolo è una batosta: PERCHÉ NON È STATO ANCORA ARRESTATO NESSUNO? Prima ancora di leggere l'articolo, so che parla dell'omicidio di Jane.

Di fianco c'è la foto di una giovane donna, un'amica di Jane, che appare frustrata almeno quanto me dalla lentezza delle indagini. «Qualcuno deve sapere chi è l'assassino», dice, un parere condiviso a quanto sembra dall'autore del pezzo. «Due mesi fa una donna è stata brutalmente uccisa», è la frase conclusiva. «Qualcuno da qualche parte deve sapere qualcosa.»

Chiudo il giornale con lo stomaco sottosopra. Per quanto ne so, la polizia ha smesso di lanciare appelli perché chiunque abbia visto Jane ancora viva nella sua auto quella notte si faccia avanti, ma questo articolo potrebbe smuovere di nuovo le acque. Troppo agitata per restare seduta, esco dal pub e mi metto a camminare per il paese in cerca del marito di Jane, perché adesso più che mai non ho nessuna intenzione di andarmene via a mani vuote. Non ho idea di dove si trovi casa sua, se nel paese o nel nuovo complesso residenziale costruito appena fuori, ma nel passare davanti a una fila di casette in mattoni vedo due tricicli identici abbandonati in uno dei giardini e, senza darmi il tempo di esitare, risalgo il vialetto e busso alla porta.

Lo vedo sbirciare dalla finestra, ma ci mette così tanto ad arrivare che temo non abbia intenzione di aprirmi. Invece lo fa, e mi squadra dalla soglia. «La signora del fazzolettino», dice in tono neutro.

«Sì», rispondo, grata che si ricordi di me. «Mi dispiace disturbarla, ma potrei parlarle un momento? Non ci vorranno più di cinque minuti. »

« Non è una giornalista. »

« No, no, non sono una giornalista. »

« Se è una medium, le dico subito che non sono interessato. »

Sorrido. Magari lo fossi. « No, niente del genere. »

« Mi faccia indovinare. Lei e Jane eravate vecchie amiche e mi vuole dire quanto è dispiaciuta di avere perso i contatti. »

Scuoto la testa. « Non esattamente. »

« Allora perché vuole parlare con me? »

« Sono Cass. »

« Cass? »

« Sì. Le ho scritto un mese e mezzo fa. Jane e io avevamo pranzato insieme poco prima che... » Non sapendo come continuare, m'interrompo.

« Ma certo! » Mi guarda con sospetto. « Perché non mi ha detto subito chi era, quando ci siamo incrociati al parco? »

« Non lo so. Forse non volevo sembrarle invadente. Quel giorno passavo di qui e mi sono ricordata che Jane mi aveva parlato del vostro parco cittadino, così ho deciso di fermarmi. Non pensavo d'incontrarla. »

Fa una smorfia. « Ci passo quasi tutto il mio tempo, ormai. Le gemelle non ne hanno mai abbastanza. Mi chiedono di andarci ogni giorno, anche quando piove. »

« Come stanno? »

« Bene, direi. » Apre un po' di più la porta. « Entri.

Le gemelle dormono, quindi abbiamo un po' di tempo. »

Lo seguo in salotto, dove il pavimento è disseminato di giocattoli e Jane mi guarda da una miriade di fotografie.

«Gradisce una tazza di tè?»

«No, grazie», rispondo, improvvisamente nervosa.

«Ha detto che mi voleva parlare.»

«Sì.» Quando mi si riempiono gli occhi di lacrime, frugo in borsa alla ricerca di un fazzoletto di carta. Sono furiosa con me stessa.

«La prego, si sieda. E mi dica, di qualunque cosa si tratti.»

«Grazie», rispondo, prendendo posto sul divano.

Lui avvicina una sedia e mi si mette di fronte. «Si prenda pure tutto il tempo che vuole.»

«Ho visto Jane, quella sera», gli dico, attorcigliandomi il fazzolettino intorno alle dita.

«Sì, lo so, a una festa. Jane me lo aveva raccontato.»

«No, non quella sera. La sera in cui è stata...» La parola «assassinata» mi s'impiglia in gola. «... in cui è stata uccisa. Ero in Blackwater Lane e ho superato la sua auto ferma nella piazzola.»

Rimane in silenzio così a lungo che temo di averlo sconvolto. «Lo ha riferito alla polizia?» domanda, dopo un'eternità.

«Sì. Sono io ad avere telefonato dicendo che, quando l'ho vista, era ancora viva.»

«Ha visto anche qualcos'altro?»

« No, solo Jane. Ma non sapevo che fosse lei, pioveva troppo forte per distinguere la sua faccia dietro il finestrino. Ho visto solo che era una donna. Che fosse lei, l'ho saputo dopo. »

Emette un sospiro pesante, che rimane sospeso nell'aria tra noi. « Non c'era nessun altro in macchina con mia moglie? »

« No, altrimenti lo avrei detto alla polizia. »

« Quindi non si è fermata? »

Chino la testa, incapace d'incrociare il suo sguardo. « Ho accostato davanti a lei pensando che fosse in panne. Mi aspettavo che scendesse dall'auto, ma è rimasta dentro. Pioveva a dirotto. Ho aspettato che lampeggiasse o suonasse il clacson per segnalare che aveva bisogno di aiuto, e quando non ha fatto nessuna di queste cose mi sono detta che doveva avere già chiamato qualcuno e che i soccorsi erano in arrivo. Lo so, sarei dovuta scendere e andare a bussarle al finestrino, ma avevo paura, temevo che potesse essere una trappola, così ho deciso che la cosa migliore da fare era chiamare la polizia o il carro attrezzi appena arrivata a casa, perché era a pochi minuti di strada. Ma quando sono arrivata è successo qualcosa che me lo ha fatto passare di mente. La mattina dopo, quando ho sentito che era stata uccisa una donna, mi sono sentita... be', non so descrivergliefelo. Non volevo credere di essermi scordata di telefonare e continuavo a pensare che, se lo avessi fatto, lei forse non sarebbe morta. Mi sentivo così in colpa che non sono riuscita a dirlo a nessuno, nemmeno a mio marito, perché temevo di essere additata come quella che aveva condannato a morte la donna in auto, quella che avrebbe potuto aiutarla e non l'aveva fatto. E avrebbero avuto ragione. Poi, quando ho saputo che era Jane, mi sono sentita ancora peggio. » Deglutisco, cercando di fermare le lacrime. « Non sarò l'assassino, ma mi sento colpevole della sua morte almeno quanto lui. »

Mi preparo all'urto della sua collera, ma lui si limita a scrollare la testa. « Non deve pensarlo. »

« Sa qual è la cosa peggiore? Continuavo a dirmi che, se fossi scesa dalla macchina, forse sarei stata uccisa anch'io. Ed ero contenta di essere rimasta a bordo! Che razza di persona sono, mi chiedo? »

« Non è cattiva », dice lui con gentilezza. « Solo umana. »

« Perché è così buono con me? Perché non si arrabbia? »

Lui si alza. « È questo che vuole? È per questo che è venuta? Vuole sentirsi dire che è responsabile della morte di Jane e che è una persona orribile? Perché in questo caso è venuta nel posto sbagliato. »

« No, non sono venuta per questo. »

« Per cosa, allora? »

« Non so per quanto ancora potrò convivere coi miei sensi di colpa. »

« Deve smetterla d'incolparsi. »

« Non ci riuscirò mai. »

« Senta, Cass, se vuole il mio perdono, sono felice di darglielo. Non ce l'ho con lei per non essere scesa dalla macchina. Al posto suo, dubito che Jane lo avrebbe fatto. Sarebbe stata prudente, proprio come lei. »

« Magari però si sarebbe ricordata di mandare qualcuno a controllare. »

Lui prende una fotografia delle gemelle, tutte sorrisi e riccioletti biondi. « Troppe vite sono già state rovinate dalla morte di Jane », dice a bassa voce. « Non lasci che venga rovinata anche la sua. »

« Grazie », rispondo, di nuovo con le lacrime agli occhi. « Grazie dal profondo del cuore. »

« Mi dispiace che si sia angosciata per tutto questo tempo. Adesso posso offrirgliela, questa tazza di tè? »

« Non voglio che si disturbi. »

« Stavo per farmene una quando ha bussato, quindi non è di nessun disturbo. »

Quando torna col tè, sono riuscita a ricompormi. Mi chiede di me e gli racconto di essere un'insegnante, senza precisare che al momento non lavoro. Poi parliamo delle sue bambine e lui ammette che è dura essere un papà a tempo pieno: gli manca il lavoro. La settimana prima, quando i colleghi lo hanno invitato fuori a pranzo, è stata la prima volta da quando Jane non c'è più che ha avuto voglia di vedere qualcuno.

« E com'è andata? » gli chiedo.

« Alla fine sono rimasto a casa, perché non avevo nessuno che mi tenesse le gemelle. Anche se vengono sempre durante il finesettimana, i nonni vivono tutti troppo lontano per essere chiamati con un preavviso così breve. E comunque per i genitori di Jane è ancora molto dura vedere le bambine. Le assomigliano tanto. »

« Non ha qualcuno qui in paese che possa darle una mano? »

« Direi proprio di no. »

« Io sarei felice di fare da babysitter alle gemelle in qualunque momento », dico d'impulso.

Lui sembra sorpreso.

« Scusi, ho detto una sciocchezza. Non mi conosce nemmeno, quindi non posso aspettarmi che si fidi di me. »

« Grazie lo stesso per essersi offerta. »

Finisco il mio tè in fretta e furia, consapevole dell'imbarazzo tra noi. « È meglio che vada », dico, alzandomi. « Grazie per avermi permesso questo sfogo. »

« Purché adesso si senta meglio. »

« Sì, molto meglio. »

Mentre mi accompagna alla porta, provo un urgente bisogno di parlargli delle telefonate mute.

« C'è qualcos'altro? » mi chiede.

« No », rispondo, perché non posso continuare a imporgli la mia presenza.

« Arrivederci, allora. »

« Arrivederci. » Vado lentamente fino al cancello, chiedendomi se ho perso l'occasione. Perché di certo non potrò presentarmi una seconda volta non invitata.

« Magari ci vediamo al parco! » mi grida dietro.

« Magari », rispondo, rendendomi conto solo adesso che non ha ancora richiuso la porta. « Arrivederci. »

Quando arrivo a casa sono le quattro, troppo tardi per prendere una delle mie pastiglie, per cui decido di non entrare e di aspettare Matthew seduta in giardino. Non gli dirò di essere uscita, perché dovrei mentirgli sulla mia destinazione e, se mento, potrei dimenticarmi cosa gli ho detto e la menzogna si ritorcerebbe contro di me. Quando il caldo mi fa venire sete entro controvoglia in casa, ricordandomi di disattivare l'allarme, e mi dirigo verso la cucina. Apro la porta e mi blocco sulla soglia, perlustrando la stanza con lo sguardo. Un brivido di disagio mi percorre la schiena. Sembra tutto a posto, ma sento che non è così, sento che da quando me ne sono andata stamattina qualcosa è cambiato.

Torno nell'ingresso e rimango immobile, l'orecchio teso per cogliere anche il più piccolo suono. Non c'è nulla, solo silenzio, ma non significa che non ci sia nessuno. Prendo il cordless dalla sua base sul tavolino ed esco in punta di piedi dalla porta, chiudendomela alle spalle, dopodiché mi allontano dalla casa, assicurandomi di non oltrepassare il cancello, in modo che il telefono prenda, e digito con mani tremanti il numero di Matthew.

«Ti posso richiamare?» mi dice. «Sono in riunione.»

«Credo che sia entrato qualcuno in casa.»

«Aspetta un attimo.» Lo sento che si scusa, poi la sedia gratta il pavimento e pochi secondi dopo ecco di nuovo la sua voce: «Cosa stavi dicendo?»

«Sono entrati in casa», ripeto, cercando di nascondere l'agitazione. «Ero uscita a fare due passi e quando sono tornata ho capito subito che in cucina era passato qualcuno.»

«Da cosa l'hai capito?»

«Non lo so», rispondo frustrata, perché sto parlando di nuovo come una pazza.

«Manca qualcosa? Hanno rubato? È questo che stai cercando di dirmi?»

«Non lo so, se hanno rubato, ma di sicuro sono entrati. Puoi venire subito, Matthew? Non so cosa fare.»

«Avevi inserito l'allarme prima di uscire?»

«Sì.»

«E come hanno fatto a entrare senza farlo scattare?»

«Non ne ho idea.»

«Ci sono segni di scasso?»

«Io... non lo so. Non mi sono messa a controllare. Senti, stiamo solo perdendo tempo. Potrebbe essere ancora dentro! Non dovremmo chiamare la polizia?» Esito. «L'assassino di Jane è ancora a piede libero.»

Quando non commenta, capisco di avere fatto male a tirare di nuovo in ballo il killer in libertà.

«Sei proprio sicura che siano entrati?» domanda.

«Certo! Vuoi che me lo sia inventato? E lui potrebbe essere ancora qui.»

«Allora è meglio chiamare la polizia.» Percepisco la sua riluttanza. «Possono essere lì molto prima di me.»

«Ma tu verrai lo stesso?»

«Certo, esco subito.»

«Grazie.»

Mi richiama un minuto dopo per dirmi che la polizia sarà a casa nostra a breve. Arrivano in fretta, ma anche in silenzio, dal che intuisco che Matthew non ha menzionato l'assassino. L'auto si ferma davanti al cancello e riconosco la poliziotta che è venuta quando ho fatto scattare l'allarme.

«Mrs Anderson?» mi dice, venendomi incontro sul vialetto. «Sono l'agente Lawson. Suo marito mi ha chiesto di passare da lei. Se ho ben capito, ha l'impressione che ci sia stata un'effrazione.»

«Sì. Sono uscita per una passeggiata e al ritorno ho capito subito che in cucina era entrato qualcuno.»

«Ha visto segni di scasso, tipo vetri sul pavimento o qualcosa del genere?»

«Sono andata solo in cucina, quindi non saprei.»

«E pensa che il ladro possa essere ancora all'interno?»

«Non lo so. Sono uscita subito. Sono venuta in giardino e ho telefonato a mio marito.»

«Posso entrare dalla porta principale? Ha una chiave?»

«Eccola», le dico, porgendogliela.

«Resti qui, Mrs Anderson. Le faccio sapere io quando può raggiungermi.»

Entra in casa e la sento gridare: «C'è nessuno?» Poi, per i cinque minuti successivi, solo silenzio. Alla fine l'agente Lawson torna fuori.

«Ho perquisito tutta la casa da cima a fondo, ma

non c'è niente che faccia pensare a un intruso», dice. «Nessun segno di effrazione, le finestre sono chiuse dall'interno e sembra tutto in ordine.»

«È sicura?» domando con ansia.

«Vuole entrare a dare un'occhiata? Per controllare che non manchi niente, magari?»

La seguo all'interno e perlustriamo ogni singola stanza ma, anche se non vedo nulla fuori posto, so per certo che è entrato qualcuno. «Me lo sento», rispondo allargando le braccia, quando mi chiede come faccio a saperlo.

Torniamo giù in cucina.

«Mi offrirebbe una tazza di tè?» propone l'agente Lawson, sedendosi al tavolo.

Sto per accendere il bollitore, quando mi blocco di colpo. «La mia tazza», dico, voltandomi verso di lei. «L'avevo lasciata sul ripiano, adesso è sparita. Ecco come facevo a sapere che era entrato qualcuno. Perché la mia tazza non è dove l'ho lasciata.»

«Non sarà in lavastoviglie?» suggerisce lei.

Apro la lavastoviglie ed eccola lì, nel cestello superiore. «Visto che non sto diventando pazza?» dico trionfante.

Lei mi guarda dubbiosa.

«Non sono stata io a mettercela», le spiego. «Io l'avevo lasciata sul ripiano.»

Si apre la porta ed entra Matthew. «Tutto bene?» domanda nervoso, guardandomi.

Lascio che parli con l'agente Lawson, e intanto mi spremo le meningi chiedendomi se è possibile che io mi sia sbagliata su dove ho lasciato la tazza. Ma sono sicura di ricordare bene. Riporto l'attenzione sulla poliziotta, che ha appena finito di spiegare a Matthew di non avere trovato tracce di effrazione o di presenze estranee in casa. « Ma qualcuno c'è stato », insisto. « La mia tazza non è andata in lavastoviglie da sola. »

« Cosa intendi? » chiede Matthew.

« Prima di uscire l'avevo lasciata qui, sul ripiano, e quando sono tornata era in lavastoviglie », spiego di nuovo.

Lui mi guarda rassegnato. « Probabilmente non ti ricordi di avercela messa, tutto qui. » Si rivolge all'agente Lawson. « Mia moglie ogni tanto ha dei vuoti di memoria, si dimentica le cose. »

« Capisco », risponde lei, comprensiva.

« La mia memoria non c'entra! » ribatto, infastidita. « Non sono stupida. So bene cosa ho fatto e cosa non ho fatto! »

« Non sempre, però », mi fa notare con dolcezza Matthew.

Apro la bocca per difendermi, ma la richiudo. Volendo, potrebbe sciorinare una sfilza di situazioni recenti in cui non sono stata in grado di ricordare cos'avevo fatto. Nel silenzio che segue capisco che, se anche insistessi fino a perdere la voce, non crederebbero mai che ho lasciato la tazza sul ripiano. « Mi dispiace di averla disturbata per nulla », dico all'agente Lawson.

« Nessun problema. Meglio prevenire che curare », risponde lei, gentilissima.

«Vado a sdraiarmi un po'.»

«Buona idea.» Matthew mi sorride incoraggiante. «Ti raggiungo tra un attimo.»

Dopo che l'agente Lawson se n'è andata, aspetto che Matthew salga da me. Quando non arriva, scendo a cercarlo e lo trovo in giardino, intento a sorseggiare un bicchiere di vino come se niente fosse. Vado subito in collera. «Sono contenta che avere avuto un estraneo in casa non turbi la tua serenità», gli dico, incredula.

«Dai, Cass, se tutto quello che ha fatto è stato mettere una tazza in lavastoviglie non posso dire di sentirmi minacciato, non credi?»

Non avendomi mai mostrato questo lato del suo carattere, non riesco a capire se sia sarcastico o no. *Stai attenta! Non esagerare con le provocazioni!* mi ammonisce la solita vocetta interiore. Ma non riesco a tenere a freno la stizza. «Mi crederai solo quando mi troverai sgozzata sul pavimento, vero?»

Lui posa il bicchiere sul tavolino. «È così che finirà, secondo te? L'assassino entrerà in casa e ti accoltellerà?»

Qualcosa si spezza dentro di me. «Tanto quello che dico io non conta, perché ormai non mi crede più nessuno.»

«È colpa degli altri, adesso? Le tue paure non hanno nessun fondamento. Nessuno!»

«Mi ha parlato!»

«Chi?»

«L'assassino.»

« Cass », geme lui.

« Ti dico che mi ha parlato! Ed è stato in casa! Ma non capisci, Matthew? Le cose sono completamente cambiate! »

Scuote disperato la testa. « Sei malata, Cass, soffri di demenza precoce e sei paranoica. Perché non riesci ad accettarlo? »

Sono sbalordita dalla crudeltà delle sue parole. Non trovando niente da controbattere, gli volto le spalle e rientro in casa. Mi fermo in cucina per buttare giù due delle mie pastiglie, dandogli il tempo di raggiungermi, e quando non lo fa salgo le scale, mi spoglio e m'infilo a letto.

La mattina, quando riapro gli occhi, ripenso agli avvenimenti della sera prima e mi sento travolta. Mi volto verso Matthew. Chissà se ieri sera venendo a letto ha cercato di svegliarmi per scusarsi delle sue terribili parole. Ma lui non c'è. Guardo la sveglia: le otto e mezzo. Sul comodino è appoggiato il mio vassoio della colazione, il che significa che è già uscito per andare al lavoro.

Mi metto seduta, sperando di trovare un biglietto sul vassoio, ma ci sono solo un bicchiere di succo d'arancia, una tazza di cereali, un bicchiere di latte e le mie due pastiglie. L'apprensione mi chiude lo stomaco. Per quanto Matthew non si stanchi di ripetermi che non mi lascerà mai, che mi resterà sempre al fianco, questo lato duro e inaspettato del suo carattere mi ha sconcertata. Mi rendo conto che dev'essere spaventoso per lui avere una moglie convinta di essere perseguitata da un assassino, ma non dovrebbe vedere se le mie paure hanno un fondamento, prima di liquidarle così? A ripensarci, non mi ha mai nemmeno chiesto perché penso che *lui* ce l'abbia con me. Se lo avesse fatto, forse avrei ammesso di avere visto l'auto di Jane quella sera.

Piangendo lacrime di solitudine, prendo le pillole e le mando giù con un po' di succo, sperando così di attutire l'angoscia. Ma non riesco a smettere di piangere nemmeno quando il sonno tenta nuovamente di avere la meglio su di me, perché tutto quello che provo è una disperazione infinita e la paura di quello che il futuro potrebbe riservarmi. Se soffro di demenza e Matthew mi lascia, mi aspettano anni in una casa di cura dove qualche amica mi verrà a trovare per senso del dovere, ma solo fino a quando sarò in grado di riconoscerla. Le lacrime scendono ancora più copiose, adesso, e sono squassata dai singhiozzi, ma in qualche modo riesco a addormentarmi perché vengo svegliata all'improvviso da un forte scricchiolio. Sento la testa sul punto di esplodere, come se la sofferenza emotiva fosse diventata fisica. Cerco di aprire gli occhi, ma non ci riesco. Ho il corpo in fiamme e, quando mi porto una mano alla fronte, scopro che è madida di sudore.

È ovvio che qualcosa non va. Quando provo ad alzarmi, le gambe non mi reggono e crollo sul pavimento. Il sonno tenta di riagguantarmi, ma un sesto senso mi dice che non devo cedere, bensì concentrarmi sul tentativo di muovermi. Sembra impossibile, però, e nella mia mente annebbiata si forma l'idea che ho avuto un ictus di qualche tipo. Per fortuna subentra l'istinto di sopravvivenza e capisco di avere una sola possibilità: devo chiedere aiuto al più presto. Mi metto carponi, arrivo in cima alle scale e le scendo meglio che posso fino all'ingresso. Il dolore mi fa quasi perdere conoscenza, ma con uno sforzo sovrumano mi trascino fino al tavolino col telefono. Vorrei avvisare Matthew, ma so che prima devo chiamare un'ambulanza, per cui faccio il 999 e, quando mi risponde l'operatrice, le dico che mi serve aiuto. Ho la voce così impastata che temo di non riuscire a farmi capire. Mi domanda come mi chiamo e rispondo «Cass». Poi vuole sapere da dove telefono e riesco a malapena a darle l'indirizzo prima che il cordless mi cada di mano, andando a sbattere sul pavimento.

«Cass, Cass, mi sente?»

La voce è così debole che sarebbe facile ignorarla, ma anche abbastanza insistente per indurmi ad aprire gli occhi.

«Si sta svegliando», dice qualcuno.

«Cass, mi chiamo Pat e voglio che lei stia con me, ha capito?»

Metto a fuoco un viso sopra il mio.

«Adesso la portiamo in ospedale, ma prima mi deve dire se sono queste che ha preso.» Mi mette davanti agli occhi la scatola con le pastiglie prescritte dal dottor Deakin e io annuisco impercettibilmente.

Sento delle mani che mi sollevano, poi l'aria fresca mentre mi portano verso l'ambulanza. «Matthew?» domando con un filo di voce.

«L'aspetta in ospedale», risponde una voce. «Può dirmi quante ne ha prese, Cass?»

Sto per domandare quante di cosa quando inizio a vomitare con violenza, e una volta arrivata al pronto soccorso sono così debole che, nel riconoscere sopra di me il viso di Matthew pallido per l'agitazione, non riesco nemmeno a sorridergli.

« Potrà vederla più tardi », gli dice un'infermiera in tono brusco.

« Si riprenderà, vero? » domanda distrutto, e mi sento peggio per lui che per me.

Mi fanno una serie di esami che non capisco, ed è solo quando una dottoressa comincia a bombardarmi di domande che mi rendo conto di cosa succede: credono che mi sia procurata un'overdose.

La guardo stupefatta. « Overdose? »

« Sì. »

Scuoto piano la testa. « Non lo farei mai. »

Mi guarda con l'aria di non crederci e io, sconvolta, chiedo di vedere Matthew.

« Grazie a Dio stai bene », mi dice, prendendomi angosciato una mano. « È colpa mia, Cass? È per la mia frase di ieri sera? In questo caso scusami, dal profondo del cuore. Se avessi immaginato anche solo per un minuto che saresti arrivata a tanto, non sarei stato così duro. »

« Non sono andata in overdose », piagnucolo. « Perché continuano a ripeterlo? »

« Sei stata tu a dirlo ai paramedici. »

« No, invece! » Cerco di mettermi a sedere. « Perché avrei dovuto raccontare una bugia? »

« Cerchi di calmarsi, Mrs Anderson », m'intima la

dottoressa, severa. « È ancora molto debole. Per fortuna non abbiamo dovuto praticarle la lavanda gastrica, visto che ha rigettato quasi tutte le pillole in ambulanza, ma dovremo tenerla sotto controllo per le prossime ventiquattr'ore. »

Mi aggrappo al braccio di Matthew. « Devono avere capito male. L'infermiera mi ha fatto vedere le pastiglie del dottor Deakin chiedendo se avevo preso quelle, e le ho detto di sì, perché sono quelle che prendo di solito. Non ho mai parlato di overdose. »

« Purtroppo gli esami dimostrano il contrario », interviene la dottoressa.

Guardo disperata Matthew. « Ho buttato giù le due che mi hai portato con la colazione, ma solo quelle, giuro. Non sono nemmeno scesa in cucina. »

« Queste sono le scatole che i paramedici hanno trovato in casa », dice la dottoressa, porgendo un sacchetto di plastica a Matthew. « Saprebbe dirci se ne manca qualcuna? Non dovrebbe averne ingerite molte, forse una dozzina. »

Matthew apre la prima scatola. « Questa l'ha iniziata un paio di giorni fa e mancano otto pastiglie, quindi è giusto perché ne prende quattro al giorno, due la mattina e due la sera. L'altra scatola... » La apre per vedere il contenuto. « È piena, come dev'essere. Quindi non so dove le abbia trovate. »

« Non potrebbe averle nascoste? »

Furiosa per essere stata esclusa dalla conversazione, sto per ricordare loro la mia presenza quando mi tornano in mente all'improvviso le pastiglie nel cassetto.

« No. Me ne sarei accorto, se fossero sparite », risponde Matthew. « Di solito gliele preparo io la mattina prima di andare al lavoro, per essere sicuro che non se le dimentichi. » Fa una pausa. « Non so se gliel'hanno riferito – l'ho detto a una delle infermiere – ma è possibile che mia moglie soffra di demenza precoce. »

Mentre loro parlano della mia possibile demenza, io cerco di capire se posso avere preso le pastiglie dal cassetto senza rendermene conto. Non vorrei crederci, ma, se ripenso a com'ero distrutta e disperata e a quanto desideravo scivolare nell'oblio, può darsi che, dopo avere inghiottito le due pastiglie preparate da Matthew, sia andata a cercare anche le altre. Che abbia inconsciamente tentato di togliermi questa vita diventata ormai insopportabile?

Già fiaccata da quanto ho passato, sento venire meno anche le poche energie rimaste. Mi abbandono esausta contro i cuscini, chiudendo gli occhi per fermare le lacrime che hanno già ripreso a scorrere.

« Tutto bene, Cass? »

« Sono stanca », mormoro.

« È meglio se la lascia riposare », dice la dottoressa.

Sento le labbra di Matthew sulla guancia. « Torno domani », promette.

Alla fine ho dovuto ammettere di avere preso le pastiglie, perché c'erano gli esami del sangue a provarlo. Ho confessato di averne nascosto un certo numero nel cassetto del comodino, spiegando però di non averlo fatto con l'intenzione di uccidermi, ma perché, nei giorni in cui c'era in casa Matthew, non sentivo la necessità di prenderle. Quando mi hanno chiesto perché non l'ho detto a mio marito, ho spiegato di non volergli far sapere che m'intontivano al punto che potevo solo sdraiarmi e dormire. Matthew ha osservato in tono scettico che non stavo dicendo esattamente la verità, perché per quanto ne sapeva ero lo stesso in grado di comportarmi in modo abbastanza normale. Così mi sono corretta: sembravo normale, ma non mi rendevo quasi conto di cosa facessi. Il lato positivo è che, avendo preso così poche pastiglie, l'hanno considerata una richiesta di aiuto e non un tentativo di suicidio.

La sera dopo, quando Matthew mi ha riportato a casa, come prima cosa sono salita in camera a controllare nel cassetto. Le pastiglie non c'erano più. Matthew non l'ha detto chiaro e tondo, ma secondo me non crede che le abbia assunte per sbaglio e questo è un altro duro colpo al nostro rapporto. Non è colpa sua. Posso immaginare come si senta a passare da una moglie che all'inizio dell'estate era un po' distratta a una che soffre di demenza e paranoia e ha tendenze suicide.

Anche se gli ho detto che era inutile, ha insistito per prendersi il resto della settimana. In realtà avrei preferito che andasse al lavoro, per poter pensare con calma al destino che mi aspetta. L'overdose involontaria mi ha fatto capire quanto sia preziosa la vita, e voglio tornare padrona della mia finché mi è possibile. Ho iniziato rifiutandomi di prendere le nuove pastiglie blu che mi ha prescritto il dottor Deakin, dicendo a Matthew che preferivo cavarmela senza perché avevo bisogno di tornare nel mondo reale.

Con tutto quello che è successo mi sono scordata che dovevo uscire con Rachel, ma forse me ne sarei scordata lo stesso, per cui quando si è presentata alla nostra porta venerdì sera ero tutto meno che pronta.

«Se mi dai dieci minuti...» le ho detto, felicissima di vederla. «Matthew, perché mentre aspetta non le prepari una tazza di tè?»

Lui mi ha guardato sorpreso. «Non vorrai davvero uscire?»

«Perché no? Non sono un'invalida.»

«Sì, ma dopo quello che è successo...» Si è rivolto a Rachel. «Lo sai che Cass è stata in ospedale, vero?»

Lei è rimasta a bocca aperta. «No, non ne avevo idea. Perché? Cos'hai avuto?»

«Te lo racconto a cena», ho tagliato corto. Poi ho guardato Matthew, sfidandolo a mettermi i bastoni tra le ruote. «Tu non hai niente in contrario a mangiare da solo, vero?»

«No, solo che...»

«Sto benissimo», ho insistito.

Rachel invece sembrava incerta. «Sei sicura, Cass? Se non sei stata bene...»

«Una serata fuori è proprio quello che mi ci vuole», ho detto con fermezza.

Dieci minuti dopo eravamo per strada e ho approfittato del tragitto fino a Browbury per raccontarle della mia overdose involontaria. È inorridita al pensiero che le pastiglie mi abbiano fatto compiere inconsciamente un gesto tanto pericoloso, ma l'ho vista contenta quando le ho assicurato di non volere più assumere farmaci. Per fortuna ha capito che non avevo molta voglia di parlarne, e per il resto della serata abbiamo parlato d'altro.

Poi sabato – dieci settimane dopo l'inizio dell'incubo – Matthew mi ha portato il tè nella tazza che aveva causato tanti problemi lunedì pomeriggio e io ci ho riflettuto ancora. Nella mia mente vedevo benissimo la tazza appoggiata sul ripiano e, sebbene della mia mente non ci si possa più del tutto fidare, ero sicura di non averla messa in lavastoviglie prima di uscire. Ma allora chi l'aveva fatto? A parte me, l'unico ad avere le chiavi di casa è Matthew, ma non poteva essere stato lui perché, metodico com'è, riempie sempre il cestello partendo dal fondo e la lavastoviglie era quasi vuota. E comunque, se fosse passato da casa a metà giornata, lo avrebbe detto. Il fatto è che sono io quella che riempie il cestello partendo da davanti e, se posso andare in overdose senza accorgermene, posso anche avere messo la tazza in lavastoviglie senza ricordarmene.

In qualche modo siamo arrivati alla fine del week-end, con Matthew che mi camminava intorno in punta di piedi come se fossi una bomba sul punto di esplodere. Questa mattina, quand'è potuto fuggire in ufficio, non ha proprio sospirato di sollievo, ma so che farmi da babysitter è stata dura per lui, anche se senza pastiglie sono molto più ragionevole. La mia overdose involontaria lo ha lasciato sulle spine e l'idea che possa fare qualche sciocchezza con lui presente non gli permette di rilassarsi.

Appena è uscito per andare al lavoro mi sono alzata, perché voglio essere fuori prima che arrivi la solita telefonata. La potrei ignorare, ma se lo faccio *lui* continuerà a provarci, finendo per destabilizzarmi. E oggi ho bisogno di essere calma, perché ho deciso di tornare a Heston dal marito di Jane.

L'idea è di arrivare nel primo pomeriggio, quand'è più probabile che le bambine stiano dormendo, così mi fermo prima a Browbury, dove faccio colazione senza fretta e passo il resto della mattinata a comprarmi vestiti nuovi, perché quelli che ho sono troppo larghi.

Alex non sembra sorpreso di rivedermi alla sua porta. «Immaginavo che sarebbe tornata», dice, facendomi entrare. «Avevo capito che c'era dell'altro.»

« Posso andare via, se vuole. Ma spero tanto di poter restare, perché è l'unico che possa aiutarmi. »

Mi offre una tazza di tè, ma sono troppo nervosa e declino. « Allora, cosa posso fare per lei? » mi chiede, precedendomi in salotto.

« Mi prenderà per pazza », lo avviso, sedendomi sul divano. Siccome non replica, prendo un bel respiro. « Allora. Il giorno in cui ho chiamato la polizia per dire che avevo visto Jane viva, hanno chiesto pubblicamente alla persona che aveva telefonato di ricontattarli. Il giorno dopo ho ricevuto una telefonata muta. Non ci ho fatto molto caso, ma quando ho cominciato a riceverne altre il giorno dopo, e poi quello dopo ancora, ho iniziato a spaventarmi. Non erano di quelle dove respirano forte, tipo maniaco. Non mi avrebbero terrorizzato così. Sentivo solo silenzio, ma sapevo che dall'altra parte c'era qualcuno. Quando l'ho detto a mio marito, mi ha risposto che doveva essere un call center, ma ho cominciato a vivere col pensiero fisso di queste chiamate perché... be', ho il sospetto che dall'altra parte ci sia l'assassino di Jane. »

Lui fa un verso di sorpresa, ma non dice nulla.

« Potrebbe avermi identificato grazie alla targa. Quando ho parcheggiato davanti all'auto di Jane sono rimasta ferma diversi minuti, quindi è possibile che, nonostante la pioggia, sia riuscito a leggere il numero. Più mi telefona, più mi sento traumatizzata. Di sicuro pensa che l'abbia visto e spera di dissuadermi dal dirlo alla polizia. Ma io ho visto soltanto Jane. Da quando ho deciso di provare a ignorare le telefonate, lui continua a insistere finché non rispondo. Ho notato che non chiama mai quando c'è in casa mio marito, così mi sono messa in testa che sorvegli la casa.

«Sono così spaventata che ho insistito per far installare un impianto d'allarme, ma lui è riuscito lo stesso a entrare e mi ha lasciato il suo biglietto da visita in cucina: un coltello enorme, identico a quello nelle foto della polizia. Il giorno dopo ero sicura che si fosse appostato in giardino e mi sono barricata in salotto. A quel punto mio marito mi ha trascinato da un medico e da allora prendo dei farmaci che mi hanno devastato sia fisicamente sia mentalmente, ma è l'unico modo per non impazzire. Poi lunedì scorso, tornando da qui, ho capito che era stato in casa mentre io ero fuori. Non mancava niente e non c'era niente di rotto, ma ho sentito lo stesso la sua presenza. Ero così sicura che ho chiamato la polizia, ma non hanno trovato tracce di effrazione. Poi ho visto nella lavastoviglie la mia tazza, che avevo lasciato sul ripiano della cucina, e per me quella era la prova che in casa era davvero entrato qualcuno, solo che quando l'ho detto mi hanno guardato come se fossi pazza.» Mi fermo un momento a riprendere fiato. «Il guaio è che soffro di demenza precoce, non mi ricordo le cose e nessuno mi crede più. Ma io sono sicura che lunedì lui sia stato in casa nostra, e adesso ho il terrore che mi abbia scelta come sua prossima vittima. E quindi le chiedo: secondo lei che cosa devo fare? La polizia mi crede una visionaria, quindi se le dico che sono perseguitata dall'assassino non mi crederà, soprattutto perché non potrò mai provare di avere ricevuto tutte quelle telefonate. Parlo come una fuori di testa, vero? » aggiungo scoraggiata.

Quando non risponde, immagino che stia cercando un modo per sbarazzarsi di me senza offendermi.

« Le ricevo davvero, quelle telefonate. Deve credermi. »

Alex è appoggiato alla libreria e sta riflettendo. « Le credo. »

Lo guardo con diffidenza, temendo che mi stia solo assecondando. « Perché? Insomma, è l'unico. »

« Per istinto, suppongo. E poi perché mai si sarebbe inventata una storia del genere? Non mi sembra una mitomane. Se lo fosse, sarebbe già andata a spifferare tutto alla polizia. »

« Potrebbe essere frutto della mia immaginazione malata. »

« Il fatto che sia venuta a raccontarmelo lo rende ancora meno probabile. »

« Quindi lei crede davvero che io stia ricevendo delle telefonate anonime dall'assassino di Jane? » gli chiedo, bisognosa di sentirglielo confermare.

« No. Credo che riceva delle telefonate, ma non dall'assassino di Jane. »

Non riesco a nascondere la delusione. « Sta per dirmi anche lei che arrivano da un call center? »

« No, è ovvio che c'è sotto qualcosa di più. Qualcuno la sta molestando. »

« Allora perché non può essere l'assassino? »

« Non sarebbe logico. Che cos'ha visto esattamente

quand'è passata di fianco alla macchina di Jane? Se l'avesse vista bene, l'avrebbe anche riconosciuta. Ma mi ha detto che non è andata così. »

« I lineamenti erano confusi. Mi è sembrato di vedere dei capelli biondi, tutto qui. »

« Quindi se avesse visto qualcuno seduto in macchina con lei avrebbe potuto dire al massimo di che colore aveva i capelli. »

« Sì, ma l'assassino non lo sa. Forse crede che lo abbia visto bene. »

Alex si stacca dalla libreria e viene a sedersi vicino a me. « Anche se fosse stato seduto vicino a Jane, sul sedile del passeggero? Secondo la polizia lo ha preso a bordo prima di fermarsi in quella piazzola. In questo caso è difficile che fosse seduto dietro, non crede? »

« Esatto », rispondo, chiedendomi come dev'essersi sentito quando ha iniziato a girare la voce che sua moglie avesse un amante.

« C'è anche un'altra pecca nel suo ragionamento. Se il killer crede davvero che lei possa andare alla polizia con delle informazioni decisive sul suo conto, perché la lascia vivere? Perché non l'ammazza e basta? Ha già ucciso una volta, potrebbe farlo di nuovo. »

Sono sconcertata. « Ma, se non è lui a telefonare, allora chi è? »

« È questo che deve cercare di scoprire. Ma le assicuro che non si tratta dell'assassino. » Alex mi prende la mano. « Deve credermi. »

Ho gli occhi pieni di lacrime. « Vorrei tanto. Sa cos'ho fatto martedì mattina? Sono andata in overdose di pastiglie. Non l'ho fatto di proposito, non mi sono nemmeno accorta di averne mandate giù così tante, eppure inconsciamente devo averlo fatto, perché la vita mi è diventata intollerabile. »

« Le avrei risparmiato volentieri tutto questo, se avessi potuto », mi dice a bassa voce. « Ma non immaginavo che la morte di Jane avrebbe avuto un impatto su qualcuno al di fuori della nostra famiglia. »

« È strano, dovrei provare sollievo al pensiero che non è l'assassino a chiamarmi. Ma almeno saprei chi è. Adesso, invece, potrebbe essere chiunque. »

« Non è quello che vuole sentirsi dire, lo so, ma dev'essere qualcuno che conosce. »

Lo guardo con orrore. « Qualcuno che conosco? »

« Papà? »

Sulla porta c'è una delle gemelle. Ha il pannolone e una maglietta e stringe al petto un coniglio di pezza. Mentre Alex si alza per prenderla in braccio, mi asciugo in fretta le lacrime.

« Louise dorme ancora? » le chiede lui, baciandola sui capelli.

« Loulou dorme. »

« Ti ricordi la signora che ci ha dato un fazzolettino al parco? »

« Come va il tuo ginocchio? Meglio? » le chiedo.

Lei tende una gambina perfettamente liscia.

Le sorrido. « Fantastico! Non c'è più niente. » Guardo suo padre. « Vi lascio tranquilli. Grazie ancora. »

«Spero di esserle stato d'aiuto.»

«Sì, moltissimo. Ciao, Charlotte.»

«Si ricorda ancora il nome», commenta compiaciuto lui, poi mi accompagna alla porta. «Pensi a quello che le ho detto, mi raccomando.»

«Lo farò.»

«Stia bene.»

Sono troppo stanca emotivamente per guidare, così entro nel parco e trovo una panchina. Parte della paura che mi porto addosso da dieci settimane, da quella prima telefonata, è sparita. Anche se sia Matthew sia Rachel considerano illogico supporre che sia l'assassino a telefonarmi, loro non sanno che quella notte ho visto Jane, quindi non possono comprendere i miei timori. Ma il marito di Jane era al corrente di tutti i fatti e, se ripercorro il suo ragionamento sul perché non può essere l'assassino a chiamarmi, trovo che non fa nemmeno una grinza. Ma cosa dire della possibilità che sia qualcuno di mia conoscenza?

La paura torna all'istante, raddoppiata, e s'insinua dentro di me, svuotandomi i polmoni per farsi spazio. Mi prosciuga la bocca, spara nomi a caso che mi rimbalzano nel cervello. Potrebbe essere chiunque. Il marito di una delle mie amiche, quel signore simpatico che viene ogni tanto a pulirci le finestre, il venditore d'impianti di allarme, il nuovo vicino, un papà della scuola. Li prendo in considerazione a uno a uno e sospetto di tutti. Non mi domando perché dovrebbero farmi una cattiveria simile. Quello che mi domando è: perché no? Chiunque di loro potrebbe essere uno psicopatico.

Dopo un po' esco dal parco. Non voglio che arrivi Alex con le gemelle e mi trovi ancora qui, come una stalker. Dovrei tornare a casa, ma se scopro che è di nuovo entrato qualcuno? Hanno già eluso il sistema di allarme una volta, ma come? Dev'essere stato qualcuno con le giuste conoscenze tecniche. Il tipo della Superior Security Systems? Quel giorno, dopo che se n'era andato, avevo trovato una finestra aperta. Forse l'ha manomessa in modo da poter entrare e uscire a suo piacimento. È lui l'autore delle telefonate mute?

Per nulla impaziente di tornare a casa, vado a Browbury e cerco un parrucchiere che mi riceva senza appuntamento. Seduta davanti allo specchio senza nient'altro da fare che contemplare il mio volto, mi rendo conto all'improvviso di quanto mi abbiano esaurito questi ultimi due mesi. Ho le guance scavate e la parrucchiera mi domanda se di recente sono stata malata, perché i miei capelli rivelano uno stato di stress. Preferisco non dirle che soffro di demenza precoce e pochi giorni prima mi sono procurata un'overdose di farmaci.

Arrivo a casa così tardi che nel vialetto c'è già l'auto di Matthew. Quando spengo il motore, vedo spalancarsi la porta.

« Grazie al cielo! Dove sei stata? » mi domanda tutto agitato. « Mi hai fatto stare in pensiero. »

« Sono andata a Browbury a comprarmi qualcosa e a tagliare i capelli », rispondo tranquilla.

« Be', la prossima volta lasciami un biglietto, oppure chiamami e dimmi che stai uscendo. Non puoi sparire così, Cass. »

« Non sono sparita! »

« Sai benissimo cosa intendo. »

« Niente affatto. Non ho nessuna intenzione di renderti conto di ogni mio spostamento. Non l'ho mai fatto prima e non comincerò adesso. »

« Prima non soffrivi di demenza precoce. Ti amo, Cass, quindi è normale che mi preoccupi per te. Almeno procurati un altro cellulare, così almeno sarai sempre contattabile. »

Cerco di mettermi nei suoi panni. « D'accordo. Domani ne compro uno nuovo, promesso. »

La mattina dopo, quando squilla il telefono, penso a quello che mi ha detto Alex, e cioè che dall'altra parte potrebbe esserci qualcuno che conosco, e decido di rispondere. « Chi sei? » domando, più incuriosita che spaventata. « Non sei la persona che credevo, ma allora *chi sei*? »

Quando riappendo mi sento stranamente vittoriosa, ma con mio grande sgomento il telefono riprende subito a suonare. Resto lì incerta se rispondere o no, sapendo che, se non lo faccio, lui insisterà all'infinito. Ma io non gli darò quello che vuole, non rimarrò in silenzio, non più. Ho già perso troppe settimane di vita e, se non voglio perderne altre, devo cominciare a tenergli testa.

Perché gli squilli non erodano la mia determinazione, esco in giardino. Sto pensando di staccare il telefono, in modo che non possa più chiamare, ma non lo voglio irritare ancora di più. L'unica altra opzione è uscire e rientrare solo dopo che Matthew sarà rincasato. Ma sono stanca di non potermene stare in pace a casa mia. Ho bisogno di tenermi occupata.

Mi cade l'occhio sulle cesoie, che sono ancora lì coi

guanti sul davanzale della finestra, dove le ho lasciate due mesi fa, il giorno prima che venissero Andy e Hannah per il barbecue. Decido di potare qualche pianta. Mi ci vuole un'oretta per ridare forma ai cespugli di rose, poi strappo erbacce fino all'ora di pranzo. Mi meraviglia che il mio tormentatore abbia tanto tempo da perdere in un'attività così inutile, perché ormai dovrebbe avere capito che non ho intenzione di rispondere. Cerco d'immaginare che personalità abbia, ma so che sarebbe sbagliato affibbiargli l'etichetta del solitario incapace di crearsi delle relazioni. Potrebbe benissimo essere un pilastro della comunità, un padre di famiglia, un uomo pieno di amicizie e interessi. L'unica cosa di cui sono certa, adesso, è che lo conosco, e questo mi rende più spavalda di quanto sia raccomandabile.

Mi conforta pensare che, se non fosse stato per l'omicidio, avrei reagito a queste telefonate in tutt'altro modo, ridendo magari, o dandogli del patetico, o minacciandolo di avvisare la polizia. Se non l'ho fatto è solo perché credevo che fosse il killer ed ero terrorizzata. Ma non è giusto che continui a passarla liscia. Devo portarlo allo scoperto.

Verso l'una le chiamate, che si sono fatte meno frequenti, cessano del tutto, come se avesse deciso di andare in pausa pranzo... a meno che non gli si sia infiammato il tunnel carpale a forza di digitare tante volte il mio numero. Decido d'imitarlo e mi preparo qualcosa da mangiare, contenta di essere riuscita a resistere per tante ore a casa da sola. Ma, quando alle due e mezzo non ha ancora richiamato, comincio a sentirmi a disagio. D'accordo che ho deciso di smascherarlo, ma non mi sento del tutto pronta.

Voglio essere in grado di difendermi nel caso decida di farmi visita, così vado nel capanno degli attrezzi e prendo una zappa, un rastrello e, soprattutto, delle cesoie da siepe. Mi metto davanti a casa, dove mi sento più al sicuro. Mentre sto togliendo i fiori morti da un'aiuola passa il tipo che abita in cima alla strada, l'ex pilota, e questa volta mi saluta. Lo guardo, soppesandolo. Dopo la chiacchierata di ieri con Alex mi sento molto meglio e il vicino non mi appare più sinistro, bensì malinconico. Così rispondo al saluto.

Lavoro in giardino per un'altra ora, con l'orecchio sempre teso nel caso suoni il telefono, e quand'ho finito porto fuori uno dei lettini, per riposare e prendere un po' di sole in attesa che arrivi Matthew. Tuttavia non riesco a rilassarmi. Rivoglio la mia vita, ma per riuscirci devo prima scoprire chi è il mio tormentatore. E per questo mi servirà aiuto.

Vado nell'ingresso e telefono a Rachel. « Non è che possiamo vederci quando hai finito di lavorare? »

« Va tutto bene? »

« Benissimo. Ho solo bisogno del tuo aiuto per una cosa. »

« Interessante! Se ti va ci possiamo vedere a Castle Wells, ma non prima delle sei e mezzo. Cosa ne dici? »

Esito, perché da quando ho perso l'auto nel multipiano non ci sono più tornata. Ma non posso aspettar-

mi che Rachel venga ogni volta fino a Browbury, visto che lavora a soli dieci minuti da Castle Wells.
«Allo Spotted Cow?»

«Perfetto.»

Lascio un appunto a Matthew, dicendogli che sono andata a comprarmi un nuovo cellulare, e parto. Arrivata a destinazione, non voglio rischiare di perdere di nuovo la Mini nel multipiano e trovo posto in uno dei parcheggi più piccoli. Mi dirigo verso la zona dello shopping. Passando davanti allo Spotted Cow sbircio all'interno per vedere se è già affollato e vedo Rachel seduta al centro della sala. Mi sto chiedendo cosa faccia già lì, visto che abbiamo appuntamento tra un'ora, quando qualcuno si avvicina al suo tavolo e si siede con lei. John.

Stupefatta, torno di fretta sui miei passi, contenta che nessuno dei due mi abbia notata. Rachel e John. La mia mente è in subbuglio, perché non mi sarei mai aspettata di vederli insieme. Ma *stanno* insieme? Cerco di ricordare il loro linguaggio del corpo: c'era una certa familiarità, ma da qui a essere una coppia... Eppure, più ci penso, più ha senso. Sono due persone in gamba, divertenti e di bell'aspetto. Me li immagino trascorrere la serata fuori insieme, ridendo e bevendo, e vengo colta da una profonda tristezza. Perché non me l'hanno detto? Perché *Rachel* non me l'ha detto?

Rallento il passo. Il pensiero di loro due insieme mi amareggia. Per quanto voglia bene a Rachel, John è troppo dolce per poter essere felice con lei. E troppo giovane. Detesto doverli disapprovare e sono contenta di averlo scoperto, nel caso Rachel stasera decida di darmi l'annuncio della sua relazione con John. Potrebbe anche non esserci nessuna relazione, ovviamente. Forse sono ex, nel qual caso Rachel non mi dirà mai niente. Ora che ci penso non mi parla mai degli uomini con cui esce, forse proprio perché non sta mai con loro per tanto tempo.

All'improvviso mi rendo conto che nella direzione in cui sto andando non troverò nessun negozio di telefonia, per cui attraverso la strada e torno verso il centro, evitando di passare davanti allo Spotted Cow. Poco oltre vedo la Baby Boutique e arrossisco al pensiero di come ho finto di essere incinta davanti alla commessa. Quando ci arrivo davanti, mi ritrovo ad aprire la porta. Quasi non riesco a crederci, ma capisco di essere entrata con l'intenzione di confessare la mia bugia. Se rivoglio la mia vita, devo prima rimetterla in ordine, per cui vado verso il banco, contenta che il negozio sia deserto e che ci sia la stessa commessa di quel giorno. «Chissà se si ricorda di me», le dico.

Mi guarda con aria interrogativa.

«Sono entrata un paio di mesi fa a comprare una tutina.»

«Sì, certo che mi ricordo di lei!» risponde con un sorriso. «Dobbiamo partorire nello stesso periodo, mi pare.» Mi guarda la pancia, e quando la vede piatta alza gli occhi sgomenta. «Mi dispiace tanto!»

«Non si preoccupi», mi affretto a rassicurarla. «In

realtà non ero affatto incinta. Credevo di esserlo, ma non lo ero. »

Mi guarda comprensiva. « Una gravidanza isterica, eh? » E, siccome sento di essermi guadagnata il diritto di mantenere intatto almeno un po' della mia integrità, le dico che, no, devo essermi illusa.

« Vedrà che presto resterà davvero incinta. »

« Lo spero proprio. »

« Sa, non volevo dirglielo, ma in effetti avevo trovato l'acquisto della carrozzina un po' prematuro. Non so cosa possiamo fare, ma se lo chiedo alla nostra manager sarà sicuramente disposta a riprenderla e a restituirle gran parte dell'importo. »

La tranquillizzo subito: « Non sono venuta per restituirvi la carrozzina. Anzi, sono molto contenta di tenerla. Volevo solo salutare lei ».

« Oh, che gentile! »

Le auguro buon proseguimento e vado verso la porta, stupita di quanto mi senta bene.

« In ogni caso era quella giusta, vero? » domanda lei. « Quella blu scuro. »

« Sì, certo. »

« Per fortuna. Il suo amico mi avrebbe sparato, se le avessi mandato quella sbagliata. »

Esco per strada con le sue ultime parole ancora nelle orecchie. *Il suo amico.* Ho capito male? Si riferiva alla coppia che c'era in negozio con me? Forse dopo che ero uscita quel giorno non era più sicura di quale carrozzina avessi ordinato e aveva chiesto loro se era proprio quella blu scuro. Ma aveva detto « amico » e non «amici», e poi sapeva che non ci eravamo mai visti prima. Ma allora di chi stava parlando?

Ho la verità davanti agli occhi, ma non la voglio vedere. L'unico a sapere che quel giorno ero stata in quel negozio era John, e non posso credere che mi abbia fatto recapitare a casa quella carrozzina, in quanto allora dovrei chiedermi perché l'ha fatto. Con la mente di nuovo nel caos, attraverso la strada ed entro da Costas, dov'eravamo andati dopo che lo avevo incontrato fuori dalla Baby Boutique. Ordino un caffè e mi siedo davanti alla vetrina, con lo sguardo fisso sul negozio di fronte, cercando di capire cosa possa essere successo.

C'è una spiegazione innocente. John ha sempre avuto un debole per me e forse, quand'è entrato nel negozio spiegando che gli avevo consigliato di comprare una tutina per il neonato della sua amica, alla commessa è venuto naturale parlargli della mia presunta gravidanza e lui, felice per me, ha deciso di farmi un regalo. Ma non avrebbe di certo scelto un oggetto così costoso, e se era un regalo perché non c'era nessun biglietto? E come mai quando ci siamo rivisti a Browbury qualche tempo dopo non ha menzionato né la mia gravidanza, né la carrozzina? Era imbarazzato dal suo gesto eccessivo? Non ha senso.

L'alternativa, per nulla innocente, è da cardiopalma. John quel giorno mi pedinava. Mi pedinava anche quando ha bussato al mio finestrino a Browbury? A pensarci bene è strano che lo abbia incontrato ben due volte in meno di dieci giorni. È stato lui a spedirmi in via anonima la carrozzina, apposta per spaventarmi? Ma non poteva immaginare che avrei pensato di averla ordinata io, perché a quell'epoca non sapeva ancora della mia demenza. Gliene ho parlato solo quando abbiamo pranzato insieme a Browbury. E perché avrebbe fatto una cosa del genere? *Perché è innamorato di te*, mi sussurra una vocetta interiore, e il mio batticuore aumenta. Mi ama al punto di odiarmi?

Quando mi rendo conto che tutto indica che è lui l'autore delle telefonate mute, mi sento quasi male. Sa come sono agitata da quand'è stata uccisa Jane e, quando gli ho fatto notare quanto sia isolata casa nostra, ha osservato che ce ne sono altre nelle vicinanze. Ma lui non è mai stato a casa mia, quindi come fa a saperlo? Tutto d'un tratto sono così furiosa con lui che vorrei andare subito allo Spotted Cow per affrontarlo davanti a Rachel. Ma mi trattengo, perché prima di accusarlo devo essere assolutamente sicura.

Ci rimugino a lungo, considerando l'idea da ogni possibile angolazione e, per quanto vorrei trovare una falla nel ragionamento, la verità è che ho trovato il mio tormentatore. Ripenso a luglio, quando ho gridato all'autore delle telefonate di lasciarmi in pace, e John ha risposto come John, fingendosi sorpreso. È sempre stato lui, fin dall'inizio. E io gli ho anche chiesto scusa, spiegandogli che ricevevo chiamate insistenti da un call center. Chissà che risate si è fatto mentre fingeva di avermi chiamato per invitarmi a bere qualcosa con Connie. Gli ho detto che non ero sicura di potere, perché Matthew si era preso due giorni liberi dal lavoro. E in quei due giorni non ho ricevuto nessuna chiamata. Anche i tempi coincidono: con la scuola chiusa, ha potuto dedicare l'intera estate a torturarmi. Ma mi sembra folle. Se stamattina qualcuno mi avesse detto che l'autore delle telefonate mute era John, gli avrei riso in faccia.

Poi mi si accende una lampadina, e mi sento come se fossi stata colpita da una mazzata. La sera dell'assassinio di Jane, John non è andato con gli altri a casa di Connie. E lui e Jane giocavano spesso a tennis insieme, me lo ha detto lui stesso. È possibile che fossero amanti? Che sia stato lui a uccidere Jane? No, certo che no. Poi ricordo quando mi ha detto che la sua ragazza, che nessuno di noi ha mai visto, è uscita di scena.

E Rachel? Se lei e John stanno insieme, potrebbe essere in grave pericolo. Ma, se lei e John stanno insieme, forse sa cos'ha fatto. All'improvviso mi manca il respiro. Nella mia testa si aprono così tanti scenari che sono tentata di tornare dritta a casa senza passare dallo Spotted Cow. Guardo l'orologio: ho cinque minuti per decidere.

Alla fine scelgo di vedere Rachel e uso il breve tragitto che mi separa da lei per prepararmi a ogni eventualità: che ci sia anche John, che non ci sia, che lei mi parli di loro due, che non lo nomini neppure. In quest'ultimo caso, devo accennare ai miei sospetti su di lui? Ma sembrano assurdi e forzati anche a me.

Quando arrivo, il pub è così gremito che, se Rachel non fosse arrivata con un'ora di anticipo, non avremmo trovato posto. «Non potevi prendere un tavolo più tranquillo?» dico scherzando, perché siamo circondate da un gruppo di studenti francesi.

«Sono appena arrivata», risponde abbracciandomi, «quindi è già una fortuna che abbia trovato questo.»

La sua menzogna smuove qualcosa dentro di me. «Vado a prendere da bere. Cosa vuoi?»

«Solo un bicchiere piccolo di vino, grazie. Devo guidare.»

L'attesa al bar mi permette di stabilire cosa dirle quando mi chiederà perché la volevo vedere, visto che adesso non mi serve più il suo aiuto per identificare il mio tormentatore. A meno che John non c'entri niente, a meno che non sia stata io a ordinare la carrozzina, e poi ci abbia intessuto intorno questa storia così complicata.

«Allora? Di cosa mi volevi parlare?» mi chiede, quando torno coi bicchieri.

«Di Matthew», le dico.

«Perché? Qual è il problema?»

«Nessun problema, solo il Natale in arrivo. Vorrei regalargli qualcosa di davvero speciale. Ha dovuto sopportare parecchio, ultimamente, e gli vorrei dimostrare tutta la mia gratitudine. Non è che avresti qualche idea? Tu sei brava in queste cose.»

«Mancano ancora tre mesi», dice lei, perplessa.

«Lo so, ma in questo momento non ho proprio tutto sotto controllo e pensavo che potresti aiutarmi a pianificare qualcosa, o almeno ricordarmi di cosa si tratta. »

Ride. « D'accordo. A cosa pensavi? Un weekend romantico? Un volo in mongolfiera? Un lancio col paracadute? Un corso di cucina? »

« È tutto strepitoso, tranne forse il corso di cucina. »

Nella mezz'ora successiva lei sforna idee su idee, e io dico di sì a ogni cosa perché ho la mente altrove.

« Non puoi regalargli tutto », mi fa notare a un certo punto, esasperata. « Anche se potresti permettertelo. »

« Be', mi hai dato parecchio materiale su cui riflettere », replico con gratitudine. « E tu? Novità? »

Fa una smorfia. « No, sempre le solite cose. »

« Non mi hai ancora raccontato del tipo di Siena, hai presente, il cognato. »

« Alfie. » Rachel si alza. « Scusa, ma devo andare in bagno. Torno subito. »

Mentre è via, mi dico che devo in qualche modo introdurre John nella conversazione e ripartire da lì.

Ma quando Rachel torna non si siede, bensì rimane accanto al tavolo. « Non ti dispiace se ti abbandono, vero? È solo che domani avrò una giornataccia e vorrei riposare un po'. »

« Ma figurati », le dico, sorpresa che se ne vada così presto. « Verrei via con te, ma prima di guidare fino a casa o bisogno di bere un caffè. »

Lei si china per stringermi in un breve abbraccio. « Ti chiamo verso il finesettimana », promette.

La guardo incuriosita mentre si allontana, sgomitando tra gli studenti francesi, perché sembra quasi una fuga. Sta andando da John? Forse lui l'aspetta in un altro locale.

Quando raggiunge la porta una studentessa francese grida, e capisco che sta cercando di richiamarla. *Madame! Madame!* urla. Ma Rachel è già fuori.

La ragazza si mette a discutere con uno dei suoi compagni e io fermo una cameriera di passaggio per ordinare il caffè.

« Mi scusi. »

Alzo lo sguardo e vedo la studentessa francese porgermi un telefonino nero a conchiglia.

« Mi scusi, ma il mio amico ha preso questo dalla borsetta della sua amica. »

« No, non è della mia amica », rispondo, guardando il cellulare. « Lei ha un iPhone. »

« È suo! » insiste la studentessa, girandosi per indicare il ragazzo con cui discuteva un momento fa. « Glielo ha rubato lui dalla borsa. »

« Ma perché? » domando.

« *Un défi*, una sfida. Non si fa, lo so. Ho cercato di restituirlo alla sua amica, ma lui non voleva darmelo. Alla fine gliel'ho preso e così lo restituisco a lei. »

Guardo il ragazzo, che mi sorride e, dopo avere unito i palmi delle mani, mi fa un piccolo inchino.

« Un cattivo ragazzo, vero? » dice la studentessa.

« Sì », concordo. « Ma non credo che sia della mia amica. Forse lo ha rubato a qualcun altro. »

Lei lo chiama e segue una conversazione concitata in francese, con tutti i loro compagni intorno che annuiscono. Poi la ragazza si rivolge di nuovo a me. « Sì, è suo. Gli è passata vicino e lui l'ha preso dalla borsetta. » Mi guarda con ansia. « Se preferisce lo consegno al bar. »

« No, lo dia pure a me. Grazie. Glielo restituirò alla prima occasione. Spero che il tuo amico non abbia rubato niente di mio », continuo, vagamente preoccupata.

La ragazza si affretta a rassicurarmi: « No, no! »

« Bene. Allora grazie. »

Quand'è tornata dai suoi amici io esamino il telefonino, non ancora convinta che appartenga a Rachel. È uno dei modelli più semplici in commercio, di quelli col piano telefonico prepagato. Glielo ha dato John? Il mondo mi sta crollando addosso e non mi fido più di nessuno, nemmeno di me stessa. Apro il telefonino e cerco la lista dei contatti. C'è solo un numero registrato. Esito, incerta se provare a chiamarlo o no. Mi sento peggio del mio molestatore, ma non sono nemmeno sicura che l'apparecchio appartenga a Rachel e, in ogni caso, non occorre che dica qualcosa, devo solo ascoltare la voce che mi risponderà. Con lo stomaco chiuso per l'apprensione, chiamo il numero.

Rispondono subito. « Che cavolo mi chiami a fare? Eravamo d'accordo di mandarci solo SMS. »

Anche volendo, non riuscirei a spiccicare una parola. Mi riesce impossibile anche respirare, adesso.

È il baccano degli studenti francesi che si preparano ad andarsene a riportarmi alla realtà. Guardo il cellulare e mi rendo conto che, per la sorpresa, ho dimenticato di premere il tasto rosso. Ma la chiamata si è chiusa lo stesso e cerco disperatamente di capire se, in quei due secondi in cui siamo rimasti connessi, posso essermi tradita. Ma la persona dall'altra parte deve avere sentito solo il frastuono delle voci intorno a me, non certo il martellare assordante del mio cuore. E forse, resosi conto che qualcosa non tornava, ha riattaccato subito.

Quando la cameriera mi porta il caffè, lo butto giù in fretta e furia. Matthew si starà chiedendo dove sono, perché nel mio appunto gli dicevo solo che andavo a comprare un telefono, non che mi dovevo vedere con Rachel. Raggiunta la Mini, nascondo il cellulare nero nel vano portaoggetti. Voglio arrivare a casa al più presto, ma per niente al mondo passerei da Blackwater Lane, per cui premo sull'acceleratore pensando a cosa dire a Rachel quando chiamerà.

«Lo so, mi hai lasciato un biglietto, ma non mi aspettavo che facessi così tardi», brontola Matthew quando entro in cucina. Poi mi dà un bacio.

«Scusa, mi sono trovata a bere qualcosa con Rachel.»

Rispetto a fuori la cucina è fresca e c'è un buon profumo di pane tostato.

«Ah, questo spiega tutto. Ti sei comprata il telefonino nuovo?»

«No, non sapevo quale scegliere, ma ti prometto che domani torno a prenderne uno.»

«Possiamo scegliere il modello su Internet, se

vuoi », propone. « Tra l'altro, ha telefonato Rachel. Ha chiesto se la puoi richiamare subito. »

« Tra un momento. Prima mi faccio una doccia. Fa un caldo, fuori... »

« Sembrava urgente. »

« Allora la chiamo subito. » Prendo il cordless nell'ingresso e lo porto in cucina.

« Un po' di vino? » mi chiede Matthew, mentre faccio il numero. La bottiglia è già aperta quindi annuisco, avvicinando il telefono all'orecchio.

« Ciao, Cass. » Anche se fa del suo meglio per nasconderlo, è la prima volta che sento Rachel così agitata.

« Mi ha detto Matthew che hai chiamato. »

« Sì. Senti, non è che al pub hanno trovato un telefono, dopo che sono uscita? Devo averlo lasciato cadere da qualche parte. »

« Scusa, ma è impossibile. Mi stai rispondendo dal tuo cellulare. »

« Non era mio, me lo aveva affidato un amico. Potrebbe essermi scivolato dalla borsetta o qualcosa del genere. »

Un amico. La parola mi si deposita nella mente come un macigno. « Hai telefonato allo Spotted Cow per chiedere se ce l'hanno loro? »

« Sì. Non ce l'hanno. »

« Aspetta un momento. È piccolo e nero? »

« Sì, esatto. Hai idea di dove sia? »

« Ormai sulla Manica, temo. Hai presente quegli studenti francesi seduti vicino a noi? Be', dopo che

te ne sei andata si sono messi a giocare con questo telefonino, lanciandoselo e cercando di strapparselo di
mano l'uno con l'altro. Non ci ho fatto molto caso,
perché credevo che fosse di uno di loro. »

Silenzio e sconcerto. « Sei sicura? »

« Sì. Ridevano come matti perché era uno di quei
modelli supereconomici. Non può essere quello del
tuo amico, sai », aggiungo dubbiosa. « Ormai quei te-
lefonini a conchiglia non li usa più nessuno. »

« Sai per caso se sono ancora al pub? Gli studenti
francesi, dico. »

L'idea di lei che torna a precipizio fino a Castle
Wells mi dà un piacere perverso. « Quando sono venuta via c'erano ancora. E sembravano intenzionati a
passarci la serata », dico, ben sapendo che non li tro-
verà, visto che si stavano preparando a uscire.

« Allora è meglio se cerco di recuperarlo. »

« Buona fortuna. » Soddisfatta di avere recitato bene la parte, riattacco.

« Che succede? » domanda Matthew.

« Rachel ha perso un telefono al pub e se lo sono
preso degli studenti francesi. Sta tornando a Castle
Wells nella speranza di ritrovarlo. »

« Ah. »

« Cosa ti va di mangiare stasera? Che ne dici di una
bella bistecca? »

« A dire il vero Andy mi ha chiesto se mi andava di
bere una pinta con lui. Non ti dispiace, vero? »

« No, ci mancherebbe. Mangerete qualcosa insieme? »

«Sì, non ti preoccupare.»

Mi stiracchio, sbadigliando. «Io mi sa che vado a letto presto.»

«Cercherò di non svegliarti, allora», promette lui, prendendo le chiavi della macchina dalla tasca.

Lo guardo andare verso la porta. «Ti amo», gli dico.

«Io di più», risponde, voltandosi con un sorriso.

Aspetto che l'auto sia uscita dal vialetto e poi ancora qualche minuto, per essere sicura, poi corro a recuperare nella Mini il cellulare di Rachel, o del suo presunto amico.

Di nuovo in casa, vado a sedermi in salotto. Sono agitatissima. Apro il telefonino, vado sui messaggi e leggo l'ultimo che Rachel ha ricevuto poco prima di uscire dallo Spotted Cow.

29 set 19.51
Resta lì
Ora mi libero, promesso

Salgo a quello precedente, l'ultimo che Rachel ha inviato, probabilmente dal bagno del pub.

29 set 19.50
Falso allarme non aveva niente d'interessante da dire
Sto venendo via noia mortale
Comincio a chiedermi se finirà mai :(

E a quelli prima ancora, sempre di stasera.

29 set 18.25
Fammi sapere cosa succede

29 set 18.24
Fatto. Zizzania seminata
Gli ho chiesto di dirlo alla preside quindi spero che attec-
chirà
La sto aspettando

E poi tutti gli altri messaggi di oggi, a partire da quelli di stamattina.

29 set 10.09
Abbiamo un problema
Quando ho telefonato stamattina ha detto di sapere che non sono l'assassino

29 set 10.09
Ma che cazzo...?

29 set 10.10
Non era nemmeno spaventata

29 set 10.10
Cosa pensi di fare

29 set 10.10
Richiamare
Logorarla come prima

29 set 10.52
Come va

29 set 10.53
Non risponde

29 set 10.53
Non sarà uscita?

29 set 10.53
No sono sicuro

29 set 10.53
Continua a provare

29 set 10.54
Ok

29 set 16.17
Indovina? Ha appena chiamato vuole chiacchierare
Secondo te?

29 set 16.19
Forse vuole parlarti delle mie telefonate di stamattina
Scopri tutto quello che puoi

29 set 16.21
Ci vediamo a CW
Sarò già lì per J per cui 2 piccioni con 1 fava

A questo punto mi rendo conto che posso andare molto più veloce scorrendo i messaggi dal primo in assoluto. E vedo che iniziano il 17 luglio, la notte in cui, passando per Blackwater Lane, ho visto Jane nella sua auto.

17 lug 21.11
Hai campo?

17 lug 21.11
Sì

17 lug 21.11
*Bene. Ricorda no telefonate solo SMS mentre sono al lavoro
o quando sai che lei non c'è
Tieni sempre con te questo telefono è importante
Ci sentiamo la sera dopo che si è addormentata*

17 lug 21.18
Sarà dura non vederti nei prossimi mesi

17 lug 21.18
*Pensa ai soldi
Se te ne avesse dati un po' non saremmo a questo punto
Adesso ce li prendiamo tutti*

17 lug 21.18
Funzionerà vero?

17 lug 21.19
*Certo. Sta già funzionando
Crede già di avere dei vuoti di memoria
E sono solo cose piccole, pensa quando inizieremo davvero a
mandarle in pappa il cervello*

17 lug 21.19
*Spero che tu abbia ragione. Dopo le invio SMS per regalo
Susie. Se ci casca siamo a posto*

18 lug 10.46
Buongiorno!
Solo per dirti che sta venendo da te

18 lug 10.46
L'aspetto
Ha detto qualcosa del regalo di Susie?

18 lug 10.47
No ma era nervosa

18 lug 10.47
Speriamo che mio SMS sia efficace
Hai sentito della tizia morta ammazzata?

18 lug 10.47
Sì terribile
Fammi sapere come va

18 lug 12.56
È andata d'incanto!
Guarda che sta arrivando a casa

18 lug 12.56
Già? Non dovevate pranzare insieme?

18 lug 12.56
Ha perso appetito

18 lug 12.57
Ha funzionato così bene?

18 lug 12.57
Non poteva andare meglio, è crollata del tutto

18 lug 12.58
Davvero crede di avere dimenticato il regalo?

18 lug 12.58
Le ho detto che era stata lei a proporlo
Uno spasso vedere che fingeva di ricordare!
Hai preparato i soldi? Controllerà

18 lug 12.58
160 nel cassetto

18 lug 12.59
Tombola!

Impiego quasi un'ora a leggere tutti i messaggi fino a quello da cui sono partita, l'ultimo inviato da Rachel dal bagno dello Spotted Cow. Molti li leggo attraverso un velo di lacrime e alcuni mi restano impressi nella mente anche dopo che sono passata al successivo. Da soli basterebbero a indirizzarmi verso la verità, una verità che ho paura di affrontare perché so che mi distruggerà. Ma, se ripenso a quello che ho passato negli ultimi tre mesi e che sto ancora passando, mi rendo conto di essere più forte di quanto credessi.

Chiudo gli occhi e mi chiedo quando sia iniziata la storia tra Matthew e Rachel. Si sono incontrati per la prima volta un mese circa dopo che Matthew era entrato nella mia vita. Ero già pazza di lui e volevo assolutamente l'approvazione di Rachel, ma non si erano piaciuti. O almeno così mi era parso al momento. Forse tra loro era subito scattato qualcosa, e si erano mostrati freddi solo per nasconderlo. Per quanto ne sappia, potevano essere amanti da ancora prima che Matthew mi sposasse. È tremendo pensare che il mio matrimonio con Matthew possa essere stato solo una finta, un mezzo usato da lui e Rachel per impadronirsi dei miei soldi. Vorrei tanto credere che mi abbia amato davvero e l'avidità sia nata dopo, e solo perché Rachel lo ha plagiato. Ma per il momento è un'incognita.

Mi alzo lentamente, sentendomi invecchiata di cent'anni nelle ultime due ore. Ho ancora in mano il cellulare di Rachel, ma devo nasconderlo prima che torni Matthew. Non è fuori con Andy, è fuori con *lei*, la sta aiutando a cercare il telefonino nero che contiene le prove della loro colpevolezza.

Mi guardo intorno e vedo le orchidee allineate sul davanzale. Sotto una di esse c'è ancora il mio cellulare. Vado a sollevare dal vaso un'altra delle piante, ci metto quello di Rachel e riposiziono l'orchidea. Poi vado a letto.

È solo quando sento l'auto di Matthew entrare nel vialetto che mi rendo conto di essere in grave pericolo. Se lui e Rachel sono riusciti a rintracciare gli studenti francesi, sapranno che il telefonino è in mano mia. Scosto le coperte e mi alzo. Perché, invece di salire in camera e mettermi a letto, non l'ho portato alla polizia? Ero così confusa, così disperata, che non riuscivo a ragionare. Adesso però è troppo tardi. Senza il mio cellulare, e col cordless giù nell'ingresso, sono tagliata fuori dal mondo.

Al rumore della portiera che sbatte mi precipito in bagno, in cerca di qualcosa con cui difendermi. Aprendo l'armadietto vedo un paio di forbicine da unghie, ma non sono granché come arma. Sento la chiave di Matthew nella serratura e, in preda al panico, prendo la lacca per capelli e torno in camera, dove m'infilo di nuovo a letto con la bomboletta già stappata nascosta sotto il cuscino. Poi, col viso rivolto alla porta, chiudo gli occhi e fingo di dormire, la mano stretta intorno alla lacca. Nella testa cominciano a scorrermi i loro messaggi.

20 set 11.45
Mi annoio

20 set 11.51
Perché non passi a vedere la macchina del caffè
Ne abbiamo una nuova

20 set 11.51
Dici davvero?
Credevo volessi evitare noi tre insieme

20 set 11.51
Facciamo un'eccezione
Ho anche bisogno che indaghi

20 set 11.51
Su cosa

20 set 11.52
Su perché nel weekend sta bene e il resto della settimana è
uno zombie

20 set 11.52
Ok a che ora

20 set 11.53
14

20 set 23.47
Che rischio baciarmi nell'ingresso oggi pomeriggio

20 set 23.47
Ne è valsa la pena
Scoperto qualcosa?

20 set 23.47
Nel we non prende le pastiglie
Non vuole che tu sappia che effetto le fanno
Le nasconde in un cassetto
Quindi prende solo le 2 che le metti nel succo d'arancia

20 set 23.49
Ha detto quale cassetto?

20 set 23.49
Del comodino

20 set 23.49
Aspetta vado a vedere

20 set 23.53
Hai ragione ne ho trovate 11
Mi è venuta un'idea

20 set 23.53
Non tenermi sulle spine

20 set 23.54
Le uso per overdose

20 set 23.54
No!!! Non puoi!!!

20 set 23.54
Sembrerà tentato suicidio. La facciamo passare per instabile

20 set 23.55
E se muore

20 set 23.55
Problema risolto
Ma non morirà. M'informo bene, non ti preoccupare

Sento i suoi passi leggeri sulle scale. A ognuno di essi il mio battito accelera un po', come un tamburo che rulla sempre più veloce per annunciare un'entrata in scena. Quando Matthew si ferma ai piedi del letto deve per forza sentirlo, o vedere il mio corpo che trema sotto la trapunta. Sono sicura che percepisce il mio terrore, così come io percepisco la sua presenza e i suoi occhi su di me. Sa che ho quel telefono? O sono al sicuro, almeno per un'altra notte?

L'attesa è insopportabile, impossibile. Mi muovo appena e socchiudo gli occhi. «Sei tornato», mormoro assonnata. «Ti sei divertito con Andy?»

«Sì. Ti manda i suoi saluti. Rimettiti a dormire, io faccio una doccia.»

Richiudo gli occhi obbediente e lui esce dalla stanza. Mentre i suoi passi si allontanano in corridoio, i loro messaggi ricominciano a scorrermi in testa.

21 set 16.11
Abbiamo un problema
Si è accorta che sei entrata in casa

> 21 set 16.11
> *Come ha fatto*

21 set 16.11
Non so, ho chiamato la polizia

> 21 set 16.12
> *Cosa? Perché*

21 set 16.12
Lo ha voluto lei
Se mi fossi rifiutato si sarebbe insospettita
Vado a casa spero di riuscire a coprirti

> 21 set 23.17
> *Scrivimi appena puoi*
> *Preoccupatissima*
> *Voglio sapere cos'è successo nel pomeriggio*

21 set 23.30
Tranquilla tutto ok

> 21 set 23.30
> *Come ha fatto a capire che sono stata lì*

21 set 23.30
Hai messo la sua tazza in lavastoviglie

21 set 23.31
Io? Non me ne ricordo

21 set 23.31
Chi soffre di dp adesso?

21 set 23.31
Sembri di buon umore nonostante rischio che abbiamo corso

21 set 23.31
È andato tutto per il meglio

21 set 23.32
???

21 set 23.32
Quando la polizia si è tolta dai piedi le ho detto che era paranoica e soffriva di dp
Si è incazzata ha preso 2 pastiglie

21 set 23.33
Quindi?

21 set 23.33
Quindi domani mattina gliene aggiungo 13 nel succo d'arancia
+ 2 che prende da sola
Tot 15
+ 2 già nel sistema
Dovrebbe bastare

21 set 23.34
Vuoi dire che lo farai davvero?

21 set 23.34
Occasione da non perdere
Adesso o mai più

21 set 23.34
Funzionerà?

21 set 23.35
Posso dire che abbiamo litigato
Tu dirai che era depressa quando l'hai vista ieri pomeriggio
Di' che ti ha parlato delle pastiglie nel cassetto ma non credevi che le avrebbe prese davvero

21 set 23.36
15 non la uccideranno vero

21 set 23.36
No starà solo male
Torno a casa a pranzo fingo di voler fare pace
Spero di trovarla svenuta per chiamare ambulanza

22 set 08.08
Fatto
Vado al lavoro ma torno a casa tra 2 ore

22 set 08.09
E se non beve il succo

22 set 08.09
Ci sarà un'altra occasione

22 set 11.54
Ricevuta telefonata da ospedale
Ci sto andando

22 set 11.54
Vuol dire che ha funzionato?

22 set 11.55
Pare di sì. Ha chiamato lei l'ambulanza
Ti farò sapere

Mi rendo improvvisamente conto che l'acqua della doccia non sta scorrendo e Matthew non è in bagno. Il cuore ricomincia a galopparmi nel petto. Dov'è? Tendo l'orecchio e nel silenzio lo sento mormorare nella stanza degli ospiti. Lui e Rachel devono avere il terrore che il telefonino finisca nelle mani della polizia e il loro gioco venga svelato. Sono abbastanza nel panico da uccidermi? O almeno da costringermi a ingerire un numero di pastiglie sufficiente a farlo passare per un altro tentativo di suicidio, che questa volta però andrà a buon fine? Stringo la bomboletta della lacca e aspetto che lui rientri in camera. In vita mia non sono mai stata così spaventata... soprattutto adesso che so del coltello.

8 ago 23.44
Oggi dal medico è andata da dio

8 ago 23.44
Altri farmaci?

8 ago 23.44
Sì ma dice che non li vuole prendere
Devo farle cambiare idea

8 ago 23.45
Forse ho soluzione

8 ago 23.45
???

8 ago 23.45
Coltellaccio da cucina
Come quello usato da omicida

8 ago 23.46
Dove l'hai preso???

8 ago 23.46
Londra
Pensavo di piazzarlo dove può trovarlo
Farle prendere un mezzo colpo

8 ago 23.46
Pessima idea chiamerà la polizia
Senza contare le impronte
Non lo fare

8 ago 23.47
Ma sì va solo pensata bene

9 ago 00.15
Idea

9 ago 00.17
Ci sei?

9 ago 00.20
Adesso sì. Dimmi

9 ago 00.20
Troppo lungo da spiegare via SMS
Ti chiamo

9 ago 00.20
Non avevi detto che è troppo rischioso?

9 ago 00.21
A mali estremi estremi rimedi, ecc ecc

9 ago 20.32
Lasciato aperta porta cucina
Fai come concordato e poi scappa
Spero che non stiamo commettendo uno sbaglio

9 ago 20.33
Fidati funzionerà

9 ago 23.49
Ehi

9 ago 23.49
Finalmente! L'ho sentita gridare volevo sapere com'è andata

9 ago 23.50
Ha funzionato davvero pazzesco era isterica

9 ago 23.50
Per fortuna non è venuta la polizia

9 ago 23.51
L'ho convinta che ha avuto allucinazione

9 ago 23.51
Te l'avevo detto
Ho dovuto lasciare il coltello nel capanno, spero vada bene

9 ago 23.52
Nessun problema
Non si sa mai potrebbe servirci ancora!

E se in questo stesso istante Rachel stesse convincendo Matthew a recuperare il coltello nel capanno e a usarlo per uccidermi? Se mi tagliasse la gola, la gente penserebbe subito che l'assassino di Jane ha colpito ancora. Matthew testimonierebbe che ricevevo le telefonate mute e si torcerebbe le mani per non avermi creduto quando gli dicevo che mi perseguitava. Rachel gli fornirebbe un alibi per stasera, dicendo che gli aveva chiesto di vederlo perché era preoccupata per me dopo avermi vista al pub. L'arma del delitto non verrebbe mai ritrovata, così come quella usata per uccidere Jane. E io diventerei famosa come «Cass Anderson, la seconda vittima del killer dei boschi».

Sento aprirsi la porta della stanza degli ospiti. Trattengo il fiato in attesa di capire che direzione prenderà Matthew, se scenderà le scale per uscire in giardino o attraverserà il pianerottolo per tornare da me. Se va in giardino, avrò abbastanza tempo per scendere in salotto, recuperare il cellulare di Rachel da sotto l'orchidea e uscire di casa prima che lui rientri? Devo fuggire a piedi o prendere la Mini? Se fuggo a piedi, quanto vantaggio riuscirò ad accumulare prima che si accorga della mia assenza? Quando sento i suoi passi tornare verso la camera da letto, sono felice di non dover prendere decisioni repentine. A meno che lui non abbia preso il coltello dal capanno prima di entrare in casa.

Quando entra in camera, mi ci vuole tutta la mia forza di volontà per non balzare dal letto e spruzzargli la lacca negli occhi. Sarebbe l'unico modo per prevenire un attacco. Ma il dito posato sull'erogatore trema al punto che temo di non farcela a mirare con precisione, ed è solo il dubbio di non riuscire a disarmarlo prima di essere sopraffatta a inchiodarmi dove sono. Sento il fruscio dei suoi vestiti mentre si spoglia e mi sforzo di respirare regolarmente, come se dormissi. Se entrando nel letto si accorgesse che sto tremando, s'insospettirebbe. E stasera la mia vita dipende da quanto riesco a mantenere la calma.

Quando finalmente fa giorno, stento a credere di essere ancora viva. Matthew impiega un'eternità a uscire, ma non appena la casa è libera mi vesto in tutta fretta e scendo in cucina ad aspettare la sua prima telefonata, ben consapevole che, oggi più che mai, devo giocarmela bene. Sarò chi lui vuole che io sia.

Credevo di non provare più nessuna paura, ora che conosco l'identità del mio tormentatore. Ma sapere di cosa è capace me la fa tornare tutta, il che è proprio quello che ci vuole quando, intorno alle nove, il telefono inizia a trillare. Visto che ieri gli ho parlato, domandandogli chi è, dovrò dire qualcosa anche oggi, altrimenti si domanderà che cosa sia accaduto durante la notte per cancellare la mia nuova sicurezza. Così gli domando di nuovo chi è e poi, prima di riappendere, gli intimo di lasciarmi in pace, sperando che il mio tono lasci trasparire la giusta quantità di terrore.

Se voglio districare la loro ragnatela di bugie e inganni, oggi per me sarà una giornata molto piena. Come prima cosa vado a casa di Hannah, sperando che non sia uscita. Per fortuna la sua auto è ancora sul vialetto.

Sembra sorpresa di vedermi, ma quando mi domanda tutta imbarazzata se mi sento meglio capisco che Matthew le ha parlato del mio « tentato suicidio ». Non ho il tempo di chiederle che cosa le abbia raccontato di preciso, così rispondo di essermi quasi del tutto ripresa. Dovrebbe bastare. Lei m'invita dentro per un caffè, ma le dico che vado di fretta e non posso. È chiaro che si sta domandando perché sono passata.

« Hannah, ti ricordi quel giorno che siete venuti a casa nostra per il barbecue, a fine luglio? »

« Sì, certo. Abbiamo mangiato quelle deliziose bistecche marinate che Matthew aveva comprato direttamente dall'allevatore. » I suoi occhi s'illuminano al ricordo.

« Ti sembrerà una domanda sciocca, ma ti ho invitato quando ci siamo incontrate per caso a Browbury? »

« Sì, hai detto che volevi organizzare un barbecue tutti insieme. »

« Ma ti ho detto anche quando? Ti ho detto di venire domenica? »

Ci pensa un attimo, incrociando le braccia sottili. « No. Non è stato il giorno dopo che avete deciso? Sì, adesso mi ricordo. Matthew ha detto che gli avevi chiesto di telefonarci perché eri occupata in giardino. »

« Ecco », dico, mostrandomi sollevata. « Sai, sto avendo problemi con la memoria a breve termine e ci sono alcune cose di cui non sono sicura, cioè non so se me le sono scordate o se sono andate diversamente da come credevo. Per te non ha senso, vero? »

« Ce l'ha, ma in modo un po' contorto », mi risponde sorridendo.

« Per esempio, il vostro invito a cena di due settimane fa mi tormentava, perché non ricordavo di averlo ricevuto... »

« Perché ho parlato con Matthew », m'interrompe lei. « Ho lasciato un paio di messaggi, uno sulla segreteria del vostro telefono fisso e uno sul tuo cellulare, e quando non mi hai richiamato ho telefonato a lui. »

« Chiedendogli di portare il dolce, ma lui si è dimenticato di dirmelo. »

« Non gliel'ho chiesto. Si è offerto lui. »

Per dare più sostanza alle domande che le ho appena posto, le confido che forse soffro di demenza precoce, ma le chiedo per favore di non dirlo a nessuno, perché sto ancora cercando di abituarmi io stessa all'idea. Poi me ne vado.

24 lug 15.53
Vuole che ci vediamo a BB sembra sconvolta
Hai idea del motivo?
24 lug 15.55
Il tipo della ditta di allarmi l'ha messa in agitazione forse solo questo
Puoi andare?

24 lug 15.55

Sì abbiamo appuntamento alle 6

24 lug 15.55

Fammi sapere se ne esce qualcosa di utile

24 lug 23.37

Ciao com'è andata

24 lug 23.37

Bene niente di particolare

Ha detto che il tipo degli allarmi le ha messo paura

24 lug 23.37

Ti ha detto che ha incontrato per caso Hannah?

24 lug 23.38

Sì

24 lug 23.38

Dice che li ha invitati a un bbq

Non quando però e penso di sfruttare la cosa

24 lug. 23.38

In che modo

24 lug 23.38

Non so ancora

A prop le ho detto che vado sulla piattaforma

24 lug 23.39

Come l'ha presa

24 lug 23.39
Non benissimo le ho detto che l'avevo già avvisata e crede di averlo dimenticato
L'ho scritto sul calendario nel caso controlli
Sono bravo a imitare scrittura

24 lug 23.39
Buono a sapersi!

25 lug 23.54
Ciao come va

25 lug 23.54
Bene mi manchi è durissima

25 lug 23.54
Ancora un paio di mesi
Mi è venuta ottima idea per bbq con H e A
Domani alle dieci telefonaci e fingi di essere Andy

25 lug 23.54
?

25 lug 23.55
Tu fingi e basta

26 lug 10.35
Grazie Andy!

26 lug 10.35
Ahah ha funzionato?

26 lug 10.35
Sono uscito adesso a comprare le salsicce

26 lug 10.35
Crede davvero di averli invitati lei?

26 lug 10.36
Sì!

26 lug 10.37
Mi sembra troppo facile

26 lug 10.37
:)

Dopo Hannah, vado nella zona industriale dove si trova la ditta di allarmi.

Alla reception, dietro una scrivania disordinata, siede una donna. «In cosa posso esserle utile?» domanda con un sorriso.

«Un paio di mesi fa ho fatto installare un allarme dalla vostra ditta. Sarebbe possibile avere una copia del contratto? Non so più dove ho messo la mia.»

«Sì, certo.» Mi guarda, in attesa.

«Anderson.»

Digita il cognome nel computer. «Ecco qua.» La stampante sputa un foglio e lei me lo porge.

«Grazie.» Lo scorro, notando che la data dell'installazione è il primo agosto, un sabato. Sotto c'è la firma di Matthew.

18 lug 23.33
Indovina. A cena mi ha detto che vuole un allarme
Ha già preso appuntamento con una ditta per venerdì

18 lug 23.33
Scusa! È colpa mia che le ho fatto notare come siete isolati
Le ho detto che vi serviva un allarme, non pensavo che lo
avrebbe voluto davvero

18 lug 23.34
Renderà tutto molto più difficile

18 lug 23.34
Basta che mi dai il codice

27 lug 08.39
Buongiorno!

27 lug 08.40
Pensavo telefonassi. Stai andando alla piattaforma?

27 lug 08.41
No sono in zona industriale ad aspettare che apra la ditta di
allarmi

27 lug 08.41
Perché?

27 lug 08.41
Voglio ordinare l'impianto e farle credere di averlo ordinato
lei

27 lug 08.42
Come ci riuscirai?

27 lug 08.42
Imitando la sua firma su contratto fasullo

27 lug 08.43
È possibile?

27 lug 08.44
Un gioco da ragazzi
Ti ho detto che sono bravo a imitare scrittura
Stanno aprendo a dopo

27 lug 10.46
Sono sul treno per Aberdeen
Allarme sarà installato sabato mattina
Io ci devo essere ma ho bisogno che lei sia fuori
Hai qualche idea?

27 lug 10.47
Ci penso
Buon viaggio

29 lug 14.36
Le telefonate mute la terrorizzano davvero!
Non vuole stare sola così ho suggerito hotel

29 lug 14.36
Mica male

29 lug 14.37
Un giorno anche noi 2 promesso
Ottimo perché sabato quando viene installato allarme non ci sarà
Ma devi fare una cosa per me

29 lug 14.38
Ok cosa

29 lug 14.38
Chiama a casa e lascia un messaggio
Fingi di essere della ditta di allarmi e conferma installazione per venerdì

29 lug 14.39
Vuoi dire per sabato

29 lug 14.39
No venerdì fidati so cosa faccio
E domani richiama

29 lug 14.40
Ok

31 lug 16.05
Ciao sei tornato dalla piattaforma?

31 lug 16.34
In questo momento
Sono a casa in partenza per hotel
Le ho detto di avere trovato installatore che aspettava in giardino
Porto contratto fasullo per dimostrarle che ha ordinato l'impianto

31 lug 16.35
Speriamo che se la beva

31 lug 16.35
Se la beve sicuro

31 lug 19.13
Se l'è bevuta

31 lug 19.14
Penserà di essere impazzita!

31 lug 19.14
Il piano è questo no?

Lascio la zona industriale e vado a Castle Wells. La commessa della Baby Boutique è occupata con una cliente e io aspetto, cercando di contenere l'impazienza.

«Non mi dica che ci ha ripensato e non vuole più tenere la carrozzina», dice, quando mi vede.

«No, tranquilla», la rassicuro subito. «Ma vorrei sapere una cosa. Quando sono venuta ieri, mi ha detto che il mio amico le avrebbe sparato se mi avesse mandato il modello sbagliato.»

«Esatto. Cioè, non il suo amico. *La sua amica.*»

«Ah, devo avere sentito male.» Questo cambia tutto. «Ma com'è andata? Sono venuta solo per curiosità, perché non me l'aspettavo proprio. È stato un fulmine a ciel sereno.»

«Io le ho proposto di consegnare la carrozzina un po' più vicino alla data del parto, perché... insomma, può succedere di tutto. Ma lei ha voluto che gliela mandassi subito.»

«Ma com'è che ha scelto proprio quella? Ha detto

che voleva farmi un regalo e ha chiesto consiglio a lei? »

« Più o meno. È entrata un paio di minuti dopo che lei se n'è andata, dicendo di essere una sua amica. Ha chiesto se c'era qualcosa in particolare che stava cercando, e allora le ho spiegato che aveva comprato una tutina, ma i due sposini che erano in negozio hanno scherzato dicendo che le piaceva anche la carrozzina. E lei l'ha comprata così, sui due piedi, dicendo che era perfetta. » Mi guarda con ansia. « Mi sono chiesta se avevo parlato a sproposito, perché quando le ho detto che aspettavamo i nostri bambini intorno alla stessa data lei sembrava sorpresa, ma mi ha assicurato di sapere già tutto, le era solo sembrato strano che me lo fossi lasciata sfuggire. »

« Vede, ero così felice all'idea di poter essere incinta che l'ho detto a due mie amiche, ma non so quale delle due mi abbia mandato il passeggino, perché non c'era nessun biglietto. Non è che lei saprebbe dirmi il nome? La vorrei tanto ringraziare. »

« Certo. Se aspetta un secondo guardo sul computer. Le dispiace ricordarmi come si chiama? »

« Cassandra Anderson. »

« Ah, sì, ecco qua. Ma... non c'è nessun nome. Non me lo ha lasciato. »

« Si ricorda per caso che aspetto aveva? »

La commessa ci pensa su un momento. « Vediamo... Abbastanza alta, capelli scuri e ricci. Mi dispiace, immagino che non le sia di molto aiuto. »

« Al contrario, ho capito benissimo chi è. Ottimo, così adesso la potrò ringraziare. » Taccio un momento. « A proposito, si ricorda di avere parlato anche con mio marito? »

« Suo marito? No, non mi sembra. »

« Ha chiamato qui il giorno in cui è stata consegnata la carrozzina, dev'essere stato il venerdì, perché pensava che ce l'aveste spedita per errore. »

« Mi dispiace, ma non ricordo proprio. È sicura che abbia parlato con me? Anche se in settimana in effetti ci sono solo io. »

« Devo avere capito male, allora. » Le sorrido. « Grazie, mi è stata di enorme aiuto. »

04 ago 11.43
Mi ha appena chiesto di vederci a CW. Sembra sconvolta

04 ago 11.50
Le ho fatto un'altra telefonata muta
Ci vai?

04 ago 11.51
Sì ma sono davvero molto presa al lavoro quindi spero sia veloce
Ti faccio sapere com'è andata

04 ago 14.28
Ottime notizie crede che a fare le telefonate sia l'assassino di Jane

04 ago 14.29
Cosa???
Forse è davvero pazza

04 ago 14.29
Così ti facilita la vita no?
Sono riuscita anche a rafforzare tua versione del bbq
Le ho detto che mi aveva detto di avere invitato H e A per domenica

04 ago 14.30
Bravissima

04 ago 14.31
Devo tornare al lavoro a dopo

04 ago 14.38
Indovina

04 ago 14.39
Non dovevi tornare al lavoro?

04 ago 14.39
Mentre andavo al parcheggio l'ho vista uscire dalla Baby Boutique

04 ago 14.39
Baby Boutique?
Cosa ci faceva?

04 ago 14.40
Non chiederlo a me

04 ago 14.40
Cerca di scoprirlo

04 ago 14.40
Non ho tempo

04 ago 14.40
Trovalo
Perché è andata in un negozio per bambini?
Potrebbe tornarci utile
Dobbiamo approfittare di ogni minima cosa

04 ago 14.41
Ok

04 ago 15.01
Non ci crederai mai

04 ago 15.02
Finalmente
Ce ne hai messo di tempo

04 ago 15.02
Piantala di brontolare
Ti porto buone nuove

04 ago 15.02
Spara!

04 ago 15.02
Stai per diventare papà!

04 ago 15.03
Ma che cazzo...???

04 ago 15.03
Ma la vasectomia è sicura?

04 ago 15.03
Certo che lo è!
Cosa succede?

04 ago 15.03
Indovina
Ha detto alla commessa di essere incinta
Vi ho regalato una carrozzina

04 ago 15.03
??

04 ago 15.04
Pare che se ne sia innamorata
Puoi farle credere di averla ordinata lei come l'allarme

04 ago 15.04
Ho paura che la seconda volta non ci caschi più

04 ago 15.04
Prova
Se non ci casca puoi dire che il negozio si è sbagliato
Ma devi essere a casa venerdì per la consegna

04 ago 15.05
Ok mi prendo un paio di giorni di ferie
Farò il maritino preoccupato
Devo pensare a come usare la cosa della carrozzina

04 ago 15.06
Vorrei che tu potessi passare un paio di giorni con me :(

04 ago 15.06
Verrà anche il nostro momento

A proposito ho fatto un salto a casa e ho cambiato il codice dell'allarme
Con un po' di fortuna lo farà scattare

04 ago 15.07
Avrà una giornata di merda

04 ago 15.07
La prima di una lunga serie :)

04 ago 23.37
Com'è andata con l'allarme

04 ago 23.38
Peccato che non eri qui a vedere
È venuta la polizia

04 ago 23.38
Ha davvero creduto di avere digitato il codice sbagliato?

04 ago 23.38
Non lo ha nemmeno messo in dubbio

04 ago 23.38
Come rubare le caramelle a un bambino

04 ago 23.39
Incredibile vero?

06 ago 23.45
Tutto pronto per domani quando arriva la carrozzina?

06 ago 23.47
:)

06 ago 23.47
Sfrutterai la storia che è incinta?

06 ago 23.47
Se riesco sì

07 ago 23.46
Grazie per la carrozzina

07 ago 23.46
Sono contenta che ti sia piaciuta
Com'è andata

07 ago 23.47
Da morir dal ridere
C'è stato equivoco colossale
Mi aveva ordinato un capanno da giardino per farmi una sorpresa
All'inizio pensavo che la carrozzina fosse il capanno per cui parlavamo senza capirci

07 ago 23.47
?

07 ago 23.47
Tranquilla è andata bene
Ha detto di non averla mai ordinata così ho finto di chiamare il negozio
Poi ho giocato la carta della gravidanza, ho detto che la commessa si era congratulata con me

07 ago 23.48
E lei?

07 ago 23.48
La commessa la crede incinta per cui tutto ok

07 ago 23.48
Assurdo! E la carrozzina?

07 ago 23.49
Crede di averla ordinata lei

07 ago 23.49
Ma dai!
È davvero fuori

07 ago 23.49
E soprattutto l'ho convinta ad andare da un medico
App.to domani

07 ago 23.50
Non sarà contenta che tu gli abbia già parlato di lei
E se non le prescrive nulla?

07 ago 23.50
Qualcosa le prescriverà. Gli ho detto che è paranoica e molto tesa
Speriamo che si comporti da tale

Dalla Baby Boutique mi dirigo verso la scuola dove lavoravo. Arrivo in piena pausa pranzo, arrossendo quando penso a John e alla prontezza con cui l'ho accusato, fino a vedere in lui l'assassino di Jane. Ma non so ancora quanto sia innocente: si è incontrato con Rachel, giusto? Nella mia mente appare il viso di Jane, riempiendomi come sempre di tristezza. Ma adesso non posso pensare a lei, non ancora.

Spingo la porta a vetri e mi ritrovo nell'atrio. I corridoi sono vuoti, ma mentre li percorro mi rendo conto di quanto mi manca questo posto. Davanti alla sala professori, prendo un bel respiro ed entro.

Connie si alza di scatto e fa cadere la sua insalata. «Cass!» esclama, venendo ad abbracciarmi. «Oh, mio Dio, che piacere vederti! Ci sei tanto mancata!»

Vengo circondata dai colleghi, che sembrano davvero contenti di vedermi. Dopo averli rassicurati sul mio stato di salute, chiedo dove sono John e Mary.

«John è di turno in mensa e Mary è nel suo ufficio», risponde Connie.

Cinque minuti dopo sono da Mary. Anche lei sembra lieta di vedermi, e mi sento subito rassicurata.

«Volevo scusarmi per come vi ho abbandonati», esordisco. «A partire dalla giornata di formazione.»

«Sciocchezze», risponde, elegante come sempre in un tailleur blu sopra una camicetta rosa. «Tuo marito ci ha avvisati molto in anticipo, quindi non ci sono stati problemi. Mi dispiace solo non averti potuto vedere la sera che sono venuta a casa tua coi fiori. Matthew mi ha detto che dormivi.»

«Avrei dovuto almeno scriverti per ringraziarti», dico in tono colpevole, perché non voglio farle sapere che Matthew quei fiori non me li ha mai dati.

«Non dire stupidaggini.» Mi guarda circospetta.

«Sai, non mi aspettavo di trovarti così bene. Sei sicura di non voler tornare? Ci manchi tanto.»

«Tornerei volentieri», rispondo dispiaciuta, «ma, lo sai, sono stata poco bene. Te ne sarai accorta anche tu, che l'ultimo trimestre prima delle vacanze avevo qualcosa che non andava.»

Scuote la testa. «Io non mi sono accorta di niente. Se avessi saputo che ti sentivi sotto pressione, avrei trovato un modo per alleggerirti il lavoro. Dovevi dirmelo, Cass.»

«Ma come, non hai detto a mio marito che avevi percepito un problema?»

«L'unica cosa che ho detto a tuo marito, quando mi ha chiamato per avvisare che non saresti tornata, è che ti consideravo la più efficiente e organizzata di tutto il corpo docente.»

«Mio marito ti ha detto che non sarei tornata?»

«Ha detto che avevi un esaurimento nervoso.»

«Temo che abbia esagerato un po'.»

«Lo sospettavo, soprattutto perché sul tuo certificato medico c'è scritto che soffri di stress psicofisico.»

«Non è che me lo faresti vedere?»

«Sì, certo.» Mary apre l'archivio e sfoglia le cartelle. «Eccolo qua.»

Prendo il certificato e lo studio per qualche secondo. «Potrei averne una copia, per favore?»

Non mi domanda perché e io non offro spiegazioni. «Te la faccio subito.»

15 ago 23.52
Buone notizie
Ho seguito il tuo consiglio e ho tagliato per i boschi per an-
dare a Chichester
È crollata
Ho chiamato il medico e dice che deve prendere le pastiglie
con regolarità

15 ago 23.52
Era ora!

15 ago 23.52
Non è tutto
Dice che non vuole tornare al lavoro
Credo che ormai siamo in dirittura di arrivo

15 ago 23.53
Per fortuna
È ora di passare alla fase finale
Secondo te lunedì posso entrare in casa?

15 ago 23.53
Provo a intontirla con le pastiglie
Ma stai attenta

17 ago 10.45
Sono in casa, è completamente stesa
Quante gliene hai date

17 ago 10.49
2 nel succo d'arancia + le 2 prescritte
Perché non risponde al telefono?
Dov'è

17 ago 10.49
Schiantata davanti al televisore
Ho ordinato un paio di cose a una televendita

17 ago 10.49
Perché?

17 ago 10.50
Crederà di averle ordinate lei
Hai detto che mi aveva preso già orecchini quindi perché no

17 ago 10.50
Non strafare

17 ago 10.50
:)

20 ago 14.36
Sei a casa?

20 ago 14.36
Sì ho pulito un po'
Così crederà di averlo fatto lei
Se no dille di avere pulito tu prima di andare al lavoro così
si sentirà in colpa

24 ago 23.49
Oggi pom ho chiamato la sua preside e le ho detto dell'esaurimento nervoso
Anche di sostituirla perché non tornerà

24 ago 23.49
E lei?

24 ago 23.49
Le dispiace non avere colto i segnali
Vuole certificato medico

26 ago 15.09
Come va

26 ago 15.10
Preferirei essere a Siena
Lavatrice non consegnata, dicono martedì
Ti ho stirato delle camicie

26 ago 15.10
Grazie
Appena avremo finito ti porto a Siena
A prop grazie per le patate

26 ago 15.11
Contenta che ti siano piaciute
Tra un paio di giorni ti preparo qualcos'altro

28 ago 17.21
Come va

28 ago 17.37
Preside vuole venire con fiori

28 ago 17.38
Cosa le hai detto

28 ago 17.38
Di sì ma quando arriva dirò che C dorme e butterò i fiori
Ritirato certificato medico, ma dice solo stress psicofisico

28 ago 17.38
Oh no!

28 ago 17.38
Non parla di esaurimento
Dovrò scrivere una falsa lettera per i test della demenza precoce

28 ago 17.39
È così boccalona che ci cascherà
Spero non ti scocci ma mi sono ordinata delle perle

28 ago 17.39
Te le meriti

31 ago 23.49
Com'è andata oggi

31 ago 23.50
Solito
Non mi ha detto che domani vi vedete a pranzo

31 ago 23.50
Bene vuol dire che si è scordata
Devo venire a casa tua per consegna lavatrice
Fingerò di essere venuta a vedere come sta

1 set 15.17
Com'è andata

1 set 15.18
Lavatrice arrivata alle 11, ha dormito tutto il tempo
Poi ho suonato alla porta fingendo di voler sapere perché
non era venuta a pranzo
All'inizio credevo che non avrebbe aperto

1 set 15.18
Come stava

1 set 15.18
Non capivo cosa diceva
Era confusa, parlava dell'assassinio, diceva di avere visto il
coltello
Sembra pazza sul serio

1 set 15.19
Bene
Stasera le dirò che lo è

1 set 23.27
Gliel'hai detto?

1 set 23.28
Sì quando sono tornato era ancora completamente fuori
Ho approfittato per chiederle di fare il bucato
Non riusciva, le ho mostrato lettera del dottore per i test
della demenza

1 set 23.29
Come l'ha presa

1 set 23.29
Secondo te?

Saluto Mary, promettendole di farmi sentire presto. Sto uscendo quando mi sento chiamare. Mi volto e vedo John che corre verso di me.

« Non dirmi che te ne stavi andando senza salutarmi! »

« Non volevo disturbarti, so che eri di turno in mensa », mento, perché non so ancora se sia uno dei buoni o uno dei cattivi.

Mi scruta. « Come stai? »

« Bene. »

« Ottimo. »

« Non sembri convinto. »

« Non mi aspettavo di rivederti in pista così presto, tutto qui. »

« Perché no? »

Sembra imbarazzato. « Be', non dopo tutto quello che hai passato. »

« Cosa intendi dire? »

« Rachel mi ha raccontato », confessa, molto a disagio.

« Cosa ti ha detto? »

« Dell'overdose. »

« E quando te lo ha detto? »

« Ieri. Mi ha telefonato qui a scuola chiedendo se potevamo vederci per bere qualcosa quando avevo finito. Stavo per rifiutare – avevo paura che volesse provarci di nuovo con me – ma ha detto che voleva parlarmi di te. Così ci siamo visti. »

« E poi? »

« Ci siamo incontrati a Castle Wells e mi ha detto

che la settimana scorsa sei andata in overdose di farmaci e ti hanno dovuta portare in fretta e furia in ospedale. Mi sono sentito da cani, avrei tanto voluto essermene fregato quando Matthew mi ha detto che non potevo venire a trovarti. »

Lo guardo sconcertata. « Quand'è successo? »

« Dopo che Mary ci ha annunciato che avevi deciso di non tornare al lavoro. Non ci volevo credere perché, quando ci siamo incontrati a Browbury, non mi avevi detto di voler lasciare la scuola e sentivo che qualcosa non andava. Non aveva senso, capisci? Mary ha detto che eri stressata e sapevo che l'omicidio di Jane ti aveva sconvolta, ma pensavo, forse stupidamente, di poter farti cambiare idea. Matthew però mi ha detto che stavi troppo male per vedere gente e, quando Rachel mi ha raccontato la storia dell'overdose, non riuscivo a capire come potessi essere peggiorata tanto in così breve tempo. » John fa una pausa. « Sei davvero andata in overdose, Cass? »

« Non l'ho fatto apposta. Ho buttato giù troppe pastiglie, ma senza rendermene conto. »

Lui sembra sollevato. « Rachel mi ha chiesto di riferirlo a Mary. Secondo lei era giusto che lo sapesse. »

« E tu l'hai fatto? »

« No, certo che no, non spettava a me. » Esita. « So che Rachel è una tua buona amica, ma non so quanto sia sincera. Ho trovato sleale da parte sua raccontarmi dell'overdose. Guardati le spalle, Cass. »

« Lo farò. Se ti chiama di nuovo nei prossimi giorni, non dirle che mi hai visto, okay? »

«D'accordo. Abbi cura di te, Cass. Ci rivedremo?»

Gli sorrido. «Sicuramente. Ti devo un pranzo, ricordi?» Salgo in auto, soddisfatta di quanto ho fatto finora, e mi rimetto per strada. Sto pensando di andare dal dottor Deakin, ma dubito di riuscire a ottenere un appuntamento così all'ultimo momento e, comunque, è già molto sapere che per lui soffro solo di stress psicofisico. Potrebbe avere cambiato idea se fosse venuto a sapere dell'overdose, però grazie al cellulare di Rachel sono in grado di provare che è stata opera di Matthew, non mia.

Per il momento preferisco non pensare a cosa mi sarebbe accaduto se quella ragazza non mi avesse consegnato il cellulare, e nemmeno a come sono stata tradita dalle due persone che amavo di più al mondo. Ho paura che questo dolore così bruciante mi renda incapace di agire, di portare a termine ciò che ho stabilito di fare nel momento stesso in cui ho sentito la voce di Matthew uscire da quel telefonino allo Spotted Cow: districare la loro ragnatela di bugie. Non avevo bisogno, stamattina, di andare né da Hannah, né alla ditta di allarmi, né alla Baby Boutique o da Mary, perché c'è già tutto sul telefonino. Ma quando mi sono svegliata non riuscivo ancora a credere a quello che hanno fatto, e siccome era da due mesi che giocavano con la mia testa ho avuto il sospetto di essermi immaginata ogni cosa, o di avere frainteso i loro SMS. Non osavo rileggerli per timore di cancellarli per sbaglio o di essere sorpresa da uno dei due. Il mio giro in macchina, però, mi ha confermato che è proprio come pensavo.

Mi ha fatto anche capire quanto gli ho reso facili le cose. Mi sembra incredibile, adesso, non avere mai messo in discussione nulla, né l'allarme, né la carrozzina, né la lavatrice che non sapevo usare. Tutto quello che succedeva lo imputavo alla mia memoria deteriorata. Persino l'auto persa nel multipiano.

12 ago 23.37
Dobbiamo forzare di più la mano

> 12 ago 23.39
> *Perché?*

12 ago 23.39
Ha stappato champagne
Dice che si sente molto meglio, parla di avere un bambino

> 12 ago 23.39
> *Poveraccia*
> *Domani la chiamo per sentire cosa dice*

> 13 ago 09.42
> *L'ho appena chiamata non risponde*
> *Hai già fatto telefonata muta?*

13 ago 09.42
Non ancora stavo per
Speriamo la riporti a stato larvale

13 ago 09.42
Vuoi che passi da casa tua dopo?

13 ago 09.43
Sì ma attenta

13 ago 09.43
Sto sempre attenta

13 ago 14.31
Novità?

13 ago 14.32
No è schiantata davanti TV

13 ago 14.32
Bene vuol dire che la telefonata l'ha spaventata

13 ago 15.30
Posso andare? Devo passare da Castle Wells

13 ago 15.30
Scusa ero in riunione
Certo che puoi
Attenta a non farti vedere visto che per tutti sei a Siena

13 ago 15.54
Parrucca bionda e pantaloncini da corsa

13 ago 15.54
Cosa non darei per vederti

13 ago 15.54
Meglio di no

13 ago 16.48
Indovina chi c'è a CW
Stavo per andarmene quand'è entrata nel multipiano
La sto seguendo, avrei un'idea
Esiste chiave di scorta della Mini?

13 ago 16.49
Sì a casa perché

13 ago 16.50
Ha sempre paura di non ritrovare auto
Facciamolo succedere

13 ago 16.51
Come

13 ago 16.51
Se puoi uscire dall'ufficio, vieni qui e sposta la Mini a un
altro piano
È al 4

13 ago 16.51
Sei un genio
Esco ora spero di arrivare in tempo

13 ago 16.51
Ti aggiorno su spostamenti

13 ago 17.47
Sono qui lei dov'è

13 ago 17.47
In giro

13 ago 17.47
Sposto auto?

13 ago 17.48
Certo. Non credo che starà in giro ancora per molto
Mettila all'ultimo piano

13 ago 17.48
Ok

13 ago 18.04
Sta arrivando, l'hai spostata?
Ha appena incontrato la sua collega, Connie mi pare

13 ago 18.04
Seduto in auto all'ultimo piano
Tienila d'occhio e dimmi se viene qui che la sposto
Aspetto tue notizie

13 ago 18.14
Sto morendo dal ridere
La sta cercando ovunque
Adesso è al 5
Mi fa quasi pena

13 ago 18.14
Credi che salirà fino qui?

13 ago 18.16
No sta scendendo di nuovo

13 ago 18.19
Be'?

13 ago 18.21
È al pian terreno, sta andando in ufficio a dire che non trova la macchina

13 ago 18.21
La riporto al 4

13 ago 18.21
Sì!

13 ago 18.24
Fatto?
Sta aspettando l'ascensore con l'addetto

13 ago 18.25
Sì ma non nello stesso posto, un paio di posti più in là

13 ago 18.25
Fa lo stesso
Adesso però sparisci

13 ago 18.26
Già sparito
Ora la chiamo e le chiedo dov'è
Fingo di essere a casa

13 ago 23.48
Ciao com'è andata

13 ago 23.49
Diciamo che non stapperà più champagne per un pezzo

13 ago 23.49
:)

All'improvviso mi viene fame, perché non mangio da ieri a mezzogiorno. Mi fermo in una stazione di servizio, dove mi compro un panino e una bibita che butto giù in fretta, impaziente di tornare a casa. M'immetto di nuovo nella superstrada, decisa a restarci, ma cinque minuti dopo, senza sapere nemmeno io il perché, svolto a sinistra e prendo la scorciatoia di Blackwater Lane. Non me ne preoccupo più di tanto: mi lascio trasportare dal caso. Dopotutto è stato il caso a farmi trovare quel telefono. Quante probabilità c'erano che lo studente francese lo rubasse dalla borsetta di Rachel senza che lei se ne accorgesse? E quante che la sua amica, in preda a una crisi di coscienza, decidesse di restituirlo a me? Non mi sono mai considerata particolarmente spirituale, ma ieri la mia buona stella mi ha aiutato.

Blackwater Lane è tutta diversa dall'ultima volta che l'ho percorsa. Gli alberi che la fiancheggiano sono un tripudio di colori autunnali e l'assenza di altre auto non me la fa apparire minacciosa, ma solo tranquilla. Quando arrivo alla piazzola dove aveva parcheggiato Jane, rallento e accosto. Dopo avere spento il motore, abbasso il finestrino e resto lì seduta, lasciando che la brezza riempia l'abitacolo. Sento che Jane è con me. Anche se l'assassino non è ancora stato trovato, per la prima volta da quando lei è morta provo un gran senso di pace.

L'intenzione era di tornare a casa, prelevare il cellulare di Rachel da sotto l'orchidea e consegnarlo alla polizia, ma ci dev'essere un motivo se sono arrivata qui. Così chiudo gli occhi e penso a Jane, e a come Matthew e Rachel, quasi senza rendersene conto, si siano serviti della sua morte per colpire me.

18 lug 15.15
Come va

18 lug 15.16
Bene come mai ti fai vivo a quest'ora

18 lug 15.16
Sono uscito le ho detto che andavo in palestra
Devo salvare le apparenze
Non voglio che mi chieda perché non ci vado più

18 lug 15.16
Vorrei che tu stessi venendo qui come prima

18 lug 15.16
A chi lo dici
Sai quanto mi manchi?

18 lug 15.16
Credo di poterlo immaginare
E stasera non ci vediamo

18 lug 15.16
Meglio perché finirei per baciarti
Ma perché non ci vediamo?

18 lug 15.17
Susie ha annullato la festa
Sai la donna uccisa? Lavorava qui

18 lug 15.17
Davvero?

18 lug 15.17
Ho appena telefonato a C per dirglielo, è scoppiata in lacrime
È venuto fuori che poco tempo fa hanno pranzato insieme

18 lug 15.18
Cosa? Sei sicura? Con la tipa assassinata?

18 lug 15.18
Sì. L'ha conosciuta a quella festa di addio dove l'avevo portata un mese fa e si sono messe d'accordo per uscire a pranzo
Jane Walters

18 lug 15.19
Adesso mi ricordo! Sono andato a prendere Cass al ristorante dopo il pranzo
Ha detto che si era vista con una nuova amica, Jane

18 lug 15.19
Era lei

18 lug 15.19
Adesso sarà ancora più sconvolta
È agitata perché l'assassino è ancora in libertà

18 lug 15.20
Bene ne possiamo approfittare

18 lug 23.33
Non sapevo che avessi discusso con quella tizia
Me lo ha detto Cass

18 lug 23.34
Mi aveva fregato il parcheggio

18 lug 23.34
Allora ha avuto quello che si meritava

18 lug 23.35
Sei proprio bastardo dentro!

18 lug 23.35
Non per quanto ti riguarda
Sai che sei la donna della mia vita, vero?

18 lug 23.35
:)

24 lug 23.40
È terrorizzata dall'assassino, non vuole stare a casa da sola
Le ho detto d'invitarti

24 lug 23.40
Grazie!

24 lug 23.40
Deve sembrare genuino
Tu rifiuta, chiaro

24 lug 23.41
Ma davvero è così spaventata?

24 lug 23.41
Meglio per noi

29 lug 09.07
Buongiorno!

29 lug 09.07
Sembri di buon umore! Cosa succede

29 lug 09.08
C ha telefonato per chiedermi se l'avevo appena chiamata
Se la stava facendo sotto così per puro divertimento ho risposto no

29 lug 09.08
Tutto qui?

29 lug 09.08
Stessa cosa ieri ma non ero io
Ho minimizzato le ho detto che forse era un call center

29 lug 09.08
Continuo a non capire

29 lug 09.09
Pensavo di rifarlo domani. E dopodomani
Di farle credere che ha uno stalker

29 lug 09.09
Ottima idea!

29 lug 09.09
Sapevo che avresti apprezzato

05 ago 23.44
Ciao com'è andata oggi

> 05 ago 23.57
> *Scusa facevo la doccia*

05 ago 23.57
Mmm non ci voglio pensare

> 05 ago 23.58
> *È andata benino. Tu?*

05 ago 23.58
Niente di esaltante ma pensavo
Domani sono a casa faccio lo stesso telefonate mute?

> 05 ago 23.58
> *Se non le fai capirà che sei tu*

05 ago 23.59
Oppure penserà di essere sorvegliata e anche la casa

> 05 ago 23.59
> *La paranoia ci serve per cui procedi*

Quegli SMS mi fanno infuriare così tanto che decido di trovare un modo per vendicare Jane. Ripenso a tutto ciò che è successo a partire da quella fatidica notte e all'improvviso so cosa fare.

Esco dalla piazzola e mi precipito a casa, pregando di non trovare sul vialetto l'auto di Matthew o quella di Rachel. Non c'è traccia di vita ma, scendendo dalla macchina, mi guardo lo stesso intorno con circospezione. Poi entro. Sto disattivando l'allarme quando suona il telefono. Vedo dal numero che è Matthew, per cui rispondo. « Pronto? »

« Finalmente! » Sembra molto agitato. « Sei stata fuori? »

« No, ero in giardino. Perché? Hai chiamato? »

« Sì, un bel po' di volte. »

« Scusa, avevo deciso di ripulire l'angolo più lontano, lungo la siepe. Sono entrata per farmi una tazza di tè. »

« Non hai intenzione di uscire di nuovo, vero? »

« No, perché? »

« Pensavo di prendermi il pomeriggio libero, di passare un po' di tempo con te. »

Il cuore inizia a battere più rapido. « Sarebbe carino », rispondo con calma.

« Ci vediamo tra un'oretta, allora. »

Riappendo e la mente galoppa. Come mai ha deciso di prendersi il pomeriggio? Forse lui o Rachel sono riusciti a rintracciare gli studenti francesi che c'erano ieri sera al pub e sanno che ho il telefono. Se i ragazzi alloggiano a Castle Wells, non dev'essere stato difficile scoprire dove avevano in programma di andare oggi. Finora sono stata fortunata ma, nonostante quello che ho detto a Rachel, non sono affatto sicura che siano già in viaggio per la Francia.

Corro in giardino, sperando che Matthew non abbia spostato il coltello da dove lo ha lasciato Rachel quella sera. Qualcuno ha riposto i cuscini delle sedie da giardino per l'inverno: sono impilati in fondo al capanno. Quando li scosto, mi trovo faccia a faccia non col coltello, ma con una macchina dell'espresso. Ci metto pochi secondi a capire che è la nostra, quella in cui la cialda entrava senza dover usare nessuna levetta. Cerco ancora un po' e, sotto un vecchio tavolo da giardino coperto con un lenzuolo, trovo una scatola con la fotografia di un microonde. Quando la apro, ci trovo dentro quello vecchio, il modello precedente di quello che si trova ora nella nostra cucina. Vorrei urlare per la rabbia: quanto è stato facile per Matthew ingannarmi! Ma ho paura che non riuscirei più a smettere, che tutte le emozioni trattenute da quando ho il cellulare di Rachel si riversino all'esterno, rendendomi incapace di continuare questo gioco perverso. Per cui sfogo la mia rabbia sul microonde, prendendolo a calci prima col piede destro e poi col sinistro. E, quando la collera si è esaurita e non rimane altro che una profonda tristezza, la metto da parte e continuo con quello che sto facendo.

Dopo qualche altro minuto trovo il coltello, infilato in un vaso per i fiori e avvolto in uno strofinaccio da cucina che appartiene a Rachel. Lo so perché ne ho anch'io uno identico: è il regalo che mi ha portato da New York. *Entro stasera sarà finita*, mi dico. *Entro stasera sarà tutto finito*.

Torno in casa e mi fermo un momento, chiedendomi se sarò davvero capace di andare sino in fondo. E, siccome c'è un solo modo per scoprirlo, vado nell'ingresso, prendo il telefono e chiamo la polizia. « Potete venire, per favore? Abito vicino al luogo dell'omicidio e ho appena trovato un grosso coltello nascosto nel mio capanno degli attrezzi. »

Arrivano prima di Matthew, proprio come speravo. Questa volta sono in due: l'agente Lawson, che ho già conosciuto, e il suo collega maschio, l'agente Thomas. Mi faccio vedere scossa, ma non isterica. Dico loro dove si trova il coltello e l'agente Thomas va subito al capanno.

« Non potrebbe essere l'arma del delitto? » domando in tono ansioso all'agente Lawson. « Quella usata per uccidere Jane Walters, intendo. Non è stata ancora trovata, no? »

« Purtroppo non glielo so dire. »

« È che io la conoscevo, sa. »

Mi guarda stupita. « Conosceva Jane Walters? »

« Solo da poco. Ci eravamo viste la prima volta a una festa e qualche giorno dopo abbiamo pranzato insieme. »

Lei prende appunti sul suo taccuino. « Quand'è stato? »

« Mi faccia pensare... Un paio di settimane prima che morisse, direi. »

L'agente Lawson sembra perplessa. « Abbiamo chiesto al marito una lista delle sue conoscenze, ma il suo nome non c'era. »

« Ci eravamo viste solo due volte, gliel'ho detto. »

« E come le è sembrata quando avete pranzato insieme? »

« Simpatica. Normale. »

Il suo collega c'interrompe, di ritorno col coltello.

Lo tiene con cautela nelle mani guantate, ancora par-
zialmente avvolto nello strofinaccio. « È questo? » mi
chiede.

« Sì. »

« Può dirci come l'ha trovato? »

« Sì, certo. » Prendo un bel respiro. « Mi servivano
dei vasi per piantarci dei bulbi. Sono andata nel capanno, perché è lì che Matthew – mio marito – tiene
i vasi. Ne ho preso uno bello grosso, ma dentro c'era
quello strofinaccio da cucina e quando ho fatto per ti-
rarlo via ho sentito che era avvolto intorno a qualcosa. Ho fatto per svolgerlo ma, quando ho visto la lama seghettata e ho capito che era un coltello, ho avuto
così paura che l'ho riavvolto. Mi ha fatto subito pensare a quello che avevo visto in TV in relazione all'o-
micidio di Jane Walters, capisce? Così l'ho rimesso
nel vaso e vi ho telefonato. »

« Riconosce lo strofinaccio? »

« Sì, un'amica me ne ha portato uno identico da
New York. »

« Ma lei questo coltello non l'aveva mai visto. »

Esito. « Forse sì. »

« A parte in TV », precisa l'agente Lawson, con
gentilezza.

Dopo la scena dell'allarme e quella della tazza, non
posso biasimarla se mi considera un po' lenta di com-
prendonio. E al momento mi fa comodo confermare
questa sua opinione, perché se dovessi lasciarmi
scappare qualche informazione che potrebbe... be',
incriminare Matthew, lei non ci vedrebbe nessuna

malizia. «Sì, certo, a parte in TV. È stato più di un mese fa, una domenica. Sono andata in cucina per caricare la lavastoviglie prima di andare a letto e l'ho visto lì, per terra.»

«Questo coltello?» domanda il poliziotto.

«O uno identico. L'ho visto solo un momento perché, mentre chiamavo Matthew per mostrarglielo, è sparito.»

«Sparito?»

«Sì, non c'era più. Al suo posto c'era un coltellino normale da cucina. Ma io ero sicura di averne visto uno molto più grosso ed ero spaventatissima. Vi volevo chiamare, però Matthew ha detto che era uno scherzo della mia immaginazione.»

«Può ripeterci che cos'ha visto esattamente quella sera, Mrs Anderson?» domanda l'agente Lawson, tornando al suo taccuino.

«Come le ho detto, ho attraversato la cucina per caricare la lavastoviglie e, quando mi sono chinata per metterci i piatti, per terra c'era un grosso coltello. Non l'avevo mai visto prima – in casa non ne abbiamo di così grandi – e mi sono presa un tale spavento che mi sono precipitata fuori dalla cucina per chiamare Matthew.»

«Dov'era suo marito in quel momento?»

Mi stringo le braccia al petto, fingendo nervosismo. Quando l'agente Lawson mi sorride per incoraggiarmi, prendo un respiro profondo prima di rispondere. «Era andato a dormire prima di me, quindi era già di sopra. È sceso di corsa e gli ho detto del coltello, ma ho capito subito che non mi credeva. L'ho pregato di chiamarvi, perché avevo visto una foto del coltello usato nell'omicidio ed erano proprio uguali, per cui avevo il terrore che l'assassino si fosse nascosto nel nostro giardino, se non addirittura in casa. Però Matthew ha detto che prima voleva vedere il coltello, così è andato in cucina e poi mi ha chiamato, perché io ero rimasta nell'ingresso, ai piedi della scala. E quand'ho guardato il coltello non c'era più e al suo posto ce n'era uno molto più piccolo.»

«Suo marito è entrato in cucina o ha guardato dalla porta?»

«Non ricordo. Credo che sia rimasto sulla porta, ma non so, perché a quel punto ero quasi isterica.»

«E poi cos'ha fatto suo marito?»

«Ha finto di cercare il coltello per tutta la cucina, ma solo per accontentarmi. E, quando non l'ha trovato, ha detto che dovevo essermi sbagliata.»

«E lei ha pensato di essersi veramente sbagliata?»

Scuoto la testa con decisione. «No.»

«Quindi? Cos'ha pensato?»

«Che il coltello grosso ci fosse davvero, ma che qualcuno fosse entrato in cucina dal giardino mentre io chiamavo Matthew e lo avesse scambiato con quello più piccolo. So che sembra una sciocchezza, ma sono ancora convinta che sia andata così.»

L'agente Lawson annuisce. «Può dirci dov'eravate lei e suo marito la sera del 17 luglio?»

«Sì. Era l'ultimo giorno del trimestre – sono insegnante al liceo di Castle Wells – ed ero andata in enoteca con alcuni colleghi. C'è stato un temporale molto violento, quella sera. »

« E suo marito? »

« Era qui a casa. »

« Da solo? »

« Sì. »

« A che ora è rientrata? »

« Saranno state le undici e tre quarti. »

« E suo marito era qui? »

« Dormiva nella stanza degli ospiti. Mi aveva telefonato mentre venivo via da Castle Wells per dirmi che aveva una forte emicrania e si sarebbe sistemato nella stanza degli ospiti per non essere svegliato quando tornavo. »

« Non ha detto nient'altro? »

« Solo di non tornare per Blackwater Lane. Col temporale in arrivo era meglio restare sulla superstrada. »

Lei scambia un'occhiata con l'agente Thomas. « Quindi quand'è arrivata a casa suo marito stava dormendo nella stanza degli ospiti. »

« Sì. Non sono andata a salutarlo perché la porta era chiusa e non lo volevo disturbare, ma era lì per forza. » Assumo un'espressione dubbiosa. « Dove altro poteva essere? »

« Com'era suo marito il giorno dopo, Mrs Anderson? » domanda l'agente Thomas.

« Normale. Sono andata a fare la spesa e quando sono tornata lui era in giardino. Aveva acceso un falò. »

« Un falò? »

« Sì, per bruciare qualcosa. Rami, ha detto, ma a me è sembrato strano perché, col temporale e con tutto il resto, la legna sarebbe stata troppo fradicia per bruciare. Ma lui ha detto che era protetta da una tela cerata. Di solito non li brucia, i rami, perché li teniamo per il caminetto, ma lui ha detto che quella legna era inadatta. »

« Inadatta? »

« Sì, avrebbe fatto troppo fumo. » Faccio una pausa. « Forse era per quello che nell'aria c'era uno strano odore. »

« Strano in che senso? »

« Non saprei. Non era il solito odore di legna che brucia, capisce? Ma forse era colpa della pioggia. »

« Suo marito le ha parlato dell'omicidio di Jane Walters? »

« Parlava solo di quello », rispondo, stringendomi un po' di più. « Ero sconvolta, perché l'avevo appena conosciuta. »

L'agente Thomas corruga la fronte, ma la sua collega scuote impercettibilmente la testa, come per dirgli di non interrompermi.

« Matthew ne sembrava ossessionato. Ho dovuto chiedergli più volte di spegnere il televisore durante i notiziari. »

« Suo marito conosceva Jane Walters? » domanda l'agente Lawson, studiando la mia espressione. Poi guarda l'altro poliziotto. « Mrs Anderson ha pranzato con Jane Walters due settimane prima che morisse », gli spiega.

« Non di persona, solo da quel poco che gli avevo raccontato io. Il giorno in cui ho pranzato con Jane lui è venuto a prendermi, ma non si sono incrociati. Jane però lo ha visto dalla vetrina del ristorante. Sembrava molto sorpresa. » Sorrido al ricordo.

« In che senso sorpresa? »

« Quasi scioccata. Sono in molti a reagire così, perché Matthew è... be', piuttosto attraente. »

« Quindi suo marito non conosceva Jane Walters? » dice l'agente Thomas, alquanto deluso.

« No, ma la mia amica Rachel Baretto sì. È così che ho conosciuto Jane. Rachel mi ha portata alla festa di addio di qualcuno che lavorava alla Finchlakers e c'era anche Jane. » Esito. « Rachel si è sentita davvero male quando ha saputo di Jane, perché il giorno dell'omicidio ci aveva litigato. »

L'agente Thomas drizza le antenne. « Litigato? Le ha detto il motivo? »

« Sì. Per un parcheggio. »

« Un parcheggio. »

« Già. »

« Se lavorava con Jane Walters, dev'essere già stata interrogata », interviene l'agente Lawson.

« Sì, me lo ricordo, perché mi ha detto di essersi pentita di non avervi parlato della lite. Ma aveva paura che la riteneste colpevole. »

« Colpevole? »

« Sì. »

« Di cosa? »

« Immagino che intendesse dell'omicidio. E io le ho risposto che nessuno uccide per un parcheggio. » La guardo nervosamente. « A meno che non abbiano litigato per qualcos'altro. »

L'agente Lawson tira fuori il cellulare e digita qualcosa. « Perché dice questo? »

Guardo fuori dalla finestra della cucina, verso il giardino bagnato dal sole del pomeriggio. « Perché non dirvelo, se fosse stato solo per un parcheggio? » Poi scuoto la testa. « Scusate, parlavo a vanvera. È solo che in questo periodo non mi sento molto a mio agio con Rachel. »

« Come mai? »

« Perché ha una relazione. » Mi guardo le mani. « Con mio marito. »

C'è un breve silenzio. « Da quanto tempo? » domanda l'agente Lawson.

« Non so, l'ho scoperto solo da poco. Dieci giorni fa Rachel è venuta qui senza preavviso e ho visto Matthew che la baciava nell'ingresso », rivelo, felice di poter usare contro di loro uno degli SMS che si sono scambiati, anche se per farlo ho dovuto mentire alla polizia.

I due si scambiano un'altra occhiata.

« Ha detto a suo marito di averli visti? » domanda l'agente Thomas. « Si è confrontata con lui? »

« No, avrebbe minimizzato dicendo che era uno scherzo della mia immaginazione, come quando ho visto il coltello in cucina. » Esito. « A volte mi chiedo se...» Mi fermo, domandandomi fino a che punto devo infierire su Matthew per quello che mi ha fatto.

«Sì?» mi esorta lei.

Nella mia mente si forma la piacevolissima immagine di un paio di manette che si chiude intorno ai polsi di Matthew. «Mi chiedo se Jane sapesse della loro relazione. Se nel vederlo da dentro il ristorante lo abbia riconosciuto, e si sia stupita per questo. Non so, magari aveva visto lui e Rachel insieme.» Per essere più sicura che pensino quello che voglio io, glielo dico esplicitamente: «Poco fa, quando ho trovato il coltello nel capanno, non sapevo cosa pensare. All'inizio mi sono detta che forse ce l'aveva nascosto l'assassino, e volevo telefonare a Matthew per chiedergli un consiglio su cosa fare. Poi mi sono ricordata che non mi aveva creduto quando gli avevo detto del coltello in cucina, per cui ho preferito chiamare voi». Lascio che gli occhi mi s'inumidiscano. «Ma ora non so più se ho fatto la cosa giusta, perché ho capito cosa state pensando: che Matthew è l'assassino, che è stato lui a uccidere Jane perché aveva scoperto di lui e Rachel e forse avrebbe deciso di dirmelo. Ma non può essere, non può essere!»

Con un tempismo perfetto, arriva a casa Matthew. «Cos'è successo?» domanda, entrando in cucina. Guarda me. «Hai fatto scattare ancora l'allarme?» Si rivolge all'agente Lawson. «Mi dispiace che siate dovuti venire di nuovo. È molto probabile che mia moglie sia affetta da demenza precoce.»

Apro la bocca per dire loro che mi è stato diagnosticato solo un forte stress psicofisico, ma la richiudo, perché a questo punto non è così importante.

« Non siamo qui per l'allarme », gli spiega l'agente Lawson.

Lui posa a terra la ventiquattrore. « Posso chiedervi per cosa, allora? »

L'agente Thomas gli mette sotto il naso lo strofinaccio, col coltello ben visibile all'interno. « Lo ha mai visto prima? »

Percepiamo tutti la sua piccola esitazione. « No, perché, cos'è? »

« È un coltello, Mr Anderson. »

« Mio Dio. » Matthew sembra sconvolto. « Dove l'avete trovato? »

« Nel vostro capanno degli attrezzi. »

« Nel capanno? » Riesce a mostrarsi incredulo. « Come ci è arrivato? »

« È quello che vorremmo tanto sapere. Possiamo sederci un momento? »

« Certo. Accomodatevi, prego. »

Li seguo in salotto. Matthew e io prendiamo posto sul divano, i due poliziotti avvicinano delle sedie. Non so se lo facciano apposta, ma le posizionano esattamente davanti a Matthew, accerchiandolo e lasciandomi fuori dal loro triangolo claustrofobico.

« Posso sapere chi ha trovato il coltello? » chiede Matthew.

« Sua moglie », risponde l'agente Lawson.

« Mi servivano dei vasi per piantare dei bulbi »,

spiego. « L'ho trovato in uno di quelli grandi, avvolto nello strofinaccio. »

« Lei riconosce questo strofinaccio? » L'agente Thomas lo mostra a Matthew.

« Mai visto prima. »

Sbotto in una risatina nervosa. « Questo dimostra quanto spesso asciughi i piatti », dico, fingendo di voler allentare la tensione. « Ne abbiamo uno identico. Ce l'ha portato Rachel da New York. »

« E questo coltello, Mr Anderson? Lo ha già visto? » incalza l'agente Thomas.

Matthew scuote con fermezza la testa. « No. »

« Stavo giusto dicendo agli agenti che è identico a quello che ho visto per terra in cucina quella domenica sera », intervengo io.

« Ne abbiamo già parlato, Cass », dice stancamente Matthew. « Quello che hai visto era il nostro coltellino da cucina. »

« No, niente affatto. Era molto più grosso. »

« Posso domandarle dov'era la sera di venerdì 17 luglio, Mr Anderson? » chiede l'agente Thomas.

« Non so se mi ricordo, è passato tanto tempo », risponde Matthew con una risatina. Ma nessuno ride con lui.

« È quando sono uscita coi colleghi di scuola », gli vengo in aiuto io. « La sera del temporale. »

« Ah, giusto. Ero qui a casa. »

« È per caso uscito, anche per poco? »

« No, avevo una forte emicrania e sono andato a letto. »

« Dove ha dormito? »

« Nella stanza degli ospiti. »

« Come mai non nel suo letto? »

« Non volevo che Cass, tornando, mi svegliasse. Scusate, ma cosa succede? Come mai tutte queste domande? »

L'agente Lawson lo studia per qualche secondo. « Stiamo solo cercando di stabilire come si sono svolti alcuni fatti. »

« Quali fatti? »

« Nel suo capanno degli attrezzi è stata ritrovata quella che potrebbe essere l'arma di un delitto, Mr Anderson. »

Lui rimane a bocca aperta. « Non starete insinuando che c'entri qualcosa con l'uccisione di quella donna! »

L'agente Thomas lo guarda pensoso. « Di quale donna parla, Mr Anderson? »

« Sapete benissimo chi intendo! » Guardo impassibile la sua patina incrinarsi, chiedendomi come ho potuto mai amarlo.

« Come le ho detto, Mr Anderson, stiamo cercando di stabilire come si sono svolti alcuni fatti. Quanto bene conosce Rachel Baretto? »

Sorpreso di sentirla nominare, alza subito gli occhi. « Non molto bene. È la migliore amica di mia moglie. »

« Quindi voi due non avete una relazione. »

« Cosa? No! Mi è anche piuttosto antipatica. »

« Ma se ti ho visto che la baciavi », mormoro.

« Non essere ridicola! »

« Quand'è piombata qui senza preavviso, quando non riuscivo a far funzionare la macchina del caffè, ho visto che vi baciavate nell'ingresso », insisto.

« Di nuovo? No, ti prego », geme lui. « Non puoi continuare a inventarti le cose, Cass. » Ma vedo dal suo sguardo che inizia ad avere dei dubbi.

« Credo che sia meglio continuare alla centrale », c'interrompe l'agente Thomas. « Per lei va bene, Mr Anderson? »

« No! Niente affatto! »

« Allora mi sa che dovremo leggerle i suoi diritti. »

« I miei diritti? »

Guardo i due agenti, mostrandomi angosciata. « Non crederete davvero che abbia ucciso Jane Walters? »

« Cosa? » Matthew sembra sul punto di svenire.

« È colpa mia », dico, torcendomi le mani. « Mi hanno fatto un sacco di domande e adesso ho paura che vogliano usare ogni minima cosa contro di te. »

Mi guarda inorridito mentre l'agente Thomas gli legge i suoi diritti. Quando arriva alla fine, io mi metto a singhiozzare come se avessi il cuore spezzato, ma non sto più fingendo perché il mio cuore è stato davvero spezzato, non solo da Matthew ma anche da Rachel, che ho amato come una sorella.

Lo portano via e, dopo avere chiuso la porta alle loro spalle, mi asciugo in fretta le lacrime perché non ho ancora finito. Ora è il turno di Rachel.

La chiamo. Avevo intenzione di parlarle solo per

telefono, ma mentre aspetto che risponda decido d'invitarla qui, perché sarà molto più divertente dirglielo in faccia, quello che ho da dirle, e molto più soddisfacente vedere la sua reazione piuttosto che percepirla dalle sue parole. «Rachel, puoi venire?» le domando in tono lacrimoso. «Ho bisogno di parlare con qualcuno.»

«Stavo giusto per uscire dall'ufficio», risponde. «Quindi posso essere da te fra una quarantina di minuti, se non c'è traffico.» Per la prima volta colgo la noia nella sua voce: crede che la voglia di nuovo tediare con la storia dell'assassino che mi perseguita.

«Grazie», le dico sollevata. «Fa' in fretta, ti prego.»

«Ci proverò.»

Riappende e me la immagino che manda un SMS a Matthew, visto che ormai si sarà comprata un altro cellulare. Ma lui è alla centrale e non potrà leggerlo.

Arriva un'ora dopo, forse a causa del traffico, forse perché ha voluto farmi rosolare per un po' a fuoco lento. «È successo qualcosa?» mi chiede appena le apro. «C'è di mezzo Matthew?» Sembra preoccupata, dal che intuisco di averci visto giusto: dopo la mia telefonata, deve avere cercato ripetutamente di contattarlo, senza riuscirci.

«Come fai a saperlo?» le chiedo, fingendomi stupita.

È tutta sconvolta. «Hai detto che avevi bisogno di parlare, così ho immaginato che fosse accaduto qualcosa. E ho pensato che c'entrasse Matthew.»

« Hai ragione, è proprio così. »

Non riesce a nascondere il panico. « Ha avuto un incidente? Gli è capitato qualcosa? »

« No, niente del genere. Vieni, sediamoci. »

Mi segue in cucina e si siede di fronte a me. « Ora dimmi cos'è successo, Cass. »

« Matthew è stato arrestato. Sono venuti due poliziotti e lo hanno portato via per interrogarlo. » La guardo disperata. « Cosa devo fare, Rachel? »

Mi fissa. « Arrestato? »

« Sì. »

« Ma perché? »

Mi torco le mani. « È colpa mia. Hanno preso nota di tutto quello che ho detto e adesso ho paura che lo usino contro di lui. »

Mi guarda severa. « Spiegati meglio. »

Sospiro. « Oggi pomeriggio sono entrata nel capanno e ho trovato un coltello. »

« Un coltello? »

« Sì. » Noto con gioia che è sbiancata. « Mi sono presa uno spavento, Rachel... È stato orribile. Era identico a quello della foto... sai, la foto del coltello con cui hanno ucciso Jane. Non so se te l'ho già detto, hai presente com'è diventata la mia memoria, ma una sera, mentre tu eri a Siena, ho visto un coltellaccio per terra in cucina. Quand'ho chiamato Matthew perché venisse a vederlo, però, era sparito. Così, quando l'ho ritrovato nel capanno, ho pensato subito che ce l'avesse nascosto l'assassino e ho chiamato la polizia... »

«Perché invece non hai chiamato Matthew?» m'interrompe lei.

«Perché la volta prima non mi aveva creduto. E poi comunque stava già tornando a casa.»

«E poi? Perché hanno arrestato Matthew?»

«Be', sono arrivati e hanno iniziato a tempestarmi di domande, tipo dov'era lui la notte dell'omicidio...»

Ora è davvero spaventata. «Mi stai dicendo che lo sospettano di avere ammazzato Jane? È inaudito!»

«Lo so, è pazzesco. Il guaio è che non ha un vero alibi per quella sera. Io ero coi miei colleghi a Castle Wells per la cena di fine trimestre, mentre lui era solo, quindi potrebbe anche essere uscito. O almeno la polizia la vede così.»

«Ma quando sei tornata lui era in casa, giusto?»

«Sì, ma io non l'ho visto. Aveva l'emicrania ed è andato a dormire nella stanza degli ospiti, perché non lo svegliassi rientrando. Ma senti, Rachel, c'è una cosa che ti devo chiedere. Sai lo strofinaccio che mi hai portato da New York, quello con sopra la Statua della Libertà? Hai detto di averne comprato uno anche per te.»

Annuisce.

«Ne hai regalati altri in giro?»

«No.»

«Eppure dev'essere così», insisto. «È molto importante che ci pensi bene, perché proverebbe l'innocenza di Matthew.»

«In che senso?»

Prendo fiato. «Quando l'ho trovato, il coltello era

avvolto in uno strofinaccio con sopra la Statua della Libertà, e quando la polizia mi ha chiesto se lo riconoscevo ho dovuto dire di sì, che era nostro. Mi sono sentita malissimo, perché questo ha fatto apparire Matthew ancora più colpevole. Ma dopo che la polizia se n'è andata ho trovato lo strofinaccio nella credenza, il che significa che chi ha ucciso Jane ne aveva uno uguale. Quindi pensaci bene, Rachel, perché potrebbe essere la prova che Matthew è innocente.»

La vedo spremersi le meningi per trovare una via d'uscita. «Non ricordo proprio», mormora.

«Ne hai comprato uno anche per te, giusto? Sei sicura di non averlo regalato?»

«Non ricordo», ripete.

Sospiro. «Sarebbe un bell'aiuto per la polizia, se ti venisse in mente a chi lo hai dato, ma non ti preoccupare, in qualche modo ci arriveranno anche da soli. Rileveranno le impronte e il DNA sul coltello – hanno detto che delle tracce devono esserci rimaste – e Matthew sarà scagionato, perché non potranno essere i suoi. Ma ci vorranno un paio di giorni e sembra che lo possano tenere in custodia per ventiquattr'ore, anche di più se sospettano che sia lui il killer.» Lascio che i miei occhi si riempiano di lacrime. «Non sopporto di saperlo seduto in una cella, trattato come un criminale.»

Rachel prende le chiavi della macchina dalla tasca. «È meglio che vada.»

La guardo. «Non ti fermi per una tazza di tè?»

«No, non posso.»

L'accompagno alla porta. «A proposito, hai poi trovato il telefonino del tuo amico? Sai, quello che hai perso allo Spotted Cow.»

«No», risponde, sempre più nervosa.

«Non è detto, può ancora saltare fuori. Magari lo hanno consegnato alla polizia.»

«Adesso devo proprio andare. Ciao, Cass.» Cammina in fretta fino alla macchina e sale. Aspetto che abbia acceso il motore, poi la raggiungo e busso al finestrino.

Lei abbassa il vetro.

«Dimenticavo. Gli agenti mi hanno chiesto se conoscevo Jane e ho raccontato di averla conosciuta a quella festa d'addio dove mi avevi portata tu. Così mi hanno chiesto se *tu* la conoscevi e ho risposto no, ma che il giorno in cui è morta avevi litigato con lei per un parcheggio. A loro però è sembrato strano che fosse solo per un parcheggio. Comunque, cerca di ricordarti la storia dello strofinaccio, d'accordo? Quando poco fa li ho chiamati per avvisare che il mio lo avevo trovato nella credenza, quindi non può essere quello in cui è avvolto il coltello, gli ho detto pure che tu ne hai uno uguale.» Faccio una breve pausa a effetto. «Sai come sono quelli, pur di accusarti si attaccherebbero a qualunque cosa.»

È bello vedere il suo sguardo vagare in cerca di qualcosa su cui posarsi. Ingrana bruscamente la marcia e sfreccia fuori dal cancello.

«Ciao ciao, Rachel», sussurro, mentre la sua auto sparisce lungo la strada.

Appena rientrata chiamo la polizia, spiegando che lo strofinaccio in cui è avvolto il coltello non è il mio perché l'ho appena trovato nella credenza, ma ricordo loro che è stata Rachel a regalarmelo e ne aveva comprato uno anche per sé. Chiedo di Matthew, e quando mi dicono che lo terranno in custodia fino a domani mi fingo disperata. Dopo che ho riappeso vado al frigo a prendere la bottiglia di champagne che teniamo sempre in fresco per gli ospiti inattesi e me ne verso un bicchiere.

E poi un altro.

La mattina dopo, quando vedo che è il primo ottobre, mi sembra di buon auspicio, la giornata giusta per un nuovo inizio. Come prima cosa guardo il telegiornale e, nel sentire che un uomo e una donna stanno aiutando la polizia a indagare sull'omicidio di Jane Walters, provo una cupa soddisfazione nel dedurne che è stata arrestata anche Rachel.

Non avrei mai detto di essere una persona vendicativa, ma spero che l'abbiano torchiata ben bene sulla sua relazione con Matthew, sulla lite con Jane e sullo strofinaccio, facendole passare qualche ora da incubo. Deve avere il terrore che trovino le sue impronte sul coltello. Ovviamente, quando consegnerò il suo cellulare segreto, sia lei sia Matthew verranno rilasciati, perché la polizia capirà che non sono stati loro a uccidere Jane e il coltello non è l'arma del delitto, ma è stato comprato da Rachel a Londra per il puro gusto di spaventarmi. E dopo? Vivranno per sempre felici e contenti? Non mi sembra giusto. Non se lo meritano.

Mi aspetta una giornata intensa, ma prima mi godo una bella colazione, meravigliandomi di come sia bello non sentirmi più minacciata da quelle telefonate mute. Sperando di poter ottenere dal tribunale un'ordinanza che proibisca a Matthew e Rachel di avvicinarsi a me quando verranno rilasciati, dopo una breve ricerca sul computer scopro di poter chiedere un ordine di restrizione. Dato che prima o poi avrò bisogno di un legale, telefono al mio avvocato e prendo appuntamento per la fine della mattinata. Poi chiamo un fabbro per cambiare le serrature.

Mentre il fabbro è al lavoro, infilo le cose di Matthew in una serie di sacchi neri della spazzatura. Cerco di non pensare a quello che sto facendo, a cosa significa, ma è lo stesso un compito che mi prosciuga emotivamente. A mezzogiorno vado a Castle Wells con in borsa il telefonino nero di Rachel e passo un'ora e mezzo col mio avvocato, che mi fa notare qualcosa cui non avevo pensato: grazie agli SMS, posso denunciare Matthew per avermi procurato l'overdose. Dopo l'avvocato, passo da casa di Rachel per scaricarle davanti alla porta i sacchi neri con gli effetti personali di Matthew, poi vado alla centrale di polizia e chiedo di parlare con l'agente Lawson. Lei non c'è, ma mi mandano l'agente Thomas, al quale consegno il cellulare di Rachel ripetendogli quanto già detto al mio avvocato, e cioè che l'ho trovato questa mattina nella mia auto.

Sono stremata nel corpo e nella mente quando torno a casa. Sono stupita di avere così tanta fame. Apro una scatola di zuppa al pomodoro e la mangio con del pane tostato, poi mi metto a gironzolare per le stanze sentendomi persa, perché come farò a tirare avanti adesso che ho perso sia mio marito sia la mia migliore amica? Mi sento così giù, così depressa che vorrei quasi lasciarmi cadere in ginocchio e piangere fino a non avere più lacrime. Ma non cedo alla tentazione.

Accendo il televisore per vedere il notiziario delle sei. Non si parla di un eventuale rilascio di Rachel e Matthew, ma poco dopo, quando squilla il telefono, mi rendo conto che non è cambiato niente, che quella sottile paura è ancora lì, strisciante. Attraverso l'ingresso ricordando a me stessa che non può essere una telefonata muta, ma quando alzo il ricevitore e vedo che il numero è oscurato non riesco quasi a crederci.

Stringo il cordless con dita nervose.

«Cass? Sono Alex.»

Il sollievo è enorme. «Alex? Che spavento mi ha fatto prendere! Lo sa che il suo numero risulta oscurato?»

«Davvero? Mi dispiace, non lo sapevo. Senta, spero non le dispiaccia se le ho telefonato – ho trovato il suo numero sul biglietto che mi ha spedito dopo che è morta Jane – ma ho appena ricevuto una chiamata dalla polizia. Dicono di avere in custodia l'assassino di Jane. È finita, Cass. Finalmente.» La sua voce è roca per l'emozione.

Cerco le parole giuste, ma sono intontita. «È fantastico, Alex. Sono felice per lei.»

«Non riesco ancora a crederci. Ieri, quando ho sentito che due persone stavano aiutando la polizia con le indagini, non ho osato sperare troppo. »

« Quindi l'assassino è una di loro? » domando, sapendo che è impossibile.

« Non so, non me l'hanno detto. Mi stanno mandando qualcuno. Forse dovevo tenerlo per me, ma volevo che lo sapesse. Dopo quello che mi ha detto lunedì, ho pensato che potesse restituirle un po' di serenità. »

« Grazie, Alex, è un'ottima notizia, davvero. Mi farà sapere il seguito? »

« Certo, è naturale. Allora a presto, Cass. Spero che stanotte dormirà meglio. »

« Dormirà meglio anche lei, vedrà. » Riappendo, ancora sconvolta da quanto mi ha appena rivelato. Se la polizia ha in custodia l'assassino di Jane, Matthew e Rachel dovrebbero essere stati rilasciati. Ma allora chi ha confessato? Che l'assassino abbia avuto una crisi di coscienza nel venire a sapere che c'erano due arrestati? Forse qualcuno lo proteggeva – sua madre, la sua ragazza – e a quel punto ha deciso di denunciarlo. Mi pare la spiegazione più logica.

Sono così agitata che non riesco a stare ferma. Dove sono Matthew e Rachel? Sono tornati a casa di lei? Hanno trovato i sacchi con dentro i vestiti di Matthew? Oppure stanno venendo qui a prendere le altre cose? Il suo computer, la sua ventiquattrore, lo spazzolino da denti, il rasoio... è tutto ancora qui. Contenta di essermi trovata un'occupazione, mi metto a girare per casa radunando gli oggetti di Matthew. Li metto tutti in uno scatolone: voglio farmi trovare pronta, nel caso arrivino, perché non ho intenzione di lasciarli entrare in casa.

Scende la notte, ma non vado in camera da letto. Vorrei tanto che Alex mi avesse richiamato. Ormai devono avergli detto chi è stato a uccidere Jane. Dovrei sentirmi più al sicuro, con l'assassino sotto chiave, ma troppi dubbi mi tormentano. L'aria odora di un disagio che restringe gli spazi, le pareti mi si chiudono intorno, spremendomi l'aria dai polmoni.

Quando mi sveglio sono sul divano, con le luci ancora accese perché non volevo stare al buio. Faccio una doccia rapida, nervosa al pensiero della giornata che mi aspetta. Il suono del campanello mi fa sobbalzare. Pensando che sia Matthew, apro la porta senza sganciare la catenella nuova che ho fatto montare, ma quando vedo l'agente Lawson è come trovarsi davanti una vecchia amica.

« Posso entrare? » mi chiede.

Andiamo in cucina e le offro un tè. Immagino che sia venuta a dirmi che Matthew e Rachel sono stati rilasciati, o a chiedermi come sono entrata in possesso del cellulare segreto di Rachel. Oppure a confermarmi quello che mi ha detto Alex ieri, e cioè che hanno catturato l'assassino di Jane.

« Sono venuta per aggiornarla », dice infatti, mentre tolgo le tazze dalla credenza. « E anche per ringraziarla. Senza il suo aiuto non avremmo risolto così in fretta il caso Walters. »

Troppo occupata a mostrarmi sorpresa, non elaboro subito il significato delle sue parole. « Sapete chi ha ucciso Jane? » domando, voltandomi a guardarla.

«Sì, abbiamo una confessione.»

«È fantastico!»

«Ed è stata lei a portarci sulla pista giusta. Le siamo molto grati.»

La guardo confusa. «Non capisco.»

«È andata proprio come diceva lei.»

Come dicevo io? Vado al tavolo e mi lascio cadere su una sedia. *Matthew ha ucciso Jane?* Vengo invasa dalla paura. «No, non è possibile», dico, ritrovando la voce. «Ieri ho consegnato un cellulare alla centrale. L'ho trovato in macchina mentre andavo dal mio avvocato e quando l'ho aperto mi sono resa conto che serviva a Rachel per comunicare con Matthew. Se leggete gli SMS che si sono scambiati...»

«Li ho letti», m'interrompe l'agente Lawson. «Tutti, dal primo all'ultimo.»

La guardo mettere una bustina di tè nelle due tazze che ho abbandonato sul tavolo. Se li ha letti, dovrebbe sapere che Matthew è innocente. Ma mi ha detto che le cose stanno *proprio come dicevo io.* Penso con un nodo allo stomaco che adesso dovrò confessarle la verità, e cioè che ho implicato Matthew nell'omicidio di Jane per vendicarmi di come mi ha trattata. Dovrò smentire tutte le mie dichiarazioni e verrò accusata come minimo di avere ostacolato il corso della giustizia. Eppure cosa c'è da smentire? Io non ho mai mentito. Tornando a casa quella sera non ho visto Matthew, quindi è davvero possibile che non fosse nella stanza. Ma da qui a credere che fosse fuori a uccidere Jane... Non la conosceva neppure. Però perché avrebbe confessato se non è colpevole? Poi ricordo l'espressione sul viso di Jane quando lo ha visto dalla vetrina del ristorante. Allora ho ragione, lo aveva davvero riconosciuto! Conosceva Jane, altroché se la conosceva. «Non ci credo», dico con un filo di voce. «Non è possibile che sia stato Matthew.»

L'agente Lawson mi lancia un'occhiata interrogativa. «Matthew? No, il colpevole non è Matthew.»

La mia mente lavora a più non posso. «Ma allora... chi?»

«Miss Baretto. Rachel ha confessato.»

Resto senza fiato e la stanza comincia a girare. Sento il sangue defluire dal viso, poi la mano dell'agente che mi preme delicatamente la testa sul tavolo.

«Passerà subito», mi dice con calma. «Prenda un paio di bei respiri.»

Sono attraversata da un brivido. «Rachel?» dico con voce strozzata. «Rachel ha ucciso Jane?»

«Sì.»

Sento montare il panico. Benché sappia di cos'è capace, non posso credere che sia arrivata a questo. È vero, ho detto alla polizia delle cose compromettenti sul suo conto, come ho fatto con Matthew, ma la volevo solo spaventare.

«No, Rachel no, non è possibile. Non lo avrebbe mai fatto, lei non è così, non ucciderebbe mai nessuno! Avete capito male. Dovete subito...» Nonostante il mio odio per Rachel, nonostante quello che mi ha fatto, sono così spaventata per lei che non riesco a proseguire.

« Ha confessato », dice l'agente Lawson, spingendo una tazza verso di me.

Bevo obbediente un sorso di tè dolce e caldo, rovesciandomene un po' sulle mani da tanto tremano.

« Ieri sera, quando l'abbiamo interrogata, è crollata. È stato incredibile... per qualche motivo pensava che stessimo per arrivare a lei. Aveva ragione a pensare che non aveva litigato con Jane solo per un parcheggio. E poi sul coltello c'è il DNA di tutt'e due, Rachel e Jane. »

Mi sembra di essere piombata in un incubo. « Cosa? Il coltello che ho trovato nel capanno è davvero l'arma del delitto? »

« Lo ha ripulito, ovviamente, ma nei solchi del manico abbiamo trovato qualche residuo di sangue. L'ho mandato alla scientifica, ma siamo sicuri che sia di Jane. »

Mi sforzo di capirci qualcosa. « Rachel ha detto di averlo comprato a Londra. »

« Può darsi che sia vero, ma prima dell'omicidio, non dopo. Non potendo dire a Matthew che aveva già un coltello, ha finto di averlo appena comprato per spaventarla. Lasciarlo nel capanno è stato un modo come un altro per nasconderlo. »

« Non capisco. » Batto i denti e rigiro la tazza tra le mani in cerca di calore. « Insomma, perché lo avrebbe fatto? Non conosceva Jane. »

« La conosceva meglio di quanto crede. » L'agente Lawson mi si siede accanto. « Rachel le ha mai parlato della sua vita privata, le ha mai presentato i suoi partner? »

« No. Ne ho conosciuti un paio, negli anni, ma non ci restava mai insieme a lungo. Diceva di non essere tipo da matrimonio. »

« Mettere insieme tutti i tasselli è stata un'impresa. Alcune cose le abbiamo saputo dai colleghi di Jane che abbiamo interrogato alla Finchlakers, il resto è venuto fuori dalla confessione di Rachel. È una storia parecchio torbida. » Mi guarda come per chiedermi se deve continuare e io annuisco, perché come potrò mai venire a patti con questa verità se non conosco i motivi a monte? « Allora. Un paio di anni fa Rachel ha avuto una relazione con un collega della Finchlakers, un uomo sposato con tre figli piccoli, che ha piantato la moglie per mettersi con lei. Quando lo ha avuto tutto per sé, però, Rachel ha perso interesse. Ma, appena lui è tornato dalla moglie, lei ha riallacciato la relazione. Lui se n'è andato di casa per la seconda volta, una vera catastrofe per la famiglia. Anche stavolta la relazione è finita, ma la moglie non ha più voluto saperne di riprenderselo. Per lei è stato particolarmente difficile, perché lavoravano tutti e tre alla Finchlakers e quindi vedeva l'ex marito ogni giorno, e a poco a poco è caduta in depressione. »

« Ma cosa c'entra Jane con tutto questo? »

« Era la migliore amica, quindi è rimasta coinvolta nella vicenda. Ovviamente odiava Rachel con tutta se stessa per avere sfasciato la famiglia dell'amica, e non solo una volta, ma due. »

«Questo lo posso capire.»

«Esatto. Per fortuna lavoravano in reparti diversi, quindi non s'incrociavano molto spesso. Tuttavia Rachel è caduta ancora più in basso ai suoi occhi quando, una sera tardi, l'ha sorpresa a fare sesso in ufficio. Il giorno dopo l'ha affrontata, dicendole in sostanza di cercarsi un albergo, altrimenti la volta successiva l'avrebbe denunciata al direttore del personale.»

«Non mi dica che Rachel l'ha uccisa per questo», sussurro, con una risata amara. «Perché aveva paura che Jane facesse la spia.»

«No. La situazione per Rachel si è complicata quando Jane si è resa conto che l'uomo con lei in ufficio quella sera era Matthew. Scusi», dice l'agente Lawson, vedendo la mia espressione. «Se vuole che smetta, me lo dica.»

Scuoto la testa. «Vada avanti. Devo sapere.»

«Se è sicura... Si ricorderà di averci detto che forse Jane aveva riconosciuto Matthew quando lo ha visto da dentro il ristorante. Be', è proprio così: lo aveva riconosciuto.»

È davvero pazzesco come qualcosa che mi sono inventata si sia dimostrato vero. Mi viene quasi da ridere.

«È facile capire come dev'essersi sentita Jane quando ha scoperto che l'amante di Rachel era il marito della sua nuova amica. Era così indignata che le ha mandato una email mentre Rachel era a New York, ricordandole che aveva già fatto naufragare un matrimonio e assicurandole che non le avrebbe permesso di rovinarne un secondo, soprattutto visto che eravate migliori amiche. Rachel le ha risposto di farsi gli affari suoi, ma quand'è tornata in ufficio dopo il viaggio di lavoro Jane l'ha avvicinata nel parcheggio, minacciando di raccontare tutto a lei, Cass, se non avesse rotto subito con Matthew. E Rachel ha promesso di farlo quella sera stessa. Ma Jane non si è fidata e, quand'è rientrata nel ristorante dopo l'addio al nubilato della sua amica, ha telefonato prima ad Alex, suo marito, e poi a Rachel, alla quale aveva chiesto il biglietto da visita prima di lasciare il parcheggio, annotandoci dietro il numero di cellulare. Nella borsa di Jane abbiamo trovato una quantità di biglietti da visita, quasi tutti di gente che lavora alla Finchlakers, per cui quello di Rachel non ci è saltato subito all'occhio. In ogni caso, Jane le ha chiesto se aveva mantenuto la sua promessa e quando Rachel ha risposto di no, che aveva bisogno di più tempo, le ha detto che, siccome stava per passare da Nook's Corner, si sarebbe fermata a casa vostra per spiattellarle tutto.»

«Alle undici di sera? Dubito che lo avrebbe fatto davvero.»

«Ha ragione, probabilmente lo ha detto solo per spaventare Rachel. E infatti ci è riuscita. Rachel le ha spiegato che, prima di parlare con lei, Cass, Jane doveva sapere alcune cose, e ha accennato alla sua fragilità mentale, dicendo che non avrebbe retto a una notizia simile data in modo brutale. Per cui ha proposto a Jane di vedersi nella piazzola e, se dopo averla ascoltata Jane avesse ancora avuto voglia di spifferare tutto, sarebbero venute a casa sua insieme. Quando Jane ha accettato, Rachel ha lasciato l'auto su uno sterrato poco lontano da Blackwater Lane e ha raggiunto la piazzola a piedi. Quello che è successo poi lo sappiamo tutti. Jane non si è bevuta la storia dei suoi problemi mentali e hanno iniziato a litigare. Rachel sostiene di non avere avuto intenzione di uccidere e di essersi portata dietro il coltello solo come deterrente. »

Il mosaico comincia a prendere forma. Quando mi sono fermata davanti alla piazzola sotto il temporale, Jane non aveva bisogno di aiuto perché stava solo aspettando l'arrivo di Rachel. Non sapeva che nella Mini c'ero io, altrimenti sarebbe scesa dalla sua auto sfidando la pioggia battente per dirmi che era diretta proprio a casa mia, si sarebbe seduta accanto a me e mi avrebbe rivelato la tresca fra Rachel e Matthew. Cosa sarebbe accaduto a quel punto? Sarei andata subito ad affrontare Matthew, incrociando Rachel lungo il tragitto, oppure Rachel sarebbe arrivata mentre cercavo di digerire la notizia e ci avrebbe uccise entrambe? Non lo sapremo mai. « Non ci posso credere », mormoro. « Rachel che uccide una persona. E anche se Jane me lo avesse detto? La loro relazione sarebbe venuta allo scoperto e lei avrebbe avuto Matthew tutto per sé. »

L'agente Lawson scuote la testa. « Come ha letto negli SMS, non voleva solo Matthew, ma anche i suoi soldi. Era furiosa perché, sebbene i suoi genitori la ritenessero una seconda figlia, suo padre non le aveva lasciato niente in eredità. Quando ha visto che andava tutto a lei, Cass, si è sentita fregata.»

«Ho saputo di quei soldi solo dopo la morte della mamma.»

«Lo so, Rachel ce lo ha detto. E finché lei è rimasta nubile era convinta di poter ancora mettere le mani su una parte, ma, quando si è sposata, e ha capito di non essere più la sua massima priorità, il risentimento ha iniziato a crescere e ha visto in Matthew l'unico mezzo per appropriarsi di quanto secondo lei le era dovuto. Lo ha adescato deliberatamente e, dopo averlo fatto innamorare, hanno escogitato questo piano per farla dichiarare incapace d'intendere e di volere, in modo che Matthew assumesse il controllo del suo capitale. Il giorno in cui Jane l'ha affrontata nel parcheggio stavano per dare il via alla loro campagna contro di lei, Cass. Un pessimo tempismo, perché se Jane si fosse messa di mezzo il loro piano così ben congegnato sarebbe andato a monte.»

Ho voglia di piangere. «Le ho comprato una casa di pescatori in Francia. Se n'era innamorata e io gliel'ho presa. Volevo regalargliela per il suo quarantesimo compleanno, doveva essere una sorpresa. Non ne ho parlato a Matthew perché credevo che avrebbe disapprovato. Diceva che Rachel non gli piaceva... e io gli credevo. Se solo avesse aspettato... Il suo compleanno è alla fine del mese.» Mi sento malissimo. Avrei dovuto capire quanto soffriva Rachel per essere rimasta esclusa dal testamento del papà. Come ho potuto essere così insensibile? D'accordo, le avevo comprato il cottage, ma solo perché ero lì quando se n'era innamorata, altrimenti chissà se mi sarebbe venuto in mente di farle una donazione.

E perché non gliel'avevo regalato subito, appena firmato il rogito, invece di aspettare il suo compleanno per dare più lustro al mio gesto? Il cottage era disabitato da diciotto mesi. Sarebbe stata così felice di averlo. Io forse adesso avrei ancora Matthew e Jane sarebbe viva. Potevo almeno parlarne con Matthew. Se stava già con Rachel glielo avrebbe riferito e, a quel punto, lei avrebbe aspettato con pazienza il suo compleanno. Una volta in possesso della casa, Matthew mi avrebbe chiesto il divorzio, probabilmente cercando di spillarmi soldi. Avrei perso mio marito, ma Jane sarebbe ancora viva.

Non so cosa mi abbia fatto incappare nella verità sull'omicidio di Jane. Il mio subconscio? Potrebbe avere interpretato in modo corretto la sorpresa di Jane nel vedere Matthew fuori dal ristorante, oppure il suo invito a prendere un caffè a casa sua, che era qualcosa di più di un semplice desiderio di rivedermi. Forse nel profondo sentivo che Matthew e Rachel avevano una relazione e Jane stava per dirmelo. Ma non posso escludere che si sia trattato di pura e semplice fortuna. E nemmeno che l'altroieri, mentre sostavo nella piazzola avvertendo intorno a me la presenza di Jane, lei mi abbia guidato verso la verità.

Passa quasi un'altra ora prima che l'agente Lawson si alzi, pronta ad andarsene.

«Matthew sa che è stata Rachel?» le chiedo, accompagnandola alla porta.

«No, non ancora. Ma lo saprà presto.» Sulla soglia, l'agente si ferma a guardarmi. «Lei se la caverà, Cass?»

«Sì, credo di sì, grazie.»

Mentre se ne va, penso che non è vero: non so se me la caverò, non da subito, almeno. Ma un giorno sì. A differenza di Jane, ho ancora tutta la vita davanti.

RINGRAZIAMENTI

Eterna gratitudine alla mia splendida agente Camilla Wray, che ha reso possibili tante cose, e al resto del team della Darley Anderson, con cui è stato un vero piacere lavorare: senza la loro esperienza, non sarei mai arrivata dove sono adesso.

Un enorme grazie alla mia fantastica editor, Sally Williamson, per i suoi preziosi consigli e il suo inestimabile sostegno, e per avere sempre risposto alle mie telefonate. Grazie anche al resto del team della HQ per l'entusiasmo e la professionalità: siete i migliori! E, negli Stati Uniti, grazie a Jennifer Weis, Lisa Senz, Jessica Preeg e tutta la St Martin's Press per la loro incrollabile fiducia in me.

E, ultimo ma non meno importante, un grazie speciale alla mia famiglia – le mie figlie, mio marito, i miei genitori, i miei fratelli e sorelle – per essersi sempre interessata a quello che scrivo. E alle mie amiche in Francia e in Inghilterra, emozionate quanto me per la mia nuova carriera!